V. S.
Naipaul

游击队员

〔英〕V.S.奈保尔 著

张晓意 译

Guerrillas

南海出版公司

新经典文化有限公司
www.readinglife.com
出　品

当人人都想战斗，也就没有什么值得去战斗了。

人人都想打自己的小战役，人人都是游击队员。

——詹姆斯·艾哈迈德

一

午饭后，简和罗奇离开位于高地住宅区的房子，驱车前往画眉山庄。他们下到山脚下热烘烘的市区，然后穿过市区开上海滨大道，大道上胡乱地刷着标语："真正的黑人，不要投票。节育是一项针对黑人种族的阴谋。"

大海发出沼泽的气味；海面没有涟漪，泛着光，看不出颜色；热气像是被来自铝土矿装卸站的粉红色尘土给盖住了。车子驶过市场，冷藏拖车正在卸货；驶过垃圾场，垃圾正在残存的红树林沼泽里燃烧，一群黑色食腐乌鸦有的弓背蹲坐在篱笆上，有的在地上跳来跳去；驶过盖满房子的山坡；驶过新住宅区——其实就是一排排水泥和瓦楞铁皮做的未粉刷的盒子，如今跟早先拆掉的那些棚屋没有什么两样；驶过光着身子在满是红色尘土的笔直的新大街上玩耍的小孩；驶过后院晾衣绳上晾着的破衣烂衫；之后，眼前豁然开朗。市区周围的景色一览无遗：一面是正在逐渐干涸成大平原的沼泽；另一面是从平原上拔地而起的连绵群山。

如此开阔的视野并没有持续多久。村庄渐渐变成郊区。一些水泥房子的侧壁上涂有广告。残存的田地里也立着大广告牌。不一会儿，车子来到了工厂区。从这里开始便可以看到画眉山庄的告示牌：山庄名，英里数，象征性握紧的拳头，“为了土地和革命”的口号，最底下一行写着立牌子的公司名。广告牌都是新的。当地的可口可乐公司立了一块；那家美国铝土矿公司阿马尔、几家航空公司以及市区里的许多商户也都立了牌子。

“吉米让很多人感到害怕。”简说。

“听到你这么说，吉米会很高兴的。”罗奇说。他开车的时候总要戴墨镜，那副廉价的墨镜让他看上去有点像个小丑。

“画眉山庄。”简说。

“在这里你应该念‘花眉山庄’。《呼啸山庄》里的。这里念作‘鸣啸山庄’。”

“我觉得这名字很英国。”

“我想这名字没有什么特别的含义。吉米不会把自己当成希思克利夫什么的。他上过写作课，《呼啸山庄》是他必读的书之一。我想他只是喜欢这个名字。”

山上在冒烟，如今每天一大清早山上就开始冒烟：丝丝缕缕的白烟慢慢化作尘土的颜色，最后与雾霭融为一体。山下呈赭石色的民居上方，干旱把山坡变成了褐色；燃烧后的灌木在一片褐色之中留下一块块奇形怪状的深红色疤痕。黑乎乎的柏油马路油光发亮，远远看去在热浪的侵袭下变了形。路缘草带已经被火烧黑，有些地方还在燃烧。虽然光天化日之下简和罗奇看不见火光，但有时透过汽车的轰鸣，还是可以听见火焰的爆裂声。

工厂区车来车往，交通繁忙，但仍然不难看出这里不久之前还是一片田野。在大棚屋和没抹灰的现代水泥建筑之间，在高高的铁丝网和进行了景观美化的庭院之间，随处可见田地、大庄园和庄园村庄的痕迹：菜地、桩子支撑着的老木屋、棚舍，以及有着百日菊、仙丹花丛和木槿树篱的空落落的前院。大路两旁的田地里如今杂草丛生，立着些出售建筑用地和厂房的牌子。有时在下沉的田地里会看见一辆生锈的汽车，好像汽车冲出了马路，就被干脆遗弃在那里了；有时则会看见成堆的废弃车辆。

简说："我以前觉得英国在衰败。"

罗奇问："怎么个衰败法？"

驶过工厂区，车辆慢慢变少。拐离公路，他们才终于看见乡下模样的地方。可是这里的灌木丛好像被人砍过，由于干旱显得死气沉沉。有些地方铺着水泥和柏油；偶尔还可以看见一排排的红砖柱子，上面挂着枯萎的葡萄藤，让人联想到考古发掘：这些柱子或许曾支撑一间罗马公共澡堂的地面。这里原是一个工业区，是独立之初实施的那些失败的工程之一。国家为外国投资者提供了免税期；很多投资者冲着免税期来了又走，到别的地方去了。

罗奇说："我希望有东西可看。不过我很怀疑。"

"你有没有告诉他我要来？"

"我跟他说的时候他十分反对。不过依我看他其实很高兴。他又拿干旱当借口。不过吉米就是这种人。总觉得自己受委屈。"罗奇停顿了一下，接着说，"这种人还不止他一个。"

简没有说话。

罗奇道："吉米说有几个小子离开了。我猜是跑回城里了。我想他们不喜欢有人来监视他们的感觉。”

“你的意思是他们只想要宣传。”

罗奇笑了笑。“突然袭击对他们没有害处。只有这样才能逼他们做他们宣称自己想做的事。”

这个曾经的工业区里道路狭窄，路边杂草丛生，部分凹凸不平的石子路面已被杂草覆盖。这里是大平原的一部分，地势平坦；但是矮灌木少了，而且与次生林混杂生长。道路纵横交错，只是所有弯道看上去都一个样，初来者一定很容易迷路。车子离开大路后，他们就没再看到画眉山庄的告示牌。突然，在这片荒原上，一块崭新的黄红黑三色告示牌出现在他们眼前，牌子最上端画着那个象征性握紧的拳头。

画眉山庄

人民公社

为了土地和革命

任何时候未经事先批准

严禁入内

奉最高统帅

詹姆斯·艾哈迈德（哈吉）之命

最下面一条，红底白字写着立此牌的当地公司的名字：萨波利切公司。

罗奇说：“我们得叫吉米把语气收敛些。”罗奇正是为萨波利切公司工作的。

“哈吉？”简说。

“就我所知，哈吉指朝觐过麦加的穆斯林。吉米用它指代‘先生’或‘阁下’。只要他记得，他就这么用。”

过了这块牌子，不久便出现一条岔路。他们开进岔路。没多远，眼前出现一个涂着黑红色斜条纹的岗哨亭。亭子里没有人；同样涂着黑红色条纹的铁横挡一头附着重物，原本是要做进出关卡的，如今却竖垂着。车子继续向前行驶。这条岔路和他们刚才拐离的那条路一样窄，路缘参差不齐，柏油路面被路边横向生长的牧草和野草吞噬。车子穿过一片次生灌木林和树林；仍然不见耕耘的迹象。

简说：“他们有很多地啊。”

“是啊，”罗奇说，“吉米几乎样样不靠谱。可他却不知怎么成功了。萨波利切公司想把地全买下来。我想是要投资。可是吉米插足干涉，公司只好把这块地交还。签了二十五年的租约。作为礼物。就是这样。”

罗奇笑了，简看见他的臼齿：隔得很开，牙根发黑，牙龈偏高——看上去像骷髅头。

路拐了个弯，简和罗奇看见一大片空地，空地三面被树林包围，针叶树瘦小的白色树干和白色树枝编织成三道树墙。空地从这头到那头都被犁出了垄和沟。沟里长满亮晶晶的绿色杂草；田垄则呈浅褐色，干得跟骨头似的，只有一两道垄上有些胡乱种植、没成活的作物。路的远处，背靠一面树墙，有一座露天矮棚，用整根的棕榈树枝盖的屋顶。棚子附近有一辆红色拖拉机，一半车身在树林里：看上去和公路路堤下高高的草丛中那些生锈的汽车一样，已被弃置不用。这片田地似乎也已经荒废。可就在这时，简看见三个男人，接着又出现一个，在田地那头工作，身子掩蔽在树林里。

罗奇说："那是做给我们，或者说是做给你看的。现在是他们规定的休息时间。下午这个时候根本没有人在地里干活。"

过了空地又是树林，以瘦小的针叶树白色枝干为线串联，以高大的棕榈树为支柱。棕榈树笔直的树干上长满黑色的针，垂挂着带刺的枯叶和一簇簇冲破船形的灰绿色外壳而出的黄色坚果。接着，路的两旁又从树林变成空地。一边，树林被砍掉了，只剩下树桩和低矮的灌木。另一边则是光秃秃的土地，没有了树木、棕榈和灌木，有些地方都露出了浅红色的黏土。就在这一侧，离岔路不远处，有一道光溜溜的棕色斜坡，坡上有一栋长长的简陋屋舍。它孤零零地矗立在空地上。混凝土砖砌墙，瓦楞铁皮铺的斜屋顶。屋顶看上去晃眼灼热，几乎未伸出墙体，没有投下丝毫阴影。

车停了，四周一片寂静。即便当车门啪地关上时，也没有人从屋里出来。没有风；灰绿色的树墙纹丝不动；沙砾下的柏油路被晒得软绵绵的。简和罗奇走上一条三根木头捆在一起做成的小桥，通过干涸的水渠。光秃秃的大地被炙烤得硬邦邦的。简需要阴凉；而唯一的阴凉就在那栋长屋子阴暗，几乎可以说是黑咕隆咚的门后。

一如往常，简走在罗奇前面，好像她知道路似的。罗奇停下来望望四周。当看见简爬上微斜的山坡朝长屋门口走去时，他突然感觉到，正如他之前担心的：简不该来这里，她的出现像是入侵。印花衬衫透出里面的胸罩，紧身裤在她的肚子、腹股沟和私处勒出一条单一而突兀的弧线：这样的装束在市区倒还过得去，在高地住宅区的购物广场也不会引人侧目，可是在这里就显得太招摇，随便到有些花哨了：伦敦，异国，错误。此外，罗奇再次发觉：简太白了，她的白跟当地白人的白根本不一样。她白得难以捉摸；连年龄都叫人猜不出。他快步走上前，想去保护她。一条尖脸、瘦巴巴的浅褐色流浪狗冷不丁从屋后窜出来，站在一旁望着他们。

刚走进屋感觉还挺凉爽；同时，外面刺眼的阳光让屋内显得很暗。走进小屋，一脚从黏土地踏上水泥地，简和罗奇看见一个未打扫过的角落里放着一个钢制档案柜和一把旧餐椅，一张落满灰尘的桌子上摆着一台看似报废的打字机、一台报废的复印机和几个铁文件盘。等到眼睛适应了屋内的光线，他们看见两排铁床沿着水泥地排列开去。不是所有的床上都有被褥；有些只有薄薄的床垫，上面铺着条纹棉布。有人用的床上方的钉子上挂着衣服：光亮的合成布料做的彩色衬衫，运动套衫和穿在身上太惹眼、脱下来又太不起眼的牛仔裤。

其中的四五张床上有人。几个男孩或者是小伙子躺在床上看了看简和罗奇，然后将目光转向瓦楞铁皮或者对面的墙。他们黝黑发亮的脸上神情漠然；没人招呼进屋的这两个陌生人。

罗奇说："曼尼。"

被叫的那个男孩动也不动地说道："艾哈迈德先生在洗澡。"

罗奇笑了。"在洗澡？吉米和你们一起干活了？"

曼尼没有回答。

简能透过鞋底感觉到水泥地上的沙粒；这让她很不舒服。

"这里的一切都是他们自己修建的。"罗奇对简说，听着却好像是在对男孩子们说。他摘下墨镜，看上去不那么像个小丑了；他的样子比他的声音或举止给人的感觉更孤僻。他咬着一条眼镜腿，说："曼尼，你以前是个石匠吧？"

曼尼坐起来，双脚垂在床边。他瘦瘦小小的。他床边的地板上有一个黄麻袋，里面装着大约一打的绿色番茄。

刚进来时觉得凉爽的屋子现在没有那么凉爽了；简意识到瓦楞铁皮正在散发热气。屋子也比她想象的通透，光照充足。临马路的那面墙的顶端开着长方形的窗户，磨砂玻璃镶在铝框里。一切都暴露在阳光底下，等待检查：男孩子们、他们的脸、他们的衣服、窄小的床铺以及床铺底下的地板。

此刻，看得出档案柜旁边墙上那张类似大图表的东西原来是一张时间表。简正端详着这张表：沐浴、喝茶、田间劳动、工棚劳动、田间劳动、早餐、休息、工棚劳动、晚餐、讨论……突然听见罗奇说："吉米。"她抬起头，看见一个男人出现在屋子远端的门口。

起初简只看到白色日光下的一个人影。等他走进屋子，简才看见他赤裸着上身，肩上搭着一条毛巾。当他踏着小而轻的步子从铁床中间宽阔的走道走过来时，越发给人一种整洁的感觉。他细腰宽肩，面无表情，脸颊刮得干干净净，胡须剪得整整齐齐，穿着一件浅褐色光料子做的紧身裤，以至于从腰部到鞋子显得光滑、紧绷，这一切都给人以整洁的感觉。鞋子是薄底尖头，在红色的粉尘下闪闪发光。

吉米没有简原以为的难看，也不那么像黑人。简以为他至少跟那些男孩子们一样黑，但眼前这个人很像中国人。浓密的胡须遮住了上嘴唇，使得饱满的下嘴唇显得突出。他的眼睛小、黑、木然，加上胡须下紧闭的双唇，给人紧张、沉默寡言、难以捉摸的印象。

吉米对罗奇说了声"主人"，对简则视而不见地点了点头。然后他无视屋里的沉寂，不慌不忙地从肩膀上取下绿毛巾，放到餐椅的椅背上，又从墙上的一颗钉子上取下一件灰、蓝、绿色的短上衣。暗沉的颜色消除了他的脸和他较白的胸部之间的色差，让人感觉没那么不安了。终于穿好后，他打开桌子上的抽屉，说："是的，主人。如你所见，我们还在维持着。"

简说："我看见你们有一台复印机。"

"从萨波利切公司拿来的二手货，"吉米答道，"多半是最后一手了。"

罗奇说："学会用对你们有帮助。"

"是，主人。"吉米从抽屉里拿出一叠复印件递给简，说："给你提供一些背景情况。"

简看见最上面的那张纸已经卷了角，落着灰，上面写着"一号公报，机密"。

罗奇说："全是些天方夜谭。吉米，我看见拖拉机还是不能用。唐纳森没来吗？"

"嗯。萨波利切的人这么跟你说的？"

"他没来过吗？"

"来了，主人。唐纳森来过。"

罗奇不再深究此事，换了个话题："好吧。我们去看看你们对化粪池做了哪些工作。"

两人走到屋外太阳底下去了，简待在原地。她感觉此刻男孩子们在看着她。她低头看手上的复印件。"一切革命始于土地。人生在地球上，每个人都有一块自己的地方，这是与生俱来的权利，而人们应该通过和平友爱的方式取得属于自己的一席之地。在这一精神的感召下，我们这群无畏的人来到原始森林，这就是画眉山庄的生活方式和人生哲学。”这是公报开头几行。可是接着读下去，简发觉公报很快变成了罗奇所说的：天方夜谭，一篇小学生作文，语法不通，语意不明，讲到森林里的生活，讲到孤独的人的焦虑、危险和需求，讲到缺水缺电，缺乏交通工具。然后是一堆抱怨，抱怨那些没有兑现承诺的人和公司，抱怨那些送来的有毛病的设备。

简抬起头，刚好与一个男孩的目光相遇。简在这个男孩床边的墙壁上看见一幅画：是一幅吉米·艾哈迈德的钢笔画像，突出了他的头发、眼睛和胡须，比本人看上去更像黑人。画像底下歪歪扭扭地写着："我不是任何人的奴隶和种马，我是勇士和火炬传递者。——吉米·艾哈迈德哈吉。"

长方形的窗户外是白晃晃的天空。但是简此刻感觉到的不光是炎热，还有孤立无助。将来，在高地住宅区，在伦敦，这次画眉山庄之行会是有趣的谈资。但是此刻，在这栋简陋的屋子里，看着桌上破破烂烂的办公器材、墙上的画像和黑色剪报，看着铁床上的那些男孩，想到屋外的阳光、荒地和环绕着它的树林，简感觉自己仿佛来到了另一个世界。

这时，简听见嘶嘶的声音。这是她在这个小岛上慢慢认识的街上的声音之一。当地人就是这样呼唤远处的人的：这嘶嘶声能在一条繁忙的马路上穿透车流的声音。嘶嘶声是其中一张床上的男孩发出的。简知道是在叫她，可她没有理会，而是试着继续读手上的东西。

"大姐姐。"

简没有抬头。

"白小姐。"

简抬起头，往铁床的方向迈了一步。这一步给了她勇气，她在两排铁床中间走着，寻找那个叫她的男孩。

只有曼尼是坐起身的，其他男孩都躺在床上。当简走过一个男孩的床铺时，那男孩直愣愣的目光好像穿透了她的身体。但是随后，她听到他自言自语似的轻声说："那么你知道你的名字。"这时他隔壁床上的男孩用大一点的声音粗鲁地说："给我一美元。"说话时他没有看简，油亮的脸侧靠在薄薄的枕头上，两只长得很近的充血的眼睛盯着后门。

他的脸窄得出奇，一边还是扭曲的，仿佛出生时遭受了什么伤害。扭曲的那半边脸上的眼睛半闭着；额头和颧骨上有突出、发亮的肿块。头发梳成一根根的小猪尾辫：一颗美杜莎的头。

简从挎包里取出钱包，拿了一张折了两折的红色钞票递给那男孩。男孩举起手，但没有改变姿势，仍旧没有看简，他接过钱，手落在床上，说："谢谢白小姐。"就这样，没有别的什么可做或可说的了。简穿过床铺往回走，身后静悄悄的。她从屋内的水泥地一脚跨到屋外滚烫的红色黏土上，来到了阳光底下。

简看着那些棕榈树，笔直的树干上长满了黑色的针，破破烂烂的麻布包扎着一面生长一面腐烂的树心。从公路到树墙之间的土地全部被收拾平整，光秃秃、亮晶晶的。但长屋后面的土地看上去已经荒废，无人照料。简看见几个由旧木板和软趴趴的铁丝网随意搭建而成的空鸡舍，与市区新住宅小区露天院子里的那些鸡舍相仿：身处灌木林之中，眼前所见却已然是一幅城市贫民区的景象。她看见一堆堆的旧木料和瓦楞铁皮，一圈圈的旧铁丝、鼓形桶：一个后院垃圾堆。她看见一个坑，坑里有几个干掉的黏土堆和一个混凝土块堆。空地尽头，在一个高高的水泥台基上有一个瓦楞铁皮搭的厕所，在强烈的阳光下白晃晃的，厕所门开着。水泥屋的后墙上连着一个茅草屋顶，屋顶从墙的半截开始，一直斜到快接近地面。在茅草屋顶的黑影里，在一个用修剪过的树枝做成的洗碗台上放着还没洗的瓷碗、盘子和盆子；地面又黑又脏。孤立无助，简想马上离开。

当看见罗奇和吉米朝她这里走来时，她从罗奇脸上的忧郁和愤怒看出，他刚刚和吉米争吵过。但吉米还是和刚才一样面无表情，胡子下面的嘴唇紧紧地闭着。

罗奇说："过不了几天这儿就会出现传染病。"

吉米说："是，主人。"

罗奇朝简笑了笑。他的愤怒像她的一样；但他的微笑令她沮丧。以前，她觉得罗奇的微笑充满忧郁和嘲讽，是遍观世界后发出的微笑，如今看来不过是僵硬的、毫无意义的嘲讽。抑或连嘲讽都不是，而是挖苦、挫败、耍性子。

三人一起朝汽车走去，开车来到田地里。简和罗奇坐在前面；吉米坐在后座。简情愿以为此行已经结束，没想到不一会儿就下了车，又回到酷热和刺眼的阳光底下。他们穿过马路来到树墙旁经平整的田地边的小路，一个跟在一个后面：罗奇、简、吉米。罗奇怒气未消。吉米的木然逐渐变成一种冷静。简甚至觉得他是个体贴的人：她立刻就意识到了这点。

吉米用他那轻柔的声音问："你跟男孩们相处得怎么样？"

"我们没说什么话。"

罗奇头也不回地说："他们没什么话可说。"

吉米咕哝了一声："哼。"

强烈的阳光照在他们身上，照在树墙上。树墙没有远看时那么绿，那么浓密，而且显得更干。没有风。小路又硬又崎岖，他们踩在上面扬起阵阵尘土。简汗流浃背，满身尘土。

罗奇问："他们有没有跟你要钱？"

"一个男孩管我要一美元。"

吉米说："是布莱恩特。"

"一个扎猪尾辫的男孩。很黑。"

"是布莱恩特。"吉米说。

罗奇问："你给他钱了吗？"

"没有。"

吉米说："哼。"

三人走在树林和干旱的田地之间，走过犁沟，干巴巴的泥土上长着绿油油的野草；走过刷有萨波利切公司名字的废弃红色拖拉机；走过摇摇欲坠的茅草屋，长茎番茄苗在屋里那些干土做的浅盒子里变得枯黄；走过就在小路上的两处人的粪便。他们跨过粪便后都不作声了。

然后，简一面想着树荫，一面想着吉米和他的男孩们干起来也许不那么吃力的活儿，问道："你们有没有种果树？"

吉米回答："以后种。现阶段我们需要钱，所以主要种植经济作物。"

他们来到田地尽头，这里四个穿牛仔裤、橡皮靴的男孩时而站在长满野草的犁沟里，时而跨坐在四道干巴巴的田垄上。看见他们过来，男孩们低垂着闷闷不乐的双眼，不情不愿地往地里种长茎番茄苗，好似在拙劣地模仿十九世纪种植园照片（当地人已经开始收集这样的照片）中的情景，这些菜苗刚被插进满是尘土的小坑，就一个个在恐惧中枯萎了。

“番茄。市场上卖八十分一磅。营销，主人——会是个大问题。”吉米对简说，就像在介绍一种当地特有的蔬菜。

罗奇说：“等到了那一步再说吧。”

他们离开那些男孩，走到树林边缘一片弯向田地的竹林。竹林里很凉爽，地面松软，落满枯叶。竹子的茎从鲜绿到鲜黄再到麦秆色，颜色各异，在重力的作用下摇摆着，相互摩擦，发出窸窸窣窣的声音。有一簇竹子燃烧过；但是已经有绿芽从烧成焦黑灰烬的竹心冒了出来。

这块竹林掩映下的地里的野草长得几乎跟灌木一般高了。穿过竹林，他们来到吉米所说的菜园子；这里种的蔬菜专供画眉山庄。菜园子里没有犁沟没有田垄，只有齐膝高的野草。可是不论吉米还是罗奇，都没有对眼前的景象感到惊讶。吉米突然起劲儿地把草拨开，找他们种的菜，指给简和罗奇看：形状怪异、颜色苍白的茄子，发育不良的秋葵。吉米很兴奋；好似一个人发现了大自然的朴实和它亘古不变的规律，发现了对别人、对他都同样奏效的自然进程。

*

吉米不住在画眉山庄。他的房子离这里有一段距离，与公社那栋陋室隔着一片树林。可以沿林里的一条小路过去；但可以从旧工业区的那条岔道过去。三人钻进汽车。

吉米出乎意料地邀请简和罗奇去他家；罗奇一直觉得吉米对自己的住所挺保密的。但是简并不觉得惊讶。她已经开始感觉到吉米最初的冷淡只不过是一种紧张的表现；他其实很看重这次拜访，并作了准备，准备了他的出场，准备了他那没有表情的脸；渐渐地，他放开了，变成一个愈来愈急切地想表现自己、给人留下好印象的人。刚才在菜园子里，当吉米弯腰把杂草拨开、找他们种的菜时，简的脑海里突然闪过一个念头：他是候选人了。在此之前，她一直在因炎热和厌恶而烦躁，现在变成了知道自己正在被追求的女人的烦躁。她变得自在多了。

车还没开到斜条纹的岗哨亭，重新戴上墨镜的罗奇就已觉察出简的情绪变了。这种情绪在他们于伦敦刚刚认识时就曾出现过：那种烦躁，混杂着突如其来的羞涩，是她特有的风格。罗奇心想：海葵正在海底摇曳着它的触须，安全，根基牢固，毫不在乎自己吸引来了些什么东西。这母夜叉是那么随便，无意中算尽机关，对自己的身体毫不在乎，如此明显地想要糟蹋它，同时又对它呵护有加，对肤色、牙齿、头发，无不细心保养。

吉米的房子独自矗立在一条窄路的尽头，路的另一头在距离树墙不远处戛然而止。这里还是工业区的时候，它是一位美国工厂经理的住所。在宽限期，工厂撤走了资金和设备；把厂房（其实就是一些瓦楞铁皮或者木材搭的空壳）当作建材拍卖、拆除了；原先的工厂如今只剩下这条死路、路两边的平地和路尽头的这幢房子。

房子四周长着高高的夹竹桃，有粉的有白的，还有疯长的叶子花：在一片褐色之中突然出现的一抹亮色。房子建在一个矮水泥墩上，赭石色的水泥墙壁，整体结构简单；但是瓦楞铁皮屋顶却做得颇为复杂，是想模仿当地人所说的加州风格。

他们到门口时，一辆蓝色小货车从院子里开了出来，上面写着：陈氏兄弟优质杂货店。罗奇靠边停下让货车过去，然后才开车进去，穿过白晃晃的前门廊，驶进房子侧面阴凉的停车棚。远端的水泥台阶上堆着纸板箱，里面装满了大包小包的东西。

“他们送货到这里？”简问。

“而且还是免费的，”罗奇一面摘下墨镜一面说道，“不能靠土地生活的话还可以靠这个。”

“他们是我的中国兄弟。”吉米说。当他们走回阳光底下，来到房子前面，吉米直接问简：“你了解中国人吗？”

简露出羞涩、兴趣盎然、开心的神情。

“我出生在一个中国杂货店的后屋里。不过我以为这事显而易见。”

“我对中国杂货店一无所知。”简说。

“我想这就是为什么我老觉得饿。我的中国兄弟了解这种情况。”

花园里有的植物烧焦枯萎，有的却长势旺盛。长长的马唐草茎多于叶，而且已经干枯，露出一块块干巴巴的泥土。然而，致使土地荒芜、山林着火的干旱却让无人修剪的叶子花和几乎光秃秃的木槿丛开出了最娇嫩的花朵。如今是长新叶的季节，但凡有新叶冒出来的地方都还是嫩绿嫩绿的。

阳光照射着水磨石的门廊，透进客厅。一块钢青色、点缀着黑黄斑点的英国地毯几乎铺满了整个地板。家具也是英式的，同样透出一种天真无邪的时髦感；像英国集镇大街上家具店的橱窗里陈列的那种。结实的三件套方沙发上盖着一层厚厚的、毛茸茸的假虎皮，还有厚厚的垫子。定做的书架上整整齐齐地摆放着相同品红色封面的书：“世界上最好的一百本书”；还有几本平装书和一叠同样摆放整齐的唱片。一个蓝色玻璃花瓶里插着三朵叶子花。屋内井然有序；显然为这次拜访收拾过。

简觉得自己应该评论两句，就说："感觉就像在英国。"

吉米说："这里所有的东西都来自英国。有句话说得好：你也许无法在英国过活，但是英国教会你如何生活。"

在两个定做的架子上，在书本和唱片下面，有两排没有镶框、放在廉价的立式相架中的照片：吉米在伦敦与各界人士的合影。简认出其中的一些名人：一个演员、一位政治家、一名电视制片人。这些人在简的生活圈子之外，在伦敦，简对他们的名字毫不关注。可是在这里，他们看上去光彩照人。简的脑海里产生一个想法：在这里，在自己的祖国，吉米的身价被贬低了。

简说："你的英国纪念品。"

吉米听出简的语气里那种不自觉的嘲讽，眼神变得不安，接着，胡须底下的嘴被紧紧闭上。

简的目光落在了另一张放在相架中的照片上。这是一张残缺不全的照片，中央被挖出一个不规则的洞，想来是要把某个人排除在外。照片上剩下两个混血小孩，胖乎乎的脸蛋，粗犷的五官，头发比吉米的鬈曲，皮肤也不白。一张残缺不全的照片，让人想到那个被挖掉的人：简觉得奇怪，一个如此喜欢照片的人怎么会没有孩子们单独拍的照片。

一道三角形的白光从门廊射进客厅，照在钢青色地毯打卷的边缘，地毯松松垮垮地铺在水磨石地板上。阳光照出屋子中央椭圆形桌子的烟灰色玻璃上那细细的灰尘。简看到桌子上排列着几封贴着英国邮票的航空信，像是在等待接受检查。

简说："你一定很想念英国吧？"

简看见吉米欲言又止：仿佛自己问的问题是个圈套。

“英国处在风暴眼。这是他们非常幸运的地方之一。”罗奇用他那懒懒的语气说，正是这种语气曾让简在他的话语里寻找深层含义。

“半死不活叫幸运？”简把有些羞涩的脸（肤色红润，保养得极好）从吉米面前转开，眼睛里立刻冒出了怒火。

这是罗奇教她的，她把这句话，这个一闪而过的观点收集、合并进自己混乱的话语和观点储备库里：她随时会从中抖出一些话来，跟她收集它们时一样容易，然后就忘了自己曾经说过这些话。她，曾嫁给一位年轻政客，驾轻就熟地扮演政客的好太太，如今她一样能轻而易举地回归到这样的角色上。她没有记忆：许久以前罗奇就得出了这个结论。她前后不一，有时甚至背道而驰。她只知道自己是什么人，生来是要做什么的；她紧紧抓住这点不放；这是她的定心丸，让她能够安全地冒险。在冒险中，她不在乎，又或许根本没有意识到她说的话与她信心满满地塑造的形象相互矛盾；这种不在乎或者无意识，这种荒唐感的缺失，是她屹立不倒的原因之一。

吉米终于开口：“我想念我的孩子们。”

他给客人上了软饮料。他说他是穆斯林，不喝酒。端来饮料后，吉米在其中一张毛茸茸的沙发上坐下。他用拇指和中指夹出一道褶子，灵巧地把裤子提了提，然后将赤裸的手臂平放在沙发的扶手上，开始用手掌轻轻地摩挲那厚厚的人造毛皮。简注意到吉米的动作，也抚摸起自己沙发上的毛皮。十分光滑，仿佛抹了油一般；简手心发痒，感觉不舒服。

起褶的紧身裤使吉米显得十分整洁；他的动作幅度极小，也极细心。整片下嘴唇湿漉漉的，中间部分粉红粉红的：简认为是他不停用舌尖去舔，才成了这种颜色。他的脸颊刮得干干净净；硬邦邦的胡楂深深嵌在粗糙的皮肤里，脸颊和下巴在刮胡刀下变得凹凸不平，肿块上还有刮须用的白色粉霜。

吉米端上来的软饮料不好喝，像一瓶没有摇晃过的橙汁最上面那层发白的水，有股怪味。两个毛玻璃杯仍垫着木垫放在玻璃罩着的桌子上，外壁上淌着水珠，差不多还是满的。

罗奇不再开口说话。他眉头紧锁，一脸不悦。简则镇定自若。

吉米说："英国不真实。"

"你说不真实是什么意思？"罗奇问，"你知道自己的意思吗？"

简说："我明白他的意思。"

吉米轻舔了一下嘴唇，双手停止运动，手指平摊在沙发的扶手上，直起腰，紧紧地靠在沙发背上。"在英国什么问题都解决不了。你们知道英国人是什么样儿。人人参加游行、集会，然后他们丢下你，回家喝茶。"

"英国人还是回家喝茶吗？"罗奇问。

吉米看了看简。她饶有兴趣地听着，面带微笑，羞涩，脸通红。吉米说："我及时地抽身了。我很幸运。在英国黑人会变得……"他一时找不到合适的词，"像玩童一样。英国人把黑人当作玩童。"

吉米用错了词。简猜测他要表达的意思是：玩物。

简说："玩童。报纸让人有这样的印象。"

这么说，在伦敦，简听说过他。吉米说："嗯。"

罗奇说："我刚才没看见斯蒂芬斯。他怎么了？"

"我想他背弃我们了，主人。"

简说："再跟我说说英国的事。"

罗奇说："我在问他斯蒂芬斯的事呢。"

简笑了笑，跷起腿。

"这些人妄想一夜之间就看见成果，主人。斯蒂芬斯太狂了。你以为你给我送来了一个工人，殊不知送来的是一个想取我性命的毛头小子。他觉得他才应该住在这里。"吉米朝屋子挥了挥胳膊。"每个人都想当头儿。"

罗奇说："这么说斯蒂芬斯走了？"

"我不知道，主人。"

简说："这里的生活一定很艰苦。"

"我不知道什么叫艰苦，"吉米说，"对我来说这就是生活。就是工作。我是一个工人。我出生在一个中国杂货店的后屋。我是一个白鬼中国佬。知道白鬼是什么意思吗？就是中文里的黑鬼。他们也有这么一个词。他们觉得我回到这里以后就会是这么一个白鬼。'哦，他在英国是个大人物咧，可是在这里他就只是一个白鬼。让他搞他的运动吧。让他和黑鬼们较量吧。让他看看自己能走多远。这里可不是英国。'他们以为他们把我困住了。如今他们知道了他们是把自己困住了。是不是，主人？他们必须支持我，主人。萨波利切公司和其他所有的人。他们必须帮助我变强大。因为，如果我失败了——哼。我是唯一站在他们和革命之间的人，如今他们明白了，主人。因此我也就成了他们唯一害怕的人。他们知道我手里只需拿起一只话筒，整副纸牌就会倒下。我和其他人不一样。我不是街头政客。我不演讲。没人会把我当成颠覆分子关进监狱。我不是颠覆分子。我是这个国家每个资本家的朋友。每个人都是我的朋友。我不会上街去推翻政府。没人会开枪打我。我在这里，我就待在这里。如果他们想杀我就得上这儿来。我没有枪。”吉米把赤裸的手臂从沙发上举起来，亮出手掌。暗色上衣的短袖滑下他那苍白而结实的二头肌，露出腋窝下的腋毛。“我没有枪。我不是游击队员。”

吉米突然住嘴，把手放了下来。他讲得忘乎所以；语速太快，语无伦次。他在胡言乱语；把很多东西搅在了一起。他的眼睛半闭着；下嘴唇向外突出。他的手平放在沙发的扶手上，手指僵硬地并拢。

“你的妻子是英国人吗？”简问。

吉米站起来。他的眼睛又闭下去一些；下嘴唇开始外翻。光滑的额头出现皱纹，下眼睑开始发黑。他说：“是的，是的。”

罗奇觉得他们该走了。

*

“每次跟吉米见面，我都至少要跟他发一通火，”罗奇一面开车一面说，“好把他拉回现实。他今天异常兴奋。我想是因为你。”

“他在拼命表现自己。”

“可他说的每句话里都有那么一些是事实。这才是奇怪之处。”

“那间可怕的平房。那些看起来跟傻子似的男孩。田里的那些大便。”

“你给那男孩钱了吗？”

“没有。”

“一旦你允许他们敲诈你，就很难在他们面前树立权威。”

简说：“哈里·德通哈说吉米阴险邪恶。我发现那些男孩要更令人担心。”

“就像他们说的，在装混混。但是如果你让他们得逞那就危险了。这也是我至少要跟吉米发一通火的原因之一。”

“英国的强奸和性骚扰是真的吗？吉米是因为这些被驱逐的吗？”

“我没有理由质疑这点。但是人无完人，你只能看人下菜碟。”

简说：“不知道小多丽丝对这一切怎么看。”

“多丽丝？”

“我在想吉米的妻子。我想她一定是个叫多丽丝的平庸女人，你不觉得吗？”

“在伦敦看上吉米的不是哪个多丽丝。世界就在你眼前，而你却成天异想天开，这可真是奇怪。管某人叫多丽丝并不是一种观点。等于什么都没说。讲多丽丝和田里的大便并不能构成观点。”

“也许我就是没有观点。”

“但愿你不要假装你有。还记得那次在格兰德利特太太家你是怎样打断了大家的谈话吗？你以为自己忧心忡忡，说什么棚户区、什么在垃圾堆里乱爬的可怕的小黑虫。你以为你说的事物大家以前都没看见过。你以为你比其他所有人都更忧心。但其实你什么也没说。那只是一种拙劣的自我表现的方法。”

“哦，我现在已经看不到棚户区了。”

车子驶上大路。阳光斜照在简和罗奇的脸上。山上在冒烟；不过，尽管天气依然炎热，没有一丝风，山上的阳光却变了，从中午的阳光变成了下午的阳光。笼罩山顶的烟雾慢慢变黄，预示太阳即将落山；天边开始出现晚霞。

车子来到工厂区：来来往往的车辆、焦黑的路缘草带、平坦的旧种植园里看上去不会长久的厂房、装饰性树木。还有矗立在枯黄的草坪上、像是从树林里抢救出来的树干光滑的小王棕。工厂后面的田地里汽车随处可见，男人们正在把一捆捆割下来的草装进后备箱。这些是给他们仍在饲养的母牛等家畜的饲料，大路两旁的房子和小屋后面时常可见牲口棚。

一个男人不慌不忙地在他们的车子前面跑步，不理会来往车辆和令人难受的烟雾：一个老黑鬼，长脖瘦脸，穿着黑色跑步短裤和一件湿透了的白色背心。大家都知道他，一个神经病，总会在奇怪的时间到马路上跑上几英里，不论白天还是夜晚。简心想这又是一样她已经可以视而不见的东西：像这个跑步的老黑鬼一样的疯子，住在山里、新住宅区、山底的市区以及一些大马路旁的后院里的流民：这些被社会抛弃的人属于另一个社会。

“政府真的害怕吉米吗？”简问。

“政府害怕每一个人。吉米说得对。政府得帮助他，假装支持他，这个实干家。他有来自英国的名声。你不能简单地撇开他。”

“他对英国准怀有很奇怪的想法。”

“我猜能达成他的目的就行。”

“听你的语气好像不喜欢他。”简说。

“这不是喜欢不喜欢的问题。再说我不在乎吉米。他和其他人一样，想做头儿。”

“当然，他在欺骗大家，是不是？大家也在欺骗他。每个人都在无中生有。”

“你只能顺应环境。”罗奇说。

“可是他肯定知道那些地种得乱七八糟。他不知道吗？还是说他和其他人一样脑子不正常了？”

车子一路迎着太阳，在越来越拥堵的路上缓缓行驶，穿过郊区，来到城区：来到了燃烧中的垃圾场，又多了好几堆新垃圾；来到了新住宅区，红色长街上此时熙来攘往，挤满了男人、女人和小孩；来到了市场，冷藏拖车停在没有铺砌的前院；来到了海滨大道，以前说要在这里建一个滨水文化中心，要建步行街、几栋宾馆、一座剧院和一个游艇停泊码头，可如今这里却被铝土矿装卸站的红色粉尘覆盖。这里的路凹凸不平，路缘也不齐整；长着一簇簇耐旱野草的没有铺砌的人行道上堆放着胡乱刷着标语的水泥管、被风削平顶部的沙砾堆和其他修路材料，铝土矿粉、发黄的报纸片和褪色的香烟盒混杂其中。

“succubus[①]是什么东西？”简问。

罗奇的墨镜上落了一层细细的红色粉末，让他看上去像个瞎子。“听着好像是 incubus[②]之类的东西。不过应该不是这个意思。”他说。

“我跟哈里·德通哈说我们要去找吉米·艾哈迈德时，他说吉米是个 succubus。”

“听上去像是一种蛆虫。人身上携带的寄生虫，水蛭之类的。”

车子终于拐进了市区，来到一片商家的仓库区。这里有很多小酒馆，每家小酒馆都传出喧哗声。这里以前属于市中心。如今这座城市不再有中心。随着汽车的出现和增多，山区也被开发出来，逐渐发展成为独立的郊区，拥有自己的购物和休闲中心；之前在山坡上砍树种地的农民把地卖了，搬到了平地上。回到高地住宅区，空气温和许多，没有那么炎热了；城区被抛在脑后，变成一道与大海、

①指在男子睡觉时降临并与之性交的女妖。

②指在女子睡觉时降临并与之性交的男妖。

红树林和大平原融为一体的风景。就像现在，城区与黄昏的颜色融为一体，海边升起烟雾和粉红色的云彩，与绚丽的灰色、红色和橙色云朵交相辉映。

一抹琥珀色的阳光照在山坡枯黄的植被上。简刚到这里的时候，这些植被在她眼里只是风景的一部分，但其实里面隐藏着陌生和危险：无家可归的疯子，沿着旧路流浪，穿过花园，走过房子和被开垦的树林，像原住民那样只认得世代不变的景物，坚持着某种古老的通行权。衣衫褴褛、蓬头垢面的流民；有着茫茫然红色眼睛的流民。还有土匪。警车在这些高地住宅区巡逻。有时晚上或清晨可以听见炮火声。报纸、广播和电视上说有游击队。

简和罗奇住的房子建在一片光秃秃的大草坪上，是在一块凹凸不平的山坡上凿出了这么一块平地，一边还留有一道天然的土墙。有草的地方是黄褐色的，靠近土墙的地方则几乎光秃秃的，此刻夕阳照射下的草地金黄一片；每棵草、每块土都投下一道阴影，使得整个地面看上去十分引人注目。房子本身和草坪差不多宽；不高，只有一层，木瓦屋顶伸出粗坯的水泥墙壁一大截，墙上长着某种常春藤。

屋后的露天阳台外是一道斜坡，斜坡底下是隘谷和树林。城区在远远的山脚下，是大平原的一小部分。大海的边缘仍泛着光，但是其他部分和沼泽已经变暗，与大平原融为一体，分不清哪里是海哪里是陆地。

"那么不真实，"简说，"那么隐蔽。最高统帅。那些所有宣传。那些食物。当然了，这些是游击队的绝好掩护，不是吗？"

二

天空逐渐变得雾蒙蒙的，夜晚的寒气降临到了山上。隐藏在夜幕之中的城市隆隆作响，和平时一样，成千上万台收音机一齐播放着雷盖音乐。仿佛在某处，人们月复一月地在举行同样的聚会，播放同样的音乐。同样的聚会，同样的音乐，在山脚下，在城市的大街上，在重建区，在翻过垃圾场的市郊。同样大的声音，人群、车辆、广播音乐同样固定的节拍在白天听不见，到了夜晚便清晰可辨。如同路边的火光，在日光下看不见，现在则一清二楚：公路两旁星星点点的小火苗冒着烟。

画眉山庄里又黑又静。天空先是变为深蓝色，后来就渐渐地和四周的树墙一样黑了。脚步声在空荡荡的屋子里回响；小伙子们发出的每一个声响从水泥和瓦楞铁皮上反弹回来，听上去尖锐刺耳，向他们提醒着这里的空寂和外面的黑夜；这些小伙子在城里都是扯着嗓门说话，在这里却轻声轻气，近乎耳语。两盏油灯在每个角落投下阴影。

从前，在这栋小屋盖好之前，在墙还没有抹灰，玻璃窗还没有安上去的时候，小屋里比现在热闹、快活。那是斯蒂芬斯在的时候。可是斯蒂芬斯走了，一些小伙子也跟着他离开了；如今半数以上的床铺是空的，只剩下相似的光秃秃的床垫和贴在墙壁上的剪报（黄色的黏胶把纸张背面印的东西透了出来）诉说着曾有人住过。

那些离开的是有家可回的小伙子；在城里他们有母亲，有阿姨，或者有他们唤作阿姨的女人。留下来的则是无处可去的小伙子；像布莱恩特这样的。城市造成这样的孩子大量产生，他们是被不小心怀上的，经过后院的生产阵痛和出生仪式后逐渐被抛弃，而后他们只好让自己依附于某些团体，再通过这些团体依附于某些可以暂时提供吃住的人家。

布莱恩特想念斯蒂芬斯。斯蒂芬斯把画眉山庄变成了一个快乐的地方。他有很多话说；他读书；他有想法，还懂得很多常识。小斯蒂芬斯长着一个可笑的酒糟鼻：但是当他开口说话，你就不觉得可笑了。斯蒂芬斯不用非待在山庄里不可；他有妈妈，有家。可是斯蒂芬斯因为自己的想法来到山庄，他的到来让很多小伙子高兴。并非斯蒂芬斯说的每句话布莱恩特都理解；他只知道跟斯蒂芬斯在一起他觉得开心和安全。斯蒂芬斯知道怎么鼓励人。可如今斯蒂芬斯走了。他没有回城里他妈妈家：这点布莱恩特确认过了。没有人知道斯蒂芬斯去哪儿了。

没有了斯蒂芬斯和那些在他之后一个个离开的小伙子，布莱恩特晚上不想待在山庄里。他不喜欢和留下来的小伙子们在一起。他们和自己太像了；和他们在一起他感觉茫然无措。他想出去，待在其他人中间。他有那个女人给他的一美元，还有其他钱；这些钱让他躁动不安。

几乎在看到那个女人的第一眼，布莱恩特就决定要冒险跟她要钱。刚开始他不确定对方会不会给他钱，甚至担心会被告状；可是当他叫她，看见她脸上的恐惧时，他立刻知道不会有问题。这个小小的胜利把他和屋里的其他小伙子分离开来。但是他已开始觉得他的胜利不知怎的变了味，他变得不安。他不说话；不与他人接触，摆出一副有人不小心冒犯了他的样子。

他们早早吃了晚饭，米饭和炖肉。吃完饭，布莱恩特把自己的盘子拿到小屋后面的茅草披屋，在洗碗的水桶里蘸了一下水，然后放到洗碗台上。他没有回屋里去，而是绕到屋子前面，避开从门口射出的光，来到马路上。不久，他就将小屋微弱的灯光抛在身后了，在漆黑一片中朝公路走去。他不喜欢黑，也不喜欢夜晚在灌木林里摸索前行，但心头的兴奋给了他勇气。要步行三英里。他走得很快，等来到公路上他已满身是汗。

他知道车不好打。画眉山庄名声不好。他记得斯蒂芬斯在的时候，遇到这种情况，他们并不苦恼，有时还故意装混混以迎合他们的坏名声。每隔四五分钟就有一辆车经过，车灯把他照得分明：一个穿着牛仔裤和条纹运动套衫的黑人小伙子，身材矮小，面目狰狞，扭曲的脸因为流汗而发亮，一根根蛇一样的发辫散发出敌意，让他显得越发丑陋。他拼命招手，没有车停下来；站在公路上，周围全是灌木林，他开始感到孤独、害怕。想到这个夜晚就要泡汤，变得无趣，想到要沿着原路郁闷地走回去，之前的兴奋变成了反胃。

终于有一辆出租车停了下来。车里几乎坐满了；无疑这就是司机冒险停车的原因。布莱恩特在一个胖女人身旁坐下，当他们的肩膀碰到时他能感觉到那女的躲开了。十五或二十分钟后，出租车驶离公路，来到一个小镇上，这是围绕着工厂区的中心发展起来的一个小镇。出租车在靠近小镇中心一个挂着一只发亮的时钟的店门口停下，布莱恩特就在这里下了车。

刚过八点，距离夜场电影开始还有半个小时，距离街上变冷清也还有半个小时，夜晚最后宝贵的半小时，人行道上三三两两悠闲的人群，生意红火的卖椰子的手推车，咖啡馆和酒吧，店铺屋檐底下的小吃摊和牡蛎摊，甚至还有小型的宗教集会，闪烁的霓虹灯、陶瓶里冒烟的火把、宛若圣诞节烟花棒的电石灯，似乎有很多乐子可供选择。不过如今的布莱恩特变聪明了；不再是个毛头小子了；他知道这些东西都是骗人的。他身上有钱，他得把钱花掉；或者说他想赶紧摆脱这些钱，同时他也知道他完全是在浪费，到头来这天还是会像它开始时一样结束。

布莱恩特走进一家华人开的绿颜色的咖啡馆，这是一栋老旧的木建筑，像座谷仓，天花板上垂下两个没有灯罩的灯泡。他要了一杯花生宾治，同时砰砰地敲打吧台，还“啊！啊！啊！”地大喊。他这么做并没有什么理由，只是想引人注意，想看看吧台后面那个穿着背心和卡其短裤的中国人的眼神。这个中国人眼睛几乎眨都不眨。花生宾治又酸又臭；不过布莱恩特并没有把它吐出来，而是将蜡纸杯放在吧台上，付了钱，走了出去。

他想看电影。大部分电影他都看过了；在这些乡下电影院，一些影片被放了又放。年龄小一点的时候，他看过黑人主演的不同人种混交的黄色电影；这些电影看的时候很刺激，过后则令人沮丧，还是斯蒂芬斯告诉他这种电影是邪恶的，会把人毁了。布莱恩特选了西德尼·波蒂埃主演的两部连播，走进一家装有百叶窗、电风扇吱呀作响的小电影院。又是独自一人，夜晚接近尾声。

在第一部电影里，波蒂埃饰演一个带枪的人。布莱恩特一直很喜欢这部电影，但他知道这是假的，不让自己陷进去。第二部是《谁来爱你》。这是布莱恩特最喜欢的电影；让他哭也让他笑，是他的最爱。不久他便完全沉浸其中：他在这部电影里的波蒂埃身上看到永远不会有人知晓的自己，任何人都不会，多么可悲：这个人已在布莱恩特携带的这具躯壳里死去，在电影中则被真真切切地展现出来，布莱恩特知道那就是他，没有紧张不安，没有愤怒，没有佯装的丑陋，而是幽默风趣、谈笑风生。看着看着，他开始为自己被剥夺的人生难过：他幻想将来有一天，他成为真正的自己，不是一个带枪的人，也不需要一份伟大的职业或者什么豪言壮语，就是他自己，那个他被爱，被家和家里的人重新接纳。他抽泣起来，其他人也跟着他抽泣起来。

电影院的杂役小子忙活起来，他关掉电扇，让屋里安静下来，接着打开出口，又拉上窗帘遮住街上的灯光。外面寂静无声；车辆稀少。布莱恩特已经在害怕空虚，害怕一天的终结了。他的钱已经花光了，他又和早晨的时候一样穷了。钱给他带来的兴奋过去了。等到电影结束、他离开影院，咖啡馆应该关门了；酒馆也应该关门了；只剩下那辆卖椰子的手推车，空椰子壳比椰子多，一些人就睡在商店的屋檐下，喝醉酒的，神经不正常的，还有一个戴草帽的老妇人在借着一支火把的亮光卖剥了皮的橘子。这个夜晚就只剩下打车返回、沿着树墙与灌木丛之间伸手不见五指的夜路步行回到山庄了。于是，电影还没结束，布莱恩特就伤心起来，想着上天对他如此不公，想着他不幸的一生。整个一生。

回去比出来时更难打到车。布莱恩特站在发亮的时钟底下；夜已深，街上行人稀少，出租车里没有乘客，可是司机们都假装没看见他。最后终于有一辆长途合乘出租车停下来，车上有两名乘客，布莱恩特钻了进去。直到车开上公路，他才开口说："画眉山庄。"

车子驶离工厂区后，司机在油门旁边的车底板上摸索起来；坐在后座上的布莱恩特听到响声，明白了是怎么回事：司机有一把短剑。布莱恩特紧张不安，他说："怎么这年头人人都喜欢扮坏蛋？"话一出口他被自己凶恶的口气吓了一跳。司机没理他，只是咕哝了一声。几分钟后当布莱恩特大喊："停车！停车啊！你要去哪儿？"他又咕哝了一声，然后把布莱恩特放下，收了他的钱。车前灯一闪而过，红色的后灯也逐渐远去；只剩下布莱恩特独自一人站在黑暗中。

布莱恩特是在距离通往画眉山庄的马路不远处的一个交叉口下的车。他没有往山庄的方向走，而是抄一条近路：不一会儿灌木丛不见了，树墙前的那栋房子展现在他眼前。有灯亮着，不是彻夜不熄的昏暗的车棚灯泡，而是客厅射出来的灯光。

吉米还没睡，布莱恩特知道他一定是在写东西。吉米笔头勤快。布莱恩特对吉米的写作十分尊敬，他知道吉米这么晚还在写东西一定是因为有什么事情发生，让他头脑兴奋。

*

吉米在写作。很晚时他才有了写作的心情。下午的烦乱情绪一直挥之不去，从黄昏到日落，从日落到深夜。吉米通常就是在这种情况下写作的，在烦乱的时候，在迷失自我的时候，在突然间回想起过去某些事情的时候，抑或是在感到恐惧的时候。

下午，当简和罗奇让他滔滔不绝地讲啊讲时，他开始感到他的话语无法为他提供支持，他在和他的话语彼此分离；他的眼前一片漆黑，浮现出一个永久遗失的世界，他看见自己的生命正在那片荒原上终结。简和罗奇走了以后，他让自己沉浸于那片漆黑之中，封闭着下午的记忆：那是关于简的回忆，而她的仪态和言谈举止告诉他那漆黑是专属于他一个人的。然而同时，在他的幻想中，简赶走了那片漆黑；他想象简穿着喇叭裤紧张、颤抖地站在小屋外光秃秃、亮晶晶的泥地上。

我不明白一个这么有成就的男人怎么会在这种地方浪费自己的生命，跟这些——说实话，我实在不敢恭维——一无是处的当地人在一起，看他们像畜生一样随地大便，还不在高高的草丛里拉，而是在路上，因为，你听着，他们怕蛇。

这种事我这种阶级的人是看不惯的，可是彼得却面不改色，我想大便周围嗡嗡嗡的苍蝇声在他听来就像音乐一样呢。他说他要让大家知道他喜欢和当地人在一起。真可笑。那是因为他们让他感觉良好，和他们在一起，他有一种他在别处体会不到的优越感，尽管他总说革命，说他在南非为黑人受尽折磨。

我在来这里之前就听说过这个叫吉米的人。我在伦敦听说过他，他在那里是个名人，但我从未想到命运之神会让我们相遇。在这里他是一个争议人物，谁都不能无视他，人人都议论他。对于一般人，普通大众，他是个救世主，他了解、热爱普通百姓，因此，对于其他人，即政府和富有的白人公司之流，他是个异类，他们害怕他，排着队要给他钱。萨波利切公司的罗奇先生也是，他以为他在利用吉米达到自己的目的，其实他也害怕他。

因此，我想方设法要见这个人，虽然我知道他不见我这样的访客，他讨厌别人去打扰他。终于到了约定的日子，我来到画眉山庄，看见他光着膀子，他的皮肤并不黑，而是可爱的金色，像一尊青铜神像，我惊呆了，我的心跳到了嗓子眼。他不发一言，我害怕这种冷漠的沉默，然而我被他那完美的礼节，还有他让那些没有教养的黑人尊敬他并懂得守一些规矩的方式所折服，要知道这些黑人可不知道什么规矩。

你无法相信他和他们是如此不同。其他人住在公路或者山上简陋的棚屋里，只要有一块旧木板和一个沥青桶，他们就可以过活，你应该亲眼看看那些棚屋，然后你就会明白我为什么瞧不起这些当地人。可是吉米的房子不一样，当我走进去，我简直不敢相信自己的眼睛，从这头到那头，所有的东西都是最好的，所有的东西都整齐、干净，收拾得井井有条。而且他的藏书可真多，在这方面一点儿也不节省。他显然是一个很有教养的人，如今这样的人不多了。

我说："你介不介意？"然后走向书架。他说："那些可不是摆设，是货真价实的书。"我抽出《呼啸山庄》。"啊，"他的声音打断了我的思绪，"你看的是勃朗特姐妹那部伟大的作品。一个多么天才的家庭，你不得不相信遗传。要喝茶吗？"

我看得出他是一个不易相处的人，但是他努力尽到宾主之仪，而且尽管他很愿意（这点出乎我的意料）在茶桌上与来客闲聊，可我看得出他脑子里始终在想着伟大的思想和计划。但是他绝不会透露半点他的想法，他知道怎么管住自己的嘴。他生活在自己奇特的小世界里，他的脑子里装满了大事情，他背负着全世界受苦大众的重担，背负着住在棚屋里、在肮脏的小后屋里长大的人们的重担。

我被这个男人深深吸引，我情不自禁，当我看着他的时候，我两眼放光。彼得吃醋了，可是这不奇怪，什么革命什么对黑人的爱总是这么就荡然无存了。回家的路上我恍恍惚惚，什么也看不见，晚上，彼得的碰触令我反感。我们很少干那事，可是突然间他欲火焚身，他清楚个中原因，而我看得出不久彼得就会站到另一群人那边，试图摧毁这个男人。

我连梦里都是这个男人，可我不知道我们能否再见面。我知道我若再去打扰他，他定不会原谅，我不想惹他厌烦。他是所有特权的敌人，而我是一个地地道道的中产阶级，我知道尽管他表现得彬彬有礼、温文尔雅，其实他恨我这样的人。我只要看着他的眼睛就能明白何谓仇恨。

开始动笔的时候吉米是迟疑的，只是把一些话记在便笺本上。渐渐地，他兴奋起来；文字不再仅仅是文字；他觉得自己可以写很长时间。此时，由于太兴奋了，他停下笔，起身在房间里踱步。走着走着，他想起了外面的黑夜和树林；他的自信心又一点点消失了。忧伤向他袭来，一如疲惫、愤怒和宿命感；等回到书桌前，他发现写作的激情已不复存在，且不会再回来。便笺本上的文字又只是文字而已了，虚情假意的。

一天，我开车行驶在公路上，突然，车流之中，我的车坏了，就在这个我需要帮助的时刻，吉米开着他的阿斯顿·马丁轿车经过——

只有文字：吉米再次搁笔。

一天，在海滩上，明媚的阳光透过椰子树洒到树下的沙丘和汽车上，美不胜收，除了有一群野蛮人——

听见马路上传来脚步声，吉米停下笔等着。布莱恩特从前门廊进来，眼睛红红的，气喘吁吁，面无表情。他动作粗暴，好像他此刻急冲冲地跑进屋只是为了让人注意他自己的情绪。他什么也没说，也不看吉米，一屁股在两张毛绒沙发的其中一张上坐下，腿分得开开的，头靠在背垫的顶上，望着天花板。眼角有刚流下的泪水。

吉米问："布莱恩特，你去看电影了？"

布莱恩特没有回答。

"《谁来爱你》？"

布莱恩特用一根长长的、弯曲的手指擦去一边眼角的泪痕。

吉米知道这部电影，也知道布莱恩特看后的反应。他说："去给自己弄点阿华田。"

布莱恩特没有动。

吉米说："看着牛奶，别煮沸了。"

吉米看着布莱恩特站起来，动作没有刚才那么粗暴，然后看着他离开客厅。他望着布莱恩特留在身后的门发了一会儿呆，然后转向书桌，翻开便笺本上新的一页。

亲爱的罗伊，上次我寄给你一些从本地小报上剪下的剪报，我想那些剪报会让你产生兴趣，让你对我们在这里做的事情有所了解。这里似乎没有一个掌权的人意识到危机迫在眉睫，整个世界就要爆炸，而想到世界目前的构成，想到那些在画眉山庄和我一起工作的小子，我就觉得摧毁这个世界才是摆在明智的人面前唯一的办法。

每当停下来想想建设性的努力不受赏识，想想所做的一切都是白费，我就会产生摧毁的冲动，想看到所有的东西被大火吞噬，而在这样的夜晚，我觉得我几乎要为我们的世界，为生活其中却得不到保护的人们哭泣。当我想到我曾对自己的人生寄予多么大的期望，当我想到希望这么快就破灭，我黯然神伤，而当我再想到那些从未有过任何期望的人，我就更加伤心。我们是地狱之子。

也许说到底，罗伊，这个世界只为现在拥有它的人而存在，而有些人永远都不会拥有任何东西。将来的赢家是已经取得胜利的人，如今他们不愿冒险，比如那些自由主义者。你比我清楚，当危机来临时，这些人多么让我失望。你以为把我变成他们的玩童，然后赶出英国，他们就会放过我。但他们没有。在这里他们也还是不放过我，你能想象吗？这些来炫耀炫耀他们乳白色的大腿就以为对事业作出了贡献的自由主义者。

不过每个人有每个人的利用价值，彼得·罗奇先生也是。

我称他为主人，他都没听出我是在拿他开玩笑。他是南非伟大的白人革命者和受尽折磨的英雄。他写了一本书，我想你应该都没听说过，但在这里，当然，他是一个震惊世界的畅销书作家。现在他为我们这里一家老牌帝国主义公司萨波利切工作，这个公司以前是一个巨大的奴隶贸易公司，如今却假称黑人们很美丽，还雇佣了罗奇先生来证明这一点。我假装配合，你又能做什么呢——

他突然停笔。魔力失效了。文字有时带给他无限可能，现在却不能让他恢复自我。他是一个迷失的人，比小时候更加迷失，那时在父亲的店里，在学校，在城市的街道上，他只看见他看见的，而且一无所知。

布莱恩特静静地坐在毛绒沙发上看着他。玻璃罩着的桌子上放着一个阿华田空杯。他的眼睛不再湿润；脸上又有了表情，情绪比刚才平静了些；他的猪尾辫软趴趴地垂着。

“布莱恩特，你向那位女士要钱了吗？”

“吉姆？”

“你向她要钱了吗？”

“吉米，你知道我不会干那种事。”

他给予别人安慰，可他自己更需要他们的安慰。他走向布莱恩特，这个从出生起就奇丑无比的人完全就是在某些特定情绪下的自己的写照。他抱住布莱恩特。

三

高地住宅区的新建房流行用红杉木百叶窗取代玻璃窗，关上窗，屋里便一片漆黑。每天简就是于这样的漆黑中（她关上百叶窗不让虫子钻进来）在自己的房间里醒来，然后重温片刻她的神秘旅程。夜间长途飞行：抹去了过去和距离的引擎的嗡嗡声；到达一个又一个灯火通明的机场的回忆，更像是梦，而非对真事的回忆；兴奋过后人疲惫得没有反应；以至于，离开伦敦才几个小时，她就觉得自己进入了另一个世界。

这种陌生感起于伦敦机场。乘客已经全部登机；突然来了一则大雾警报，所有人都从飞机上下来；然后再次登机，又等了五个小时。伦敦就在外面；但飞机里面已是乘客和空姐构成的另一个世界。这些空姐在地面上是伦敦的一部分，并不引人注意，此刻在飞机上穿着特别的制服，却显得很英国、很有异国情调。乘客身上也起了变化：烦躁不安与过分自信突显出来，主要是脱掉外套、松开领带的男人们；黑人乘客当中，服饰和言行举止上的差异愈发鲜明。

飞机在伦敦耗了一下午，在不知深夜还是凌晨的时候到达纽约。几个美国人走上来，两个男人在简身边的空座位上坐下。简太累了，没有理睬他们，只是注意到他们带的黄色书，标题用小字印在简单的白色封面上。每当她小睡片刻醒来，总会发现两个人都在看书。拿骚机场，中转候机厅关着，一个像是走廊的地方有微弱的光。一个有些不好意思的黑人——尽管穿西装系领带，一看就知道是个工人——想勾搭一个红头发女孩。再次登上飞机，简伸手去拿已被放在椅后背口袋里的《荡妇》；可是坐在她旁边的美国人，书的主人，把他那肉乎乎的手放在了她手上，拿走了书，说："这可不是小女孩看的东西。重口味的。"再次醒过来后就没办法接着睡了，一些窗户透进亮光；盘子，动作麻利的空姐现在在制服外面系上了围裙，这样她们的角色又变了。那个美国人对简说："你需要特别护理。"

飞机着陆，几个穿卡其制服的黑人一面继续高声聊天，一面匆匆登上飞机喷洒杀虫剂，气味十分刺鼻。走出飞机，刺眼的阳光和炎热的天气让简一时不适应。那两个美国人带着她穿过水泥走廊来到入境安检处。途中，她的衣服被汗水浸湿，眼前掠过几块不规范的法语标示牌。他们带着她径直来到一排队伍的前头；他们一定是什么大人物，因为他们不用办手续就通关了，简也跟着他们通关了，没有提交入境卡，没有出示回程机票，也没有给她的护照盖章。

在海关大厅等行李的时候，简的脑子渐渐清醒过来。她已经在想那两个美国人中的一个了：他成了候选人。他给了他在这里的地址，简注意到他不住在城里。他问她住在哪里，谁来接她。简漫不经心地提起罗奇的名字，语气里暗示他是一个名人，期待那两个美国人——发出或惊讶或担忧的感叹，简此刻判断他们是做生意的。

但是他们并没有听说过罗奇，也没有听说过他所在的公司。

走出海关大厅，两个美国人见到了罗奇，脸上露出惊讶，甚至可以说是失望的表情。罗奇中等身材，没有穿外套，比在伦敦时苗条，甚至有些清瘦，他靠在铁栏杆上，衣着和姿势无异于出租车司机和临时搬运工，只不过他是懒洋洋地站在出口。那两个美国人的失望和突然的冷淡传染给了简，立刻也成了她对此次会面的反应。

他们不习惯在公共场合接吻或拥抱。

罗奇说："你和大人物坐同一班飞机。"

"他们一路上都在看黄色书。重口味的。"

"他们是铝土矿公司的。这个地方是他们的。"

"他们带我过了入境安检。安检员没有看我的护照或者回程机票什么的。"

"但愿你离开的时候不会因为这个而有麻烦。"

"我需要特别护理。"

车子经过一片已经热烘烘的绿色平原，车窗打开着。右手边是美得令人惊叹的山峦，蓝色的雾霭下绿意盎然，起伏的山脊线在晨光中显得十分柔和。简不认识山上的植被，只觉得是绿油油的一片。她想：以后，以后我就会知道这些是什么了。

报废的汽车；路旁高草地边地中海颜色的小房子。篱笆后面井然有序的庭院里的工厂；然后是垃圾场，望不到尽头的小镇，七零八落的店铺和挤挤挨挨的房子的斜屋顶，生锈的瓦楞铁皮，百叶窗和回纹窗格，后院的绿色植物，电线，歪歪斜斜的墙，破烂的人行道，没有清理的排水沟，"真正的黑人，不要投票"的标语。接着，车子向上驶往高地住宅区，人行道变成路缘草带，房子变大了，周围还是可以看到一间间小棚屋。但是之后，棚屋不见了，只有宽阔的马路，大花园，大房子，植被把刚刚经过的市区和平原遮挡住了。往上行，感觉还是清早，随着车子盘旋而上，偶尔可以看见山下烟雾朦胧的平原，分不清哪里是陆地，哪里是沼泽和大海。

一道水泥墙壁，沿山坡而下，草坪一侧的两条水泥路还处在阴影里；一间爬满常春藤的平房，一栋宽阔的大房子，面向一个红花点点的绿色山坡。百叶窗的房间，关上红杉木窗，屋里一片漆黑；一个黑人女佣，咖啡。简渐渐入睡，旅途中的画面颠三倒四地出现在她的梦境里：黑人，空姐，两个美国人，夜晚的机场，白天坐车经过的绿色平原；飞机的引擎声还萦绕在她耳边，就像某样东西抹去了那个被她抛在身后的世界的痕迹。筋疲力尽和紧张焦虑，她感觉自己好像侵犯了他人领地，她愈发觉得自己做了一个错误的决定。她在一片漆黑中醒来，一时不知自己身处何方。她起身拉开红杉木百叶窗，强烈的阳光让她睁不开眼。

这不过是四个月前的事情。那一天一夜一晨的旅行，那些一连串的梦一般的画面在简的新生活中仍然历历在目。她刚到这里的时候，到处还都是绿色的，山上繁花似锦。但是紧接着就开始干旱，而且她听说这是四十年来最严重的干旱。山上的树木都枯了；很多竹林着了火；高地住宅区的植物也沾染了市区的某种颓废。树木凋敝；植被大都干枯稀疏；邻家的房子现在看得到了。但是山下的市区和平原还是和简第一天到这里时一样陌生。同样没有改变的还有她一到这里就产生的信念：她做了一个错误的决定。

其实她隐约料到会这样。她早已习惯料到她的决定可能是错的；她开始觉得这个世界又一次辜负了她。

在伦敦，简觉得罗奇是一个了不起的人；她为自己挑中他的眼力而自豪。那时在她看来，罗奇是个实干家，而在她认识的人中没有一个可以被称为实干家。那些人，记者、政客、商人，每星期每星期地对报纸上最新危机事件、电视上最新议题发着牢骚；他们鹦鹉学舌、人云亦云；他们几乎歇斯底里地谈论着这个国家的衰败。但是这些小危机总是会过去，秘密议论的政治阴谋和商业诡计最终化为乌有；他们说的尽是些陈词滥调，久而久之，人们不再相信他们说的话。失败永远是别人的事：成天把危机挂在嘴边的人自己却往往十分平静，满足于自己的职务，生活在自己的职责之中，故步自封，跟自己谴责的那些人差不离。

简感到虚弱、漫无目的和隐隐约约的不满，这种不满现在针对的是这个世界，是男人。一天晚上晚饭前，在她家里发生了这么一件事。她当时和情人在一起，他是一个左翼记者，她对他的观点不再感到惊奇，她看穿了他的虚伪和野心，也不再读他写的文章。她喜欢他的英俊，但仅仅像喜欢一幅画：这具外表光鲜的躯体给予她的太少。他压在她身上，她没有反应；他想亲吻她，她把头扭开；她的私处干干的，他难以进入。突然，她一把将他推开，他赤身裸体、毫无防备地站在床边。她无意取笑他，只是弯起右膝，点了一支烟。他问："你干吗这样？"她回答："我想干吗就干吗。"他给了她一个耳光，重重地打在她的下巴上，烟从手里掉了下去。他又给了她一个耳光，她的脸热辣辣的，她哭了起来；她敏捷地捡起掉在床上的香烟，起身裹上床单，冲进浴室。她任由眼泪肆意流淌，却小心地不发出声音。她等着他来敲门：打算不作回应。她听见卧室里的脚步声，听见脚步声到了走廊，然后走下铺着地毯的楼梯，最后她听见前门关上的声音。她在浴室里待了一会儿，等着门铃响，等着被拯救。但他没有回来；这时她发现自己湿了，顿觉失望和恶心。

这件事之后不久，她遇见了罗奇。他刚刚出版了一本讲述自己南非经历的书。他被逮捕、严刑拷打、审判、监禁，后在国际组织的抗议下被驱逐，他在南非的资产亦遭冻结。第一次见面罗奇并未给她留下什么深刻的印象。但是后来她读了他的书，通过他的书接近他。而不久，她便感到不可思议，她居然根据他的书和他在书里描述的经历就判定自己了解他。

在简看来，罗奇是个实干家，和她认识的任何人都不一样。他话不多；他没有一套一套的理论，单是他这个人本身就扩大了她的世界观。她一直觉得南非颇为神秘，而罗奇仿佛把她带到了那个遥远的国度，带入了真实的事件和行动；她觉得他让自己对人类的可能性有了新的认识。她很高兴他的长相并不出众，旁人奇怪她看上他什么让她感到满足：这个四十多岁的小个子男人，一脸愁容，面颊凹陷，从鼻子到嘴角有着深深的皱纹，眼光略带嘲讽。

两人从不谈论南非，也不讨论他的书；至于他被严刑拷打、投入监狱的事情，简宁愿不去想。他来自一个更为重要的世界；她认为他和自己一样看到了她所在的这个世界即将被摧毁，而且他不仅看到了，还有所行动。他是一个实干家；他的书和经历就是证明；她以为他的过去在召唤他，所以当他没有停下来享受他的书带给他的荣誉，而是突然决定离开伦敦，接受这么一份不太靠谱、待遇也不怎么好的工作，来到这座小岛，为一家听起来像是由殖民店主们构成的公司工作，她以为他是要去一个新的、令人意想不到的世界纷乱的中心。

简已经决定要追随他，追随他的生活。她已经决定等房子一租出去就跟随他离开。可是有一天发生了一件事情，引起了她的怀疑。罗奇竟然张口大笑；以前她只看见过他微笑。罗奇张口大笑，他嘴角上翘，露出萎缩的牙龈和长长的臼齿，之间有着黑色的缝隙。简感觉自己仿佛瞥见了一具骷髅的牙齿，瞥见了半人半羊的萨蒂尔，瞥见了这个人的灵魂。她一度觉得他相貌不凡，甚至开始觉得他英俊。而这一瞥像是瞥见了一个丑陋的陌生人。她让自己把这个荒谬的瞬间抛到脑后；她已经下定决心。可是在她到达的那一刻，她的怀疑又回来了。在她的这些感情经历中，她总是会得到某种警告、某种小暗示，某种预示未来的小信号。而现在，被预示的事情就在眼前。

四个月过去了，如今她知道了她到这里第一天就知道的事情：她来到了世界尽头的某个地方，来到了某个穷尽了所有可能性的地方。她自己都觉得奇怪：当初在伦敦她怎么那么单纯，竟然相信世界的未来在这样的地方酝酿着，掌握在这样的人手中。

高地住宅区自成体系，与城区不相往来；起初邻居们生活其中的那种歇斯底里的状态吸引了她。在这里，在这个她自以为来到了世界中心的地方，人们谈论的却是离开，是移民加拿大和美国所需的证件：这些谈论是秘密的，因为离开一出口就好像是背叛和投降。没有人比哈里·德通哈更像高地人，没有人比他更原住民、更安定。可是自从哈里利用经常去加拿大出差的机会弄到了加拿大的永久居住权的消息被不小心走漏了以后，这些品格一夜之间就变得令人恐惧和恼火。

哈里把家里一间装有空调的休息室布置成酒吧，酒架上挂着一个发光的小牌子，上面写着“哈里酒吧”，摆着他收藏的尊尼获加威士忌和其他酒吧物品。这里一直以来都是大家聚会的地方。屋里的气温低到可以穿羊毛衫和毛衣；灯光昏暗；来自各个国家的令人眼花缭乱的酒吧广告营造出移动的圆圈、泡泡或喷泉的效果。就在这里，在一种奢侈的、度假似的而非具有危机感的氛围中，大家习惯了与站在自己的吧台后面的哈里谈论空调，谈论当晚室内会冷到何种程度，谈论当地局势。

起初，简还等着弄清楚这些局势的详细情况，等着认识人们口中的那些人物，山下市区里的实干家、政客。可是人物众多，他们的行动原则混乱不堪，话题转瞬即逝，很快，简就失去了兴趣，不再想谈论新的政治联盟，反正这些联盟常常是一事无成，也不再想分析新的政治威胁，这些威胁同样稍纵即逝。这里不会发生什么重要的事情。这个地方就是它所呈现的那样，不会再多。再者，罗奇也并非像她原本想象的那样身居要职——她清晰地记得她在机场的海关大厅向那两个美国人提起他的名字，等着他们发出惊叹的情景。

简明白了，罗奇是来这座小岛避难的。他是雇佣他的公司的一名职员；他属于高地住宅区这种地方；他是半个殖民者。他在这里远不如在伦敦有名气。简至今仍不理解罗奇为何如此突然决定离开伦敦。她怀疑这座岛上是否有超过六个人读过他的书。当然，他有一定的名声，在南非受过苦的名声。没有这个名声，他是不会被萨波利切公司雇佣的，自然也就不会得到工作许可。对这个名声有尊敬，但是还有别的：一种奇怪的施恩的态度。

简想不通为什么这里的人对罗奇抱有施恩的态度，对格兰德利特太太却是敬重，甚至是敬畏。格兰德利特太太出身于一个老种植园主家庭。她是一个棕色皮肤的老女人；在她举办的鸡尾酒会和晚宴上，她总要说点什么或做点什么，提醒黑人他们在她的房子里显得多么奇怪，直到不久前都只有黑佣才可以进她的房子。

格兰德利特太太的本地口音相当重。她说仆人们说的英语；这是她的特权之一，也是她与自己请到家里来，有些还操着一口纯正的英国英语的黑皮肤要人保持距离的方式。在这些聚会上，格兰德利特太太总是能设法说一次“黑鬼”这个词，仿佛只是一种幽默，她喜欢引用一些旧时街上或种植园里说的带有“黑鬼”的习语，希望她的客人们能听懂。比如，说什么东西非常合适，她会说“就像山药适合黑鬼的嘴”一样合适；那些黑人听了就会哈哈大笑。一次，简听见她形容一个话太多的人说他的嘴“就像一个生病的黑鬼的屁股一样动个不停”。

这些把来格兰德利特太太家当作一种荣耀的人在那里夸张地假装自在，对于这类老掉牙的种植园习语，他们与她一起哈哈大笑，不去理会掺杂在她话里的种族挑衅。而同样是这些人，却可能对罗奇咄咄逼人。他们知道他的南非史；他们觉得跟他在一起是安全的。但是他们好像要进一步考验他，每一个初次见到罗奇的人似乎都想听到他发表一些个人声明和爱的宣言。通常这些人一开口就把种族歧视归咎于罗奇，或是摆出一副罗奇要为他这个岛民在其他国家所受的一切侮辱负责的样子。这种事情简碰见过不止一次。

还有一件事也奇怪得很。这些在格兰德利特太太面前避而不谈种族问题的人，却爱跟罗奇打探南非的事。他们想进一步了解黑人在那里遭受的侮辱；而当他们听到他们想听的内容时便表现出尴尬、不安甚至是愤怒。一天晚上，当罗奇谈论那里的气候，谈论那里热爱体育运动的人们，谈论白人的健康体格，简看见周围人那冷冷的恨意。罗奇也看见了。从那以后，即便别人逼他——这件事不胫而走——他也不再谈论了。

格兰德利特太太在她旧式的老房子里挑衅黑人；黑人就来挑衅罗奇。他们对罗奇的要求要比对格兰德利特太太高得多。数周后，简发现尽管大家对罗奇的过去确有崇敬之情，但是在很多人眼中，罗奇不过就是一个丑角。他不是什么专业人士和生意人，他没有任何重要的技艺。他是一个做善事的实干家，永远不会呈现出什么成果，他所做的就是代表他的公司与穷人打交道，组织男子俱乐部和体育活动，在这里发个奖杯，到那里送个板球装备。他与吉米·艾哈迈德共事，很把他当一回事，比那些给吉米钱的人还认真；他贿赂贫民区的小子，让他们去画眉山庄工作。

在高地住宅区和其他任何地方，当地人，不论是不是黑人，都可以对未来、政客和政治冷嘲热讽。可是罗奇，因为他的过去、他的书（这里几乎没人读过他的书，书里记述的事情是那么遥远，完全属于另一种生活）和他的工作，却必须对未来持一种比较乐观的态度。罗奇应该为自己辩护。可是他从不多说。他似乎对别人的嘲讽满不在乎，对有人要他讲讲他的工作时人们彼此之间交流的眼神满不在乎。

于是，简发觉：在这座在她想象中将会上演拯救世界的行动的小岛上，罗奇只是个难民。他没有别的地方可去；他住在哪里不是由他说了算的。他以大公司雇员的身份入住高地住宅区，他的职位高到可以分到一栋房子，而邻居们也是以此接受他的。在哈里的酒吧，人们愉快地跟他打招呼；他被看作高地住宅区某个古怪但可靠的居民。而他似乎也接受这样的角色。

正是罗奇的消极被动让简觉得失望、反感。他们刚认识的时候，罗奇不愿多作解释，他的平静让简认为他有着长远的眼光，对未来有着某种设想。即便是现在简偶尔也会想：如果不考虑她的失望而是着眼于罗奇的人生，他也许就是一个圣人，从高处俯视着芸芸众生的愚蠢行径，并一次又一次地给予原谅。可是她看到了他萨蒂尔式的笑，瞥见了他那长长的臼齿、变黑的牙根和牙齿之间宽大的缝隙。他的眼神和话语从不表露什么。简明白，以前她以为他是把他的愤恨一直压抑在心里，对在南非的遭遇的愤恨，对出了岔子的人生的愤恨，有一天他会爆发并采取行动。然而如今，她已不再相信他有这样的激情。他唯一有能力做的似乎就是进行廉价的挖苦，主要是针对她。她已认定：根本就没有什么谜，罗奇没有什么事情要报复，他性格之中的某个部分，某个行动的马达，已经被切除。

当简对罗奇还抱有期待时，她从来不问他在南非蹲监狱的事情，不愿让他谈论他所受的侮辱。可是有一天，当她在心里已将他放弃、为两人的关系画上句号，她问他难道不曾对在监狱的遭遇怀恨在心。而得到的回答令她大吃一惊。罗奇本可以给她看个伤口、向她吹嘘某种美德，抑或只是诉说一段经历，可他却说："你得明白我一向认可权威。这可能跟我上的学校有关系。"

*

就这样，这天早上简醒过来，就像她第一天醒过来时那样，发现红杉木百叶窗的房间里一片漆黑，发现自己做了一个错误的决定，发现她又在一个男人身上看见了并不存在的东西。

简走过罗奇房间外面的镶木地板走廊，他和她一样也把房门微微打开以便空气流通，来到后面一间几乎空荡荡的大房间。这个房间没有什么功用，只是公司住房没有装修的空间的一部分。她打开折叠门，来到凸起的砖砌门廊。铁桌、啤酒瓶和酒杯都蒙上了露水；空烟盒浸湿了，水淋淋的；铁椅上集了一座子的露水。

太阳还没有升起；下面，在棕色的山坡下，平原和寂静的城市在雾霭中影影绰绰，沼泽上空白雾茫茫。简绕到房前。草坪和草坪四周湿漉漉的；近来露水是草坪唯一的水分来源，因为自从干旱以来政府禁止浇灌花园。从草坪一侧的土墙可以看出这里在被夷为平地之前是什么样子：草和草根长在一层薄薄的表层土上，一种砂岩，红色黏土。靠近土墙的草坪表面满是小小的黏土块。

简心想，她什么时候决定离开就可以离开，这是多么幸运啊。没有多少人有这样的自由：做一个决定，然后付诸实践。这是她幸运的地方之一；每当这个时候，她总是用这点幸运来安慰自己。她有这个特权：这是她最大的信念，超越其他一切她在生活的冒险中储存在她灵魂里的那些零碎的、互不相干的想法——她从一打男人那里学到的由一打理论组成的垃圾堆。她可以离开；她可以使用那张她到达时移民官员没有查看的回程机票。

她是幸运的，她有特权。然而，每当危机来临，而她的危机总是与她在男人方面的失败密切相关，她就会看到这个世界处于危机之中，而她的特权虽然可以带给她安慰却毫无用处。她可以回到伦敦；那个她已经放弃的社会，那个她认为面临毁灭的社会，依旧在运转。她会在伦敦安全地生活，但是是安全地生活在衰败之中。

简总是在自己身边看见衰败，即便只是在日常生活中。火车站的自动售货机里装满了糖果，可她知道总有一天里面会变空的；它们注定是要空的，正如她孩提时所见的那样，不过是堆还没有人想到要拿走的破铜烂铁。她看见已经无人居住的大广场，没有人住得起那里的房子。她看见越来越小的空地；看见建筑另作他用，与原先的设计不符。看见一栋房子外挂着一块伦敦郡议会颁发的名人故居匾牌，会让她联想到她周围住的不再是名人伟人，在未来几年内再没有哪栋房子有资格挂上这样的匾牌。

没有哪栋房子、哪个人物会被铭记。她知道，她感觉得到。然而她依恋着自己的房子，寻找具有实干精神的男人。她关注时尚的每一个变化，却也知道大多数时尚都是华而不实的。在一家新开的高级餐厅，在崭新的装修中，她可以看出衰败、劣质的迹象。

她生活在变化之中，循环往复，周而复始，但是这并不能掩盖更大的世事无常的事实。可是她有特权：她每天都要对自己说一遍。安全是她特权的基础。然而，她却讽刺地看见周围的人都是逐利争名之辈，只在乎死板的规矩和形式，看不见灾难正在逼近。在她眼里，她的女性朋友都是一些空容器，等着男人来填满。这些男人的名字在她们的交谈中一遍遍出现，罗杰、马克、约翰。而当你看到本人，就会发现他们和这些女孩一样空虚。然而罗杰、马克、约翰也曾是简心目中的模范男子，她在他们身上看到非凡的品质。简就在她的言、行与感觉的矛盾之中，在知道自己安全却又抱着世界在衰败、在走下坡路的观点的矛盾之中，从一个危机走向另一个危机。

可眼下她身处异乡，这种变化无常的感觉更加明显。报纸和政府说褐色的山里隐藏着游击队员。屋后光秃秃的山和后花园，楔入一片林子和一个隘谷；在那个看不见的隘谷里有一群赤脚的流民，衣衫褴褛、疯疯癫癫，每天早晚成群结队从那里经过，他们步伐轻快，嘴里念念有词。简不知道他们从哪里来，要往哪里去。

高地住宅区看上去高高在上、很安全，其实隐藏着不为人知的人性的躁动不安。这些大房子，这些大花园。这里的房子永远不可能置齐家具，永远不可能成为居住了两三代人的家。它们永远不可能像格兰德利特太太的老木房那样，木工装饰腐烂了，阿拉伯式浮雕花纹的内拱都沾上了灰尘，深褐色的地板已经翘起但被磨得光滑明亮，木地板的硬漆木纹从软一些的木头上凸显出来。而高地住宅区的这些新房子再过多少年也还是如此：只是一些水泥壳。即便运来一卡车一卡车的表层土，这里的花园也永远不会开花结果，不会凉爽，不会有绿色的步行道。这些花园太大了；它们总有一天会缩小。山下凌乱的市区和郊区工厂会慢慢蔓延上来，穿过公路和树林，最终占领这里。这个地方不可能出现伟人，它已穷尽所有可能。

天空明亮起来，沼泽上方的白雾渐渐散去。白天难得的凉爽很快就会过去。整个大平原上会开始燃起火焰，从高地住宅区透过一个个小孔往下看，就好像大地到处都在冒烟。远处，机场若隐若现。飞机的形状不是十分明晰，只是一些白色的小亮点。

格兰德利特太太曾说："有时我只是看着机场，心想它真是好远啊。"她这么说只是想制造不安，但是很容易想象高地住宅区被封锁、包围。事实上，如今每天晚上就已经有种被封锁的感觉。警察在山上所有的主要道路上设置了路障，为晚宴、酒会，甚至是去哈里的酒吧增添了冒险色彩，也为高地住宅区居民的歇斯底里提供了意义。他们觉得受到山下的威胁，越搬越高，直到像在简和罗奇之前住在这栋房子里的人家一样，不能再往上搬就飞走了。

房子里没有留下什么以前那些住户的痕迹。黄褐色的水泥墙壁上干干净净，没有钉子的痕迹，没有挂过相片。空荡荡的后屋的踢脚板上有一些划痕和黑色的擦痕，可能是一个或几个孩子玩游戏留下的；但是仅此而已。

屋外的痕迹则要多一些。他们在屋前靠着梯状水泥墙的一半假山一半花坛的地方种了玫瑰；幸存的纤弱的黄色花梗上有时还会开出小小的单花瓣花朵，当天开花当天枯萎。他们在黏土里种下的灌木，不仅没有长大反而干枯了。屋前唯一真正生长的是那些自己繁殖的小树苗：长在假山石头间的凤凰树，大门边上水泥裂缝里的三四株粉色风铃木，一株荆棘，黑色带刺枝条上长着数以百计的黄色小花。

屋后的水泥台阶延伸到了风化的山坡上，尽头有一堵挡土墙。台阶两旁的柏树发育不良，挡土墙底下长着些半死不活的百慕大草，雨季时，草坪和后门廊周围的草籽被雨水冲到了这里。挡土墙过去是一块平地，那里的土壤比较好，所以之前是一个菜园子，还种有香蕉树。简和罗奇都没有碰过菜园子。简很少走进台阶和挡土墙后的这片地势较低的园子；来到这里几个星期后她才发现园子尽头、隘谷边缘有一排洪都拉斯松树树苗。

前一户人家留下的最大的东西当属建在花园比较平坦的这一边的这栋不知是儿童屋还是临时房的建筑。可以看出是出自当地木匠之手：与其说它是市区随处可见的棚屋的缩小版，还不如说是翻版。小屋是木结构，紧贴地面，有一个房间和一个斜屋顶。墙是借用其他建筑上的旧木板搭的，所以五颜六色，还装有一扇旧镶板门。小屋看上去似乎仍完好无损，但其实已经开始腐坏。屋檐下有一个巨大的沙子筑的黑蚁窝，简原以为里面生活着很多蚂蚁，今天早上才发现蚁窝早已四分五裂，又干又空。

小屋的门开着一道小缝，简推了推，门开了，但是只能开到一半。一阵针扎似的刺痛划过简的手，像是被虫子叮了一下；简赶忙去拍刺痛的手，突然发现有人住在小屋里。

漆黑的小屋里只有透过木板缝照射进来的丝丝光线，满屋子散发着难闻的香烟、灰尘和旧衣服的气味，还有一股像是小动物尸体的味道。一个山上的流浪汉就睡在这里。他的头发乱七八糟地扎成长长的猪尾辫，有些地方是红棕色的，泛着厚厚的蓝色油光。一张大脸，阳光照到的地方很黑很亮。他穿着破破烂烂的衣服躺在另外一堆破破烂烂的衣服当中。

简拍打手的时候，那人咕哝了一声。简看见他身边有一把短剑和一个旧油漆罐。她立刻转身，门也不关，快步走回水泥台阶。到了台阶，她跑了起来，跑上台阶，跑过百慕大草和发育不良的柏树，没有回头。他在那里多久了？他把花园里那栋小屋当成他的家多久了？跑到最上面一层台阶，在木槿丛旁，简停下来回头看了一眼。她什么也没有看到。

简想起画眉山庄那栋小屋里的布莱恩特和他那咄咄逼人的猪尾辫。他和那个睡在儿童屋里的人一样，来自山下的城市和平原，站在高处，城市和平原一览无遗。刚刚在山坡下的花园里，景物的比例变了；简仿佛一时间被带进了包含在那个视野中的错综复杂的生活。

太阳出来了，照在简的太阳穴上，树林和儿童屋投下阴影。平原上的雾霭渐渐散去。山峦以前是绿色的，只是风景的一部分，是点缀着红色和橘色的森林火的近景。

简想起布莱恩特，想起吉米·艾哈迈德。Succubus。回到屋里，简透过半开的房门看见罗奇还在睡觉。她改变主意，没有叫醒他，而是退回走廊，来到大客厅，透过观景窗可以看见屋前还处在阴影中的草坪。简从放在几乎空荡荡的架子上的平装书里取出《学院英语词典》，翻到她想找的那一页："Succubus：与睡眠中的男子性交的女妖。"

罗奇在房间里喊道："简。"

简来到罗奇的房间，罗奇说："我刚刚做了一个噩梦，就在你从花园回来时。有人要折磨我。一个穿深色西装的医生。他说：'我们要把你阉掉。'我知道我不想让他在我身上使箱子里的那些家伙。而且要弄我只要去厕所弄就可以了。"

罗奇以前从没说过这样的梦，简感到不安。刚开始他确实很紧张，可是讲着讲着他的紧张好像慢慢消失了，最后他居然笑了。简不知如何是好，表达同情、发表评论的时机过去了。

简说："人总会在醒来以前做各种奇怪的梦。"

一辆汽车或是货车停在屋外。它在马路上转了个弯，然后就轰隆隆地驶下山去了。

简说："报纸来了。我去拿。"

房子的另一头传来收音机的声音，是女佣阿德拉在她的房间里收听早间的赞美诗节目。这个节目是一个美国南部教会赞助的，专门播放黑人灵乐。

阿德拉虽然年轻，却很虔诚。她身体健康、体形丰满，却没有落下过一场美国南部传教士在市区举行的信仰疗法集会。一开始简觉得这些集会听上去很有意思，阿德拉告诉她有跛脚的黑人扔掉拐杖、拆掉绷带，在月台上奔跑欢呼；有被施了魔法的男孩把原本嵌在肉里的钉子等金属成功取出。可是不久，简就后悔鼓励阿德拉去参加这些集会；因为自从她得知简和罗奇是未婚“同居”后就很不高兴。她坚持要穿一件白色制服，像一个星期五晚上的女传教士在房子里走来走去，搜寻简和罗奇的新罪行，满屋子都可以听到她的抱怨声。

简走到前门去拿报纸时听见阿德拉的尖叫。她知道她尖叫的原因：后阳台的铁桌子上放的啤酒瓶。

“朗姆酒！”阿德拉大喊，“朗姆酒！朗姆酒！我的天啊，他们居然在这栋房子里喝朗姆酒！”

吃过早餐——阿德拉回到自己的房间继续听收音机：音乐、广告、政府通告——简对罗奇说：“如果我告诉你我要回伦敦，你会说什么？”

罗奇正在看报纸上的警方新闻：前一天白天和傍晚发生的事件：突袭、枪战、贫民窟的斗殴，山底下城区很多人的生活在过去的二十四小时里遭遇危机。

他说：“我会说但愿我能跟你一起回去。”

“可要是我永远离开，要是我不再回来呢？”

罗奇没有放下报纸，而是一直在读。直到摊开报纸翻页时，他才以他那一丝不苟的口吻说：“那就比较复杂了。”

罗奇没有再说什么。他的平静浇灭了简争辩的念头。情绪、感情和事件引导她采取行动。她一直有这个想法；现在更是如此。她早已决定；而把决定付诸行动的时刻就要到了。当罗奇回来吃午饭的时候，两人谈了别的事情；危机又好像过去了。

四

这个男人占据了我整个的心思，让我再无心去想其他无关紧要的事情，我不知道怎样才能再见到他。他在英国受了那么多苦，我想他不愿意见到我这种人。在这里人们只把他看作一个黑鬼，但是我这种阶级的女人能够看出他的本质，我理解，在英国人们在他身上看到了什么。这里的人说他出生在一个中国杂货店的后屋，说他是一个无足轻重的混血黑仔，是一个中国佬在某个黑夜撞大运种下的，这太可笑了，但是我看得出他是一个出身高贵的人，只有我这种阶级的人才看得出来，在我眼里，他是一位王子，来帮助这些又穷又苦的黑人，没有人愿意帮助这些黑人，他们自己更是不求上进、得过且过。

他是他们期待的领袖，我坚信终有一天他们将在大街上游行，为他献上王冠，那时，人人都说："这个人出生在一个中国杂货店的后屋里，但是正如凯瑟琳对希思克利夫说的那样：'你的母亲是一个印度公主，你的父亲是中国皇帝。'我们从一开始就知道。”请注意，这发生在英国，在那些牙买加人和巴基斯坦人来到英国，让英国人产生种族情绪、变得不喜欢像他这样的人之前。他们将会把他看作一位王子，有着金色的皮肤。

好几次我开车经过他那栋孤零零的、令人生畏的房子，时常看见深夜时分他的书房里还亮着灯。他沉浸在自己的思绪之中，我不想打扰他、惹他厌烦，因为我知道他正在写那本约稿的书。一天，我鼓起勇气给他打电话，当他接听时我的心狂跳不止，我放下了电话，虽然我渴望听见他那温柔、有教养的声音，那深褐色的声音，正如很多人所恰当描述的那样……

吉米推开便笺本，打量起布莱恩特。布莱恩特正坐在两张毛绒沙发的其中一张上看报纸，尽力在翻页时不弄出任何声响。

布莱恩特过去不看报纸。但是斯蒂芬斯每天都看，布莱恩特也学样看起报纸来。斯蒂芬斯有自己的看报习惯。他特别爱看晚报。他不看那些外国新闻与政治要闻，他只看与警察相关的报道，而晚报上的这类报道更长、更新鲜，虽然常常和晨报讲的是同一件事情，却多了不少看似无关紧要的细节，他要找的就是这些细节。他能从街区的名字，从警察和目击者对某个事件的描述，从汽车在哪里被盗、之后又在哪里被找到等信息中读出他的朋友和敌人在做什么。斯蒂芬斯就是这样看晚报的，就像在看一张写给他个人的布告。此刻，布莱恩特就在试着用这种方式看报纸，他仔细阅读清清楚楚地印在报纸上的种种细枝末节，半希望半不希望能以此获得斯蒂芬斯的消息。

停下笔，思路中断，孤独来袭，吉米感到写作后的虚弱。他打量着布莱恩特：扭曲的脸，一根根的小猪尾辫，一张一合读报的嘴唇，蓝色旧牛仔裤里纤细的双腿；吉米像为自己难过那样为布莱恩特难过。

吉米起身离座，在蓝色的地毯上踱步。他走进卧室，站在五斗橱上的电话旁。犹豫了一下后，他拨通电话，屏息等待。

阿德拉说："罗奇公馆。"

吉米没有作声。

"罗奇公馆。"

吉米放下电话，回到客厅，在书桌前坐下。

我的心完全被这个男人占据。他很孤独，我看得出。这里的人忌妒他，他们的座右铭是：要灭灭这小子的威风，他们只想把他扔到树林里去任由他腐烂。在英国也是，英国人也想干掉他，于是编造出强奸和性骚扰，他的名气大到他们无法容忍，在他们看来，他只是一匹种马，所以他们把他送回来等死。但是他不是一个会被轻易打败的人，我相信他会让他们大吃一惊，他是一个令人过目难忘的人。

一天，我和往常一样浏览报纸以找寻他的新闻时，突然看到他将在狮子俱乐部①的一个大型集会上发表演讲，国内外的大人物，每个人当然都想听听他关于时事的看法。他将在艾伯特王子饭店的午餐时间发表演讲，我决心到时一定要去。

我在大堂的一处公告牌上看到他的名字和照片，我发现每

①创建于1917年的全球性慈善服务组织。

个人都暗自兴奋，服务员们安静地聚拢在他正在演讲的房间外面。最后，我听见屋内传来一阵掌声，人们的欢呼仿佛永远不会停止。一个服务员喊道："他来了！"只见吉米走了出来，身边的国内外大人物认真倾听他说的每一个词。这些人西装革履，而他穿着打褶的裤子和毛式衬衣，十分随意又不失体面，而且彬彬有礼，他与每个人亲切、友好地交谈。他的衣着也许随意了点，却展现出他黑豹般柔韧的身体线条。

我的心跳到了嗓子眼里。我不知道他认不认得我，我该不该上前跟他搭讪。正在这时，他说："这不是克拉丽莎吗？"我说："你记得我？"那些大人物往后退了一步，能让大家看到我是这个有名却十分谦虚的人的朋友，我无比自豪。他说："我当然记得你。我欠你一块钱。"

一抹笑意掠过他的双眼，我无比惊讶，因为什么事情都逃不过他的眼睛。他一定是看出了那天在山庄里我是多么害怕。我想此刻跟我说话的时候，他一定也从我浅色的眼睛里看出了恐惧，因为当我和他在一起，我感觉自己就像一只被施了催眠术的兔子。我想束手就擒，当我清醒过来的时候，他将用自己的双手掬来水，我将从他温柔的手里喝水，从此我将不再惧怕他。

吉米因为兴奋而虚弱无力。他感觉到自己的裤子湿了。他一面被那个美丽的梦折磨，一面又感到甜蜜的忧伤。那是他多年前还在学校里读书的时候听说的一个故事；只是一个故事，然而随着时间的推移，却慢慢变成一段对亲眼所见的回忆。一个周末，这个故事在市区的后院里传播开来，星期一早晨便被男孩们带到了学校。他们重复着从后院的女人那里听来的故事，对发生的事情心怀敬畏而非震惊，害怕惩罚降临到所有人身上，语气半是防卫，半是认命。

这是一个白人女孩在海滩被一伙暴徒强暴的故事。女孩流血，尖叫，然后昏了过去。其中一个暴徒跑到椰子树林里的一条咸水溪边，试图用双手为女孩捧些水来。

在那个星期一的早晨第一个把这个故事告诉吉米的男孩——从那个男孩的声音里可以辨出他住的那个后院的女人们的口音——那个男孩认为捧水的部分是事情发生后的疯狂和恐惧。而吉米却觉得那是整个故事中最感人的部分。这个故事深深地印到吉米的脑海里，他还逐渐想象出一个像旅游海报一样风格化的场景：椰子树下柔和的光线和模糊的树影，白色的沙子，阳光闪闪的浪花，纵横交错的弯曲的灰色椰子树干后面一片碧海蓝天，流血的女孩倒在一辆旧福特的前挡泥板上，掬着水的合拢的双手，感激的眼神，记忆里的恐惧。

吉米写不下去了。他从梦中醒来，发现四周一片虚空，发现自己如此细心准备的内心独白，却没有听众。他心神不宁，他想像福特前挡泥板上的那个女孩一样大叫。这种时候，他需要人群、冒险、邂逅，需要能够帮助他忘记自己的事物。可是周围只有一动不动的灌木丛和废弃的工业区。

他走过去站在布莱恩特坐的沙发旁，没有人爱、被抛弃、迷失方向的布莱恩特，简直和自己如出一辙。然而即便在布莱恩特身上也隐藏着某种美。他把一只手搭在布莱恩特的肩膀上，手指碰了碰布莱恩特的脖子。布莱恩特说了声“吉米”，报纸从手里滑落。要是他的美能够为人所知就好了。吉米把手伸进布莱恩特的套衫，抚摸着颤动、变硬的乳头，线条优美的胸部，再向下是结实的肚皮。布莱恩特开始吞咽口水，肚子上的肌肉收缩、下沉。往下，过了肚脐，是僵硬的腹股沟，有弹性的毛。他已经长成男人了，被隐藏的完整无缺的美。

“吉米，吉米。”

然而过了一会儿，吉米突然——几乎是粗暴地——把手收了回来，接着起身走进卧室，拿起电话。

简接的电话。“你好。”

吉米没有说话。

“你好。”简报了电话号码。

“简？我是吉米·艾哈迈德。”

“哦，是你。”

她上钩了：吉米能听出来。

他说：“你接电话的方式太英国了。只有英国人会这样接电话。”

“你指报电话号码？”

“你好吗？”

“累。而且热。”

假装生气：她要害羞了，要采取行动了。

“简。明天我要进城。要在艾伯特王子酒店见几个公司主管。他们请我吃午饭。你两点钟可以到大堂吗？你知道艾伯特王子酒店吗？”

“你找我做什么？”

“我们可以聊聊英国。我想在和公司主管们吃完饭后换换心情。”

“你要我一个人过去吗？”

“你愿意的话可以带主人一起来。不过我想把你的一块钱还给你。”

吉米停下来等着简的回应；他想大笑，想打破紧张，他能感觉到气氛正变得紧张。他想说：真是个坏小子。可是接着，他一本正经地放下了电话。

回到客厅时，吉米仍旧表情严肃。但是他的不安平息了。布莱恩特看出他的新心情，捡起报纸接着看起来。吉米感觉头脑清晰了；世界在他眼里变得无比美好。

五

吉米打了一辆出租车，一点过几分到达艾伯特王子酒店。身着制服的门卫打开车门。吉米至今仍对艾伯特王子酒店感到不自在，所以总是选择坐车过来。以前，就在战争爆发之前和战争结束之后，在飞机和大批游客出现之前，艾伯特王子酒店是岛上最大的饭店；对吉米而言，即便他去过伦敦，这个酒店的名字也依旧透着奢华。

以前，围绕着大公园的这一带是一个高级居民区。后来住在这里的人纷纷移民或者搬往山上；公园附近的这些私人大宅被改造成政府办公室、宾馆或者公司的办事处；再后来，独立以后，就成了使馆和领事馆。尽管用混凝土进行了翻修和加固，也尽管内部嵌有铁柱，艾伯特王子酒店看上去依旧是一副老派大庄园的样子：木头结构，磨得发亮的地板，一个走廊似的露天大堂。以前酒店禁止黑人进入，接待自北方坐游艇到来的游客；在海滩被发现之前，这里就只有观光客。可如今，它有种被遗弃的感觉，现在的游客都到海滩边的酒店去了，艾伯特王子酒店成了本地人光顾的地方。门卫和服务生的制服都不如从前崭新、笔挺；建筑本身也开始出毛病，大堂的木地板已经变形。午餐时间，翻修过的空调酒吧里挤满了在附近上班的人；气氛随意，而以前这里可是高档场所。但在吉米心中，艾伯特王子这个名字听上去仍旧十分悦耳，仍旧透着特权和华丽。

吉米在露天大堂紧挨着空调酒吧的一把柳条椅上坐下，点了一杯橘子汁。到一点半，午饭时间来这里喝酒的人差不多都离开酒吧返回了办公室，大堂里没什么人了。后面的墙上贴着英国海外航空公司伦敦海报的旅行服务台空荡荡的；电梯也不忙；电梯司机、门卫和服务生在大太阳底下休息。

饭店面对着公园。干旱烧光了公园里的草，稀稀拉拉的几个午间行人匆匆走过，扬起一阵阵灰尘。在正常时节，公园是艾伯特王子酒店吸引顾客的地方之一，如今只是一块尘土飞扬的空地；灰尘都落到大堂的地板上来了。公园的围栏在战争期间被拆掉了，算是岛民对战争的一种支持，留下一个个小小的铁墩子。战争结束以后没有再装围栏，如今公园和人行道之间并没有真正的界线。人行道因为大树不断延伸的树根而到处变得歪歪扭扭，公园里很多地方又被行人踩秃了。公园的另一边是第一个山脊，布满了疤痕似的住宅区，一道道红色的伤口即是弯弯曲曲的公路，红屋顶、银屋顶和黄白墙壁映在棕色的背景中。

橘子汁喝完了。简迟到了。吉米轻松了些。大约两点过一刻，简来了。她穿着紧身裤，腹股沟被勒出一条弧线；她不紧不慢地走进大堂，艾伯特王子酒店对于她显然没有对于吉米那么重要。

吉米看不出简此刻的心情。背对着公园里的阳光，她比他印象中矮，走路姿势笨拙，有点拖步。她的手臂相对于身体显得短了些，紧贴在身体两侧。她的脸是一个谜：他记不住她的脸，而此时，他想他明白这是为什么了。她的脸没有个性，轮廓模糊，难以名状；它可以变出很多张脸来。他注意到她的嘴，仿佛是第一次见到：她的嘴太大了，上嘴唇有点肿，好像被抽过似的，皱起的垂直线条表明曾经受过伤。这样的嘴巴让他联想到某些小孩子和仍然孩子气的大人的嘴巴：柔弱，被宠坏，还有着这种柔弱和受宠引发的残忍。

吉米已经想好要用怎样的表情和心情来迎接简了。可是此刻，当他审视着她的脸，他改变了主意。他站起身，走向她，说："我的车在外面等着。"

"我们要去哪里？"

"我家。"

"到这里来真够辛苦的。我想喝点冰的东西。"

吉米跟着简走回他刚才坐的地方，大堂最里端。这个位置很开阔：前面是大堂，一侧有一条宽阔的走道，像一条室内走廊，再过去是一个露台，在水泥围墙内营造了一个小树林花园：这会儿太阳就在其正上方，在茂密的树林的阴影下生长着厚厚的葡萄藤和爬山虎，有着心形的大叶子，下面一点的叶子已经在干旱中枯萎，黑土干巴巴的。

吉米背靠着墙坐下，按铃叫服务生。简在一半在走廊里的椅子上坐下，把包放到了地板上，神态轻松。吉米注意到：这个女人有时间，她在等待事情发展。

吉米说："如今在公共场所我都喜欢靠着墙坐。一种简单的防身法。在公共场所必须保持警惕。永远不要背对着门坐。"

简拿出一只蓝色圆筒的打火机点燃香烟。吉米注意到她淤青的上嘴唇向下遮住牙齿，然后紧紧闭住，这让他觉得有些反感。她的眼睛开始变得湿润；她不再像刚到的时候那么冷漠随意。

吉米提了提裤子，感觉自己的动作干净利落，自己的衣服也干净利落。他用右手的大拇指和中指摸着小胡子。

“打火机不错。”他说。

“法国的。用完就扔。我想里面装的是撒哈拉的天然气。”

简把打火机递给吉米。但是她的眼睛开始被怒气笼罩。服务员来了，她点了一杯朗姆宾治，然后抽着烟，看着那个小树林花园。

吉米把打火机立在桌子上。

他说：“你也许不相信，小时候我最大的梦想是在这里做服务生。以前这里不许黑人进来。”

“这地方真够破的。”

“人总是在不想要什么东西的时候才偏偏得到它。这个世界是为那些已经拥有它的人存在的。为那些无需冒险的人。”

朗姆宾治来了。

“比如你在画眉山庄看到的那台复印机。我们得到破得不能再破的东西，他们还期待我们感恩戴德。”

简抿了一口朗姆宾治，似乎恢复了精神。

“和主管们聊得怎么样？”她问。

吉米没听懂。他的脑子飞速转动，他感觉自己被出卖了。就像在梦境中似的，一堆混乱的画面迅速在他的眼前闪过：简坐车到了他家，看了他写的东西，一切暴露无遗。一时间，他乱了手脚，突然，他想起他们在电话里的谈话。

他说：“狮子俱乐部？”

“彼得是俱乐部的会员。他来了吗？”

“主人没来。这些生意人现在都站在你这边，可是我不会对任何人保证我会好好表现。我不会对主人保证。萨波利切公司希望我这样，可是他们休想得逞。”

“这里没人喜欢萨波利切公司。”

“我恨他们。你知道他们是怎么发家的吗？萨波利切是普鲁士或德国某处来的移民。他于一八〇三年到达。他去了特立尼达，在那里可以用黑奴换土地，你带去的黑奴越多获得的土地就越多。自由买卖。一八〇七年奴隶贸易被废止。就像英国的出入境管制：每个人都想赶在禁令生效之前再捞一笔。萨波利切从利物浦的一家公司订购了一船的黑奴。具体数量没有人知道。两三百个，一个人头一百英镑。船到了以后禁令就生效了，萨波利切拒绝付款。等风波平息后，萨波利切变成了一个非常有钱的人。后来他离开特立尼达来到这里。这就是这家非常非常受人尊敬的公司的发家史。”

简的怒气又回来了，她的眼睛湿润了；吉米觉得她要么快要哭出来要么就要发脾气。

她说：“真不明白为什么每个人都要讲这个故事给我听。萨波利切的发家史我已经不知道听了多少遍了。”

“这是主人的公司。”

“又不是我的！”

吉米说：“听着。我不希望我们成为朋友。”

简一下子警觉起来，有所戒备。

吉米注意到了她的变化，说：“在英国我有太多的女性朋友。”

她明白他的意思。他打量着她的眼睛。

吉米没有给简接话的时间。他用下巴往公园的方向指了指，说："以前上学的时候，下午有时我们会到这里来玩。打板球、踢足球。白人会看我们玩。我们就会故意调皮捣蛋。我曾在英国遇见一个小时候来过这里的女孩。她随父母来的，住在艾伯特王子酒店。她对这里的回忆就只有那些在酒店外面的公园里踢足球的黑人小男孩。我们推算了一下日期，我觉得她当时一定看见我了，我一定是那群黑人小男孩中的一个。你怎么看？"

"她是你不能与之做朋友的女性之一吗？"

这个女人在求爱，准备被求爱。

吉米严肃地说："今天下午要见你我很紧张。我顾不上头发，顾不上衣服。一看见你的眼睛，我就体会到了我对你的感觉。它们就像现在这样。似乎要尖叫出来。"

简不想让这个话题中断，问道："你干吗紧张？"

"我担心我的想象欺骗了我。"

"是吗？"

吉米没有回答。他按铃叫来服务生。"布莱恩特在等我们。他想把那一块钱还给你。车子会载你回来。"

简可能会拒绝。但是吉米现在知道她会去。

*

门卫不再斜靠在门廊的铁柱子上，他站直身，吹了一声口哨。马路对面，一群司机坐在一棵大树稀疏的树荫底下的公园长椅上，那个又矮又胖的司机听到口哨声，站了起来，拍了拍屁股。那辆美国大车在路上拐了个大弯，驶进半圆形的酒店车道。

高温和朗姆宾治作用下的简迷迷糊糊的，她注意到车的尺寸。

真是又可笑又可怜，她差点笑出声来。门卫打开车门；吉米给了他小费。真是又可怜又可笑。车座很烫；太阳火辣辣地照在她的手臂上。车子离开灰尘满天、阳光刺眼的公园和遍布红疤的山峦，朝市中心驶去，越走越热；从车窗吹进来的风暖烘烘的。黑色的柏油街道，仍是居民区的样子；白色或黄白色的房子；又小又黑的阴影。蓝色挡风玻璃外是灰色的天空。

车里头很宽敞，两人坐在座位的两端，相隔甚远。吉米笔直、端正地坐着，左脚搭在右膝盖上，紧身裤向上缩起，露出薄尼龙袜，右手放在露出的下半截小腿肚上。简坐在司机的正后方。司机鲜艳的蓝色衬衫是亮闪闪的合成材料做的，透出底下的黑色皮肤和白色网状背心；被衬衫领口遮住一半的脖子上是一圈厚厚的黑肉和几缕稀稀疏疏的头发卷；从蓝色挡风玻璃透进的一束蓝光照在他赤裸的肥胳膊上。

吉米说："那是网球俱乐部。"

简没有转头看，只是用余光瞥见路边有几栋建筑：没有空地，没有球场的影子。但是这一带就是这样：新建筑在老空地上见缝插针似的拔地而起。

吉米说："我刚才跟你说的那个女孩，她父亲是情报局的。他到这里后，有一天去了网球俱乐部。有锦标赛还是什么的。当然了，黑人不准入内。看见这里的白人表现得好像没有战争这回事，他很生气。他觉得马提尼克岛上的维希人随时有可能占领这座岛。他问其中一名选手，坐在他旁边的一个男孩，一副酷酷的、什么都不在乎的样子，问他难道不曾想过应该为他的祖国而战。那个男孩回答说：'我更喜欢打网球。'"

简坐在座位的一端，心不在焉地听着，沉默不语。朗姆宾治和酷热让她迷迷糊糊的，有种她喜欢的冒险感觉。她听着吉米讲那个女孩的事，一个没有名字、父亲在情报局工作的女孩，简知道这不过是他编出来希望吸引她注意的故事，觉得有点好笑，但她允许自己去想象这么一个女孩；允许他灌输给她的这些意象在她的脑海中漂浮，并以此为消遣。

简已经经过市区无数次了，早就看腻了车外的风景。此刻，当她的兴奋逐渐升级为恍惚，感觉世界在融化，她发觉自己捕捉到了细枝末节：老式西班牙建筑的天台悬挂在人行道的上方，衣衫褴褛的乞丐们呆呆地坐在那里，旁边是卖泥巴模样的蛋糕、彩色糖果和钉在板子上的彩票的老女人。简感觉飘飘欲仙，感觉自己正在从一个安稳的世界被载往某处暂时不安稳的所在，她在冒险。她料到了会这样。她没料到让她感到一阵惊恐的是自己突然间掉进了市区，未知的、之前从未来过的市区。然而身体里的另一个她却依旧觉得好玩：这车真可笑，自己怎么会坐在里面，怎么会和吉米坐在这样的车里面。多么令人费解；多么荒唐。

吉米在一旁说："如今他们都走了。加拿大、英国、美国。澳大利亚。都走了。"

那些网球选手。多么古怪，酷热之中，为他们献上的挽歌。吉米说着，简听着，两人仿佛隔得很远。仿佛吉米被抛在了身后。

车子来到大广场，这里曾经有一片树林，有柏油步行道，如今则挤满了汽车和简易的木头摊位。一打的喇叭高声播放着雷盖音乐，一会儿赛过汽车和卡车的轰鸣声，一会儿又低下去。病快快的流浪狗在广场上游荡，有些就趴在人来人往的人行道上；简端详着其中一只，死气沉沉的眼睛，身上有一块从黄癣皮里长出的生肉似的瘤子。车子来到海边，大海并没有给人凉爽、清新的感觉：细细的粉红色铝土矿尘埃，生锈的瓦楞铁皮棚屋，燃烧的垃圾场散发出的恶臭：山峦、森林、大海、红树林，这里的一切都变得脏乱不堪。

简像从来没见过似的仔细地打量着车外的景物，越来越兴奋。此刻，车子开始在公路上飞驰，驶过山坡上的棚屋，驶过新住宅区的红色长街，每栋小房子都投下一样角度的阴影。炎热的空气，汽车的轰鸣，飞驰的速度，简听任着这一切的摆布：小小的亢奋，她相信这亢奋仍尽在自己的掌握之中，她知道这种感觉很快会过去，世界会重新变得实在，她的视线会恢复清晰。

吉米时不时评论一下车外的景物。他说话含糊不清，简也没有认真听。小小的亢奋变成了冒险；简喜欢这种感觉，希望被这种感觉包围，这种晕晕乎乎的感觉，奇怪的是，吉米的在场并没有对此起任何作用：炎热制造的亢奋，越开越快的汽车，满眼的堆在衰败之上的衰败，腐烂之上的腐烂。

简盯着司机的脖子看，盯着鲜艳的透明蓝色衬衫的领口里那近乎光溜溜的黑色粗脖，盯着脖子上的那圈赘肉，盯着那几缕跟他皮肤一样黑的小卷发出了神。

“那个是哪里来的？”

这次吉米直接跟简说话。此时车子已经远离市区，来到了工厂区，路边是烧焦的路缘和凹陷的田野，田野里停放着废弃的汽车残骸。

简摸了摸吉米指的银项链，说：“摩洛哥的。”她本想说：别人送的，但是话到嘴边却变成：“六便士。一个情人送的。”

吉米仍旧笔直地端坐在座位的另一端，沉默寡言，被这段车程和简的沉默不语搞得很尴尬，不停地舔舌头。他和在画眉山庄第一次出现在简面前时一样沉默寡言，但是这次却显得十分荒唐可笑。

“他不相信贵重的礼物，他不希望我们俩之间有钱的事情。”简补充道。

吉米听出了她的语气，说：“一件送给应有尽有的女孩的东西。”

可是当汽车驶离公路，进入废弃工业区，周围只有灌木丛和灌木丛里残存的房子地基，简的兴奋迅速变成某种类似犹疑的情绪。当车子停在吉米的院子里，白晃晃的太阳底下一片寂静，灌木丛挡住了所有的视线，简注意到又矮又胖的司机的那对强有力的粗胳膊，顿生失望之感。

兴奋逐渐消退；简又能清楚地作判断了。房子还是她记忆中的样子：点缀着莫名的黑色和黄色斑点的钢青色地毯，架子上的书和照片，包括那张一个女孩或者女人被挖掉了的照片——是父亲在情报局的那个吗？简认识那么多男人，挑选那么多男人作为候选人，经常遇到这种情况：原本被冷眼旁观的一个房间或者一栋房子突然就变了性格，变成另一种房间，充满某个男人的个人特征。这个房间此刻让她感到反胃；恢复清醒的她试着在脑海里迅速回放把自己带到这里来的一连串事情，改变了自己这一天的性质的事情，努力找回镇定。

吉米说：“你的眼睛好像要尖叫出来。”

简几乎是带着怒气转向吉米，两眼湿润，似噙着泪水。

吉米把手搭在简的肩膀上，然后被她的反应吓了一跳。她把嘴贴在他的嘴上，双唇大开。吉米吓了一跳，一时没有反应过来；

当散发着烟味的舌头和嘴唇——曾经受过伤的嘴唇——为所欲为着——此刻没有了秘密，没有了情人从摩洛哥买礼物送她的虚张声势，言语变得苍白无力——当她的吻渐渐变得索然无味、毫无意义，吉米先是心想：这个女人真是如饥似渴，并不为之奇怪。可是他转念又想：这个女人根本就像个小女孩，无知得很，她想要的都在接吻里面，她以为她可以用表现强势来掩盖她的无知。

简胳膊底下的衬衫湿了；吉米这会儿才注意到。她的胸部紧紧地贴在他身上，他都不觉得那是胸，而只是一堆肉。简给他的反应时间太短了。他本应好好酝酿一下高潮，可此刻他感觉高潮在快速溜走。终于，他把嘴从简的嘴上慢慢移开，把她紧紧地抱住，喘着气。他感觉到高潮已经溜走，而且再也回不来了。

吉米抱着简，程式性地问："我们要不要到隔壁房间去？"

简飞快地耳语道："别问傻问题。"她的耳语一点儿也没有亲昵之感，然后立刻摆脱了吉米的拥抱。

简迈着进艾伯特王子酒店大堂时那种有点拖沓的步子，仍旧背着挎包，不紧不慢地走进卧室。她走在吉米前面，好像她知道怎么走似的。房间里铺着一张缀有鲜艳大花图案的栗色地毯，一张双人床上铺着黄色的烛芯纱床罩，仿木头纹理的床头柜，台灯，梳妆台，五斗橱上放着一部电话：像英国大街上家具店的橱窗里陈列的那种卧室，看上去非常刻意。地毯松松垮垮地铺在水磨石地板上，赭石色的水泥墙壁光秃秃的，房间里的光线单调刺眼。打开的窗户外面是一片死寂和炎热：烈日炎炎的浅蓝色天空，有气无力的灌木丛，连带刺的棕榈树的树冠也纹丝不动。

简无视吉米放在自己湿乎乎的腋窝底下的那只手，飞快地把挎包放在梳妆台上，麻利地脱掉鞋子，解开裤子，把内外裤一齐褪下，穿着衬衫飞快地倒在了床铺中央，把脸转向墙壁，好像屋里就她自己一个人。她的速度令他目瞪口呆；他害怕自己会再次错过高潮。她的冷漠让他感到孤独，他开始担心会失去她。他看见她的肚皮是白的，双腿晒成了古铜色。她的腹股沟处没有什么毛发，可能是刮过；那私处就像一张发不出声音的笨嘴。

吉米在简的身边躺下，没有脱衣服，再次被她那用力夸张的亲吻吞没，她的双唇张得大大的。他伸手去摸她腹股沟处的细毛，然后将手指慢慢往下移。这时，简停止亲吻，一把推开他的手，带着此刻伴随着她所有话语的怒气说："别挑逗我。"吉米坐起来开始脱鞋。简已经退了回去；吉米再次感到害怕。他赶紧脱掉内外裤。就在这时，电话铃响了。吉米僵坐在床上，听着铃声不停地响啊响。

"看在上帝的分上，去接电话。"

吉米站起来，简看见他腿上稀稀疏疏的扁扁的黑色小卷毛；他腿上的毛还比较像黑人的。现在他身上只剩那件毛式衬衣，看上去就像哪个从棚屋里头出来的小毛孩，那些小毛孩通常只穿一件背心，露在外面的小鸡鸡就像一个个小塞子。吉米就这样走向五斗橱，拿起电话。

电话铃不响了，突然变得很安静，可以听见从房子里某个地方传来的脚步声，橡胶鞋底踩在水泥地上的声音。

吉米透过房门喊道，"没事。没事。"

简一听到电话那头的声音马上就知道是谁了。

"是，主人。"吉米说。

简翻身趴在床上，大喊道："记得把这事儿写到下一次的机密公报里。”语气很难说是笑还是生气。

她摊开手脚趴在床上，衬衫紧紧地贴在身上，双腿叉开，毫无优雅可言，她的臀部很宽，白白的屁股又扁又大，比她那晒成古铜色的腿来得光滑。

“我没有见过他，主人。”吉米对着电话说。

简把双臂塞到胸膛下面。

“我知道，主人。我知道。主人，我会给你回电话。”

吉米挂了电话，走过乱扔一地的衣服，回到床边。简依旧脸朝下，双臂压在身下，睡着了似的。他把一只手放在她的臀部。她没有反应。他在她身边躺下，她没有动弹。他趴在她身上，又仅仅感觉到一堆肉，对她身体的形状失去了感知。简依旧一动不动。一阵怒火突然向吉米袭来。他一把抓住她的肩膀，从她身上起来，试图从她的后面上她。简大喊：“不！”猛地转过身来，把吉米甩了出去，胳膊肘撞到了他的下巴。他举起手要打她；可她闭着眼睛，说了句奇怪的话。她说：“爱，爱。”他笨拙地躺在她的身上，再次被她那夸张的亲吻吞没；他上了她，说：“我不行，我不行，你知道。”

“所有的男人都这么说。”

这时，就这样，没有痉挛，他那紧绷的小小力量从他体内泄露了出来，就这么结束了。他内心恼怒不已。

他把头靠在她的肩膀上，她的衬衫上，闻着她的汗味，不过为时已晚。

简说：“爱，爱。”

吉米退缩了，不情愿地滑出简的身体，他从她身上移开，把脸枕在她的胳膊上。

简问："你每次都穿着这件毛式衬衣做爱吗？"

简的话音里连嘲讽都没有。她已经远在天边了。当吉米睁开眼，他看见简屈起右腿，露出刚才她不让他的手碰的地方，仿佛只有她自己一个人似的。屈起的腿，膝盖以上十分苗条，微微弯向一侧：她的姿势带有某种男性味道，她那只轻抚着那条腿的手也带有某种男性味道。她看着自己的手和腿。她多么细心地把自己的皮肤晒漂亮啊！她又是多么细心地把自己的腿毛刮干净！皮肤看上去就像被擦伤了一样；可如今已经有新毛长出来了。

"彼得想干吗？"简问。

"他问斯蒂芬斯的事。一个以前在山庄待过的小子。"

简抖了抖吉米枕的那只胳膊，说："我要起来了。"

吉米离床沿很近。他站起来，穿着他的毛式衬衣站在床边。

简迅速地从她那边下了床，双腿一摆同时落地。然后，她胳膊一挥，一把将黄色的烛芯纱床罩从床上拉下来，床头灯都被她弄倒了；吉米没来得及端详简裸露的身体，她就已经把自己包裹了起来，出于在一次随意的性行为后想把自己隐藏起来的本能，出于想重新把对方视为陌路人的本能；接着，尽管包裹着硕大的床单，她敏捷地把房间里自己的每样东西都捡了起来，每样她刚才随意丢弃的东西，就跟不要了似的：她的鞋子、挎包、裤子和里面的内裤；带着她的每样东西，清除了房间里自己的痕迹，她走进隔壁的浴室，一副熟门熟路的样子，然后砰地把门关上。

半裸的吉米打量着房间。他错过了高潮；长久以来伴随着他的空虚又回来了；腹股沟上面那两处地方开始剧烈地疼痛起来。他听见她用马桶的声音，听见她冲水的声音。过了一会儿她想再冲一次；可是没有水了。他开始穿衣服；这时他才发现刚才简在他身下躺着的地方，白色的床单上有一大块水渍，一大块渗过烛芯纱床罩留下的圆形污渍。感觉就像她的身体是独立于她的举止、言语和态度而存在的；可是他错过了高潮。

不一会儿，浴室的门打开了，简已经穿戴整齐，头发也重新梳理过；她又如陌生人般冷漠，仿佛不曾交出什么，需要被重新追求。透过浴室敞开的门，吉米看到烛芯纱床罩被挂在淋浴区低矮的砖砌墙上，乱糟糟、湿答答的。这个女人情人无数却依然如饥似渴；如小女生一般缺乏经验，却被宠坏；不知不觉养成娼妓的坏脾气和举止，在尝尽失败和耻辱后，在妓院的女佣身上寻求报复，想方设法为她们创造工作，下等人欺负更下等的人，从中品尝胜利的滋味。她现在看上去是如此冷漠；如此扬扬得意。吉米恨透了她。

他说："车还在外面。"

简一言不发。

但是他还是陪她走了出去。在房子侧面的停车棚，简再次见到穿蓝衬衫的司机和那个绑猪尾辫的小子。她自己打开车门，坐进车里等着司机。

她几乎看也不看吉米，说："我希望你从主管们那里得到了你想要的。"

简离开后，吉米腹股沟上面那两处地方疼得越来越厉害。他渴望布莱恩特的触摸，渴望布莱恩特温暖结实的肌肉和他安抚的嘴巴与舌头。

六

小小的亢奋消失了；其实早在她到达吉米的房子之前就已经开始消退了。此时回到车上，重新坐在司机身后，重新盯着近乎光溜溜的黑脖子上的那圈赘肉和赘肉上的那几缕小卷发，简浑然不觉车外景物之凄凉，只觉得炎热和隐约的悲伤。这悲伤并非痛苦，而是她常有的一种心情，可以忍受。她回味着刚才的激情，可是房子和卧室的画面闯进了她的回忆。她的脑海里闪过只言片语，这些话并不是讲给某个特定的人听的，简想象自己像个孩子似的哭着说："我到处找。我找啊找。"

内心的风暴逐渐平息。那些只言片语也平静下来，变成一种陈述。简把目光投向司机的后视镜：他那双小红眼睛正在打量她，并迎住她回瞪的目光。她转头望向车外的田野；路边的废弃汽车；远处男人们忙着把草塞进汽车后备厢拉回去喂牲口的小小身影；冒烟的山峦，在下午四五点钟的太阳的照射下呈黄色。但是她知道司机在时不时地盯着她；每当她往镜子里看，都会看到他那双作着评定的红眼睛。这时，一个完整的句子在她的脑海里闪现，一开始还没有什么含义，而等她琢磨过来，她吓了一跳。她想：我在玩火。多奇怪的话，如此突然又如此清晰地浮现在她的脑海里：不请自来，犹如一则对真实的暗示，破坏了原本挡在她和那栋凄凉的房子之间的安全感和距离感。

车子进入市区：安全了。燃烧的垃圾场：褐色的烟非同寻常的浓，油腻、刺鼻，简受不了，关上了车窗：五彩纸屑般的垃圾堆，浓烟之中影影绰绰的卡车、男人、女人、小孩，偶尔闪电般穿过黄色火焰的食腐乌鸦，提防着人类，在铁丝网旁不安地呱呱叫唤。火：冒烟的山峦、烧焦的路缘解释着那句话。可是这个解释并不能让她满意，并没有让她解脱。车子经过下午热闹的市区，向上驶往高地住宅区，空气逐渐变凉爽，平原在她身后下坠，越来越低，这一路上简不停在想：我在玩火。

到了，司机没有下车给她开门。简下车时说了声“谢谢”。司机只是抬了抬下巴，鼻子里轻轻哼了一声表示他听见了。然后他立刻从座位上抬起又矮又胖的身子，扭头往后看，一只肥肥的黑胳膊抱在前座闪闪发亮的塑料椅套上，飞快地在车道上倒了车，驶出大门开上马路，不见了。

简的双腿之间湿漉漉的，身上都是那个男人的味道，尽管她在那栋房子的浴室里试图用香水掩盖。她觉得手指头上的味道尤其重。她得洗个澡。阳光透过红杉木百叶窗射进铺着白色瓷砖的浴室，又干又热。她关上百叶窗，脱掉衣服。可是水龙头里干干的。水很紧缺，一到下午就停水。

简累了，但她没有躺下休息。她把裤子和衬衫重新穿上，走出自己的房间。房子里就她一个人，她在几个大一点的屋子之间走来走去，然后来到后门廊，在一把铁椅上坐下，先是等五点钟开始上晚班的阿德拉，然后等罗奇。

当罗奇出现时，简对他说："花园的小屋里住着一个人。"

简的担忧似乎让罗奇更冷静。他开玩笑地说："可能是阿德拉的朋友或亲戚。我们得小心。"

罗奇走下屋后阳光照耀下的水泥台阶，走过发育不良的柏树。简在阳台上看着。罗奇打开门，然后抬头看着简，下午的阳光照在他微笑、露出疑惑不解的表情的脸上。简也走了下去。小屋的门一推就开了，里面空荡荡的。那个衣衫褴褛、蓬头垢面的流浪汉已经带着他的罐子和破布离开了。只留下一股淡淡的旧衣服、动物尸体、油脂和大麻温暖的气味。

罗奇问："你什么时候看见他的？"

"昨天早上。可我当时太害怕了，没有跟你说。"

"看来他似乎更害怕你。"

六点钟左右，阿德拉在厨房里喊："水来了！水来了！"一时间屋子里所有的水管和水槽几乎同时哗哗作响。山上的阳光金黄，柔和；焖烧的天空慢慢暗下来；夜晚的雾气笼罩了平原和大海。简洗了个澡。

那天晚上她对罗奇说："今晚我能跟你睡一起吗？"

罗奇说："我不是应该习惯一个人睡吗？"

"不是为了你。是为了我自己。"

罗奇没有再说什么。简把枕头放到他的床上。

七

这里的形势令人绝望罗伊，这里的人太容易背叛，黑色的脸戴着白色的面具，你不知道谁是你的敌人，敌人无时无刻不在渗透你的阵营。主人罗奇先生纠缠不休地询问一个他们送到这里来的小子的去向，城里来的一个叫斯蒂芬斯的小流氓头儿，他们想搞一场剧烈的政变，想让他取代我，好像我会让那小子把我拖到街上去让警察打死。不罗伊我就待在我这个没有设防的城堡里，时候到了我会采取行动的，到时人们会自愿来找他们的领袖。可是现在形势渐渐变得令人绝望，在死寂的夜晚我失去了勇气。我感觉自己必输无疑，他们在派其他的特工来，我不知道怎么对付……

吉米停住了。文字在依旧新鲜的伤口上盘旋。他审视着这个被侵犯了的房间：书本、相片、地毯、铺垫子的沙发，一切都摆放得整整齐齐。还有卧室，那张被玷污了的床，他到现在还是不愿意过去。多么凄凉！布莱恩特去哪儿了？他可以跟他分担此刻的痛苦，他的遭人嫌弃可以化解他自己的落寞。屋外的夜晚和灌木林。寂静无声。

有一个笑话，我讲给你听。一天我们这里教堂的一个大人物，一个主教之类的，用既不是拉丁语也不是英语而是某种黑鬼的语言讲道，他说那是一种非洲语言，约鲁巴语之类的，当然了这里的人都听不懂"摸不着头脑"，你听着，他讲的是绝望是大罪过。多可笑啊，这就像那些他们喂给人们好让人们保持安静的讲种族通婚的哈莱姆电影。这些人活在梦境里。我不知道他们怎么会相信人们还能消化那样的话。

我父亲的房子里有很多间公寓，我从上学的时候起就记得，那个时候如果你不去教堂，他们就用鞭子"打烂你的屁股"。可是如今那栋房子满了罗伊，没有公寓了。我想我和所有人一样欺骗自己说在某个地方有一间公寓在等着我，但其实我并没有真的在骗自己，你肯定不相信，早在我还是个从父亲杂货店的后屋去上学的孩子时，我就知道我是从那间后屋来到这个大千世界的，可它不是我的，我一直知道我在骗自己，我不相信自己有或者会有一间公寓。

别人拥有公寓，他们酒足饭饱，就像我们称为艾伯特王子"高级"酒店里的那些人，以前有时下午放学后他们会带我们去那里，去外面的公园，去玩，去让别人看看我们，去给我们看我们不能去的地方。即使在英国，当世界在谈论我的时候，当所有人都在随大流的时候，我也知道我没有公寓，一切终将成为泡影。

这里的事情令人绝望罗伊，当领袖自己都开始感到绝望，事情糟透了。整个地方快要爆炸，现在我看不出我如何控制革命。当人人都想战斗，也就没有什么值得去战斗了。人人都想打自己的小战役，人人都是游击队员。

听见前门廊传来轻轻的脚步声，吉米转头看见布莱恩特站在门口，穿着深蓝色短袖套衫和牛仔裤，猪尾辫竖了起来，有些吓人，扭曲的脸流着汗，亮晶晶的，眼睛红肿。他站在蓝色地毯外面，在阴影里，等着吉米注意到他。

"布莱恩特。"

"田间劳动。"布莱恩特说，然后走进房间，他走路的样子和摆头的姿势暗示他在生气，不想说话。

他在一张沙发上坐下，拿起报纸，稀里哗啦地翻起来。台灯的黄色灯光照在他那扭曲的半边脸上，照出瘦得皮包骨的额头。他的嘴角有白色的唾沫，红肿的眼睛像快要哭出来了一样。

吉米知道布莱恩特的脾气，没有理他。有布莱恩特坐在旁边，吉米变得冷静了。他看了看刚才写的东西；似乎写远了。他的绝望自动清除。他一时失控，可现在他好多了；现在他又能清楚地思考了。

"是的，克拉丽莎，"这个迷人的、了不起的男人说，"我欠你一块钱，我记得你。"当他说这话的时候我紧张起来，我看着他的眼睛，知道戏该收场了，我感觉到他能看穿我，什么事情都逃不过他的眼睛，我不知道该怎么向他表白。

我说："吉米我找你是为了警告你。他们恨你吉米，他们想干掉你因为他们害怕世界上被压迫的人对他们的恨，害怕被压迫的人们找到一个领袖。他们决心找出并且干掉这些领袖吉米。"

他说："克拉丽莎回去告诉你的老板们我再也不会逃走了。"我说："我的老板们吉米？"他说："没有人会把我从我没有设防的城堡中拉出去枪毙克拉丽莎。你听着克拉丽莎以前我曾被你这样的人蒙骗过可我不会再上当了，你满口讲革命但其实你属于统治集团克拉丽莎，你以为你来到可怜的黑人面前炫耀一下乳白色的大腿他们就会相信你说的话。你以为你来跟黑小子们玩玩然后就可以回家去，但是我告诉你克拉丽莎，黑小子们不玩了。我知道你在玩什么把戏克拉丽莎，现在告诉我你父亲是不是情报局的？"

我说："吉米我告诉过你我请求你理解，我有我的职责可是我被你这样的男人迷住了。"他说："黑小子们不玩了，酒店大堂里的每个人都知道你的把戏克拉丽莎，看看四周，看看这些服务生，你以为他们不知道你是堆腐肉，你以为出租车司机们不知道，每个人都看到你在公共场合跟我搭讪，他们会知道你是堆腐肉的，所以我得警告你以后你恐怕只能在白天、在公共场所走路了克拉丽莎。"

他的话让我的心充满恐惧，我看着他一眨不眨的眼睛却看不到同情，我不知道我要怎么让他知道他占据了我的整个心思，没错我是统治集团的，我是某个阶级的，我只有靠诋毁英国来减轻怀疑，我理解我在他眼里看到的憎恨，看到那种憎恨我什么都明白了。

“这是你的一块钱，”他把一张钞票扔到桌子上，说“我已经跟服务生结账了。”说完他转身大步离开大堂，所有人惊讶地站在原地，包括我。

我不知道该往哪里看，我感到孤立无助，他说得对，服务生用奇怪的眼神看我，出租车司机用奇怪的眼神看我，无论白天黑夜都是如此仿佛吉米让我在这个地方再也待不下去，我在每一张我看到的脸上都看到他那流露出强大嘲讽的脸，我开始意识到这样的心神不宁会把我逼疯。我害怕极了，我不知道该怎么办，而现在我不能告诉我的丈夫，我只能承受，我感觉自己只能寄希望于吉米的怜悯，求他再给我一次机会，因为我知道是他在主宰我看见的身边的憎恨，只有他能将这恨转变为爱。

在公共场所我小心翼翼地走路，在安静的地方也是如此，因为我不知道什么东西会突然扑向我，每当看见有人走过来我都要问自己他们是什么人，他们想干什么。当然我恨这些懒惰的人，难怪他们无所作为，可是现在我害怕自己对他们抱有的这种憎恨和不屑因为我感觉到我会遭到报复，不管走到哪里我都害怕遭到报复，在街上，在高地住宅区，在满是游客的海滩上，因为每个出租车司机每个服务生都知道我是什么，一天中午在海滩上我正在小树林里散步突然看见一群跟画眉山庄的那个小子绑着一样猪尾辫的小伙子，他们慢慢朝我走过来我走快他们也跟着走快，接着他们取笑我追我，我知道我的时候已到只有吉米能救我，我开始穿过树林往大海的方向跑因为那里至少有游客救生员什么的可是我好像永远到不了那里，我口渴，天空碧蓝万里无云我想喝水这时我看见远处有一辆汽车我拼命朝它跑去我跑小伙子们也跟着跑我看见那是一辆有弧形前挡泥板的旧福特——

“那只老鼠！”布莱恩特突然把报纸扔到地毯上大喊道，“吉米，今天我看见那只白老鼠了！”

吉米吓了一跳。他周围的光线变了；他转头看见布莱恩特不是远远地在中午的海滩上，而是坐在一张毛茸茸的沙发上，脸颊一半亮一半暗，眼泪快要夺眶而出。吉米推开椅子站了起来。

“别碰我，吉米！”布莱恩特大喊道，“你要是碰我我就杀了你，吉米！”

吉米本想用亲切的土腔土语安慰布莱恩特，一开口却变成严肃的标准英语。他说：“她来找你，布莱恩特。她想要回她的一块钱。”

“吉米，吉米。”布莱恩特把头往后一甩，哭了起来。

吉米走过去把手放在布莱恩特的肩膀上，用手指按住他粘了沙子的套衫和底下湿漉漉的皮肤，把脸贴近布莱恩特的脸，说：“我会把她给你的。”

八

每天早晨醒来，罗奇心想：我把我的一生建在了沙子上。他曾以为自己是一个实干家，如今却惊讶地发现他已离那个自己那么远，变成了一个坐等事情发生的人；他平静地等待事情发生，这种平静在他每天早晨醒来的时候带给他一阵恐惧，这种恐惧在随着一天的惯常生活的开始而在阳光下消退之前会凝结为一句话：我把我的一生建在了沙子上。

他在等简离开他；他在等他在萨波利切公司的公关工作变成一件毫无意义的事，他所做的一切变成徒劳。在他看来这两个失败是相互联系、相辅相成的。他心想：我把自己困住了。一个失败他可以对付；可两个失败，还相互交织在一起，在这个被遗忘的世界的角落，让他不知所措。他既不能行动也无法撤退；只能等待。

然而他知道在他周围的很多人眼里，他是一个要干一番事业的人。这可以理解，但是也很奇怪；因为他没有什么政治教条，也不再梦想功成名就，甚至也许他根本就从未这么梦想过。倘若他有一套理论，一套政治信仰，他就可以把这些东西抛到一边，承认他的理论是错误的，像他的一些同事做的那样，怪罪这些理论或者怪罪这个世界辜负了他的理论，从而不必为自己开始新的人生而有背叛之感，这样反倒容易些。可是他没有什么理论；他不相信理论；他对自己做过的事情抱有一种责任感。这种责任感不会随着失败，或者随着对曾经激发某些行动的信仰的放弃而消失。

也许他是有一些机会抽身，回到本属于他的生活中去。他可以不用在南非遭受严刑拷打；他可以不用写那本书；他可以不用接受萨波利切公司的工作；即便接受了，他也可以不用跟画眉山庄和吉米·艾哈迈德打交道。责任感，惰性，也许，也许还有一阵小小的不期而遇的乐观主义，总是觉得这次的决定会带来某些好的结果，会最终解放他，让他能够回到以前的生活。然而每个决定却让他离他觉得是自己本应该过的生活越来越远，让他在四十五岁依旧漫无目的。他是个有远见的人，甚至可以说是愤世嫉俗的。他对人对事的反应很快；可是到了行动上，他就常常无视自己之前察觉到的。他总说："你只能顺应环境。"他的每一个决定都是在他忽略了某些事实以后做出来的。

在第一次见面的时候他就把简看透了。他注意到了所有的蛛丝马迹；但是他们的关系却是建立在他忽略这些迹象的基础上的。

当时简是准备出版罗奇的书的公司公关。那时罗奇刚到英国，在南非生活了多年后，对英国的售货员、出租车司机、接线员、秘书的快节奏还很不适应。简打电话邀请他共进午餐，讨论书的宣传，电话里的她声音迷人、能说会道；他以为这是出书的例行公事，便不好意思地答应了。他以为会是一位专业人士；可是当他来到出版社的办公室，女前台接不通简的分机；他在等候室里翻阅出版社的书目，打量一尊铜色小雕像：一个袒胸露乳的苗条女人，头顶举着一个空篮子或者空碗。大约十五分钟后简才出现，而且令他吃惊的是，她是从街上回来的。她出去买东西了，忘了吃饭的事。

原来简才刚开始做这份据她称“可怕的”工作。她半是道歉地说着这份工作的可怕和她对业务的不熟悉，邀请罗奇分享她以此为乐的心情。她说她不知道自己该干些什么；接着又暗示其实也没关系，因为反正这是一家“很烂的”公司。

罗奇不觉得自己的书有多了不起；但是这并不意味着他能把这席关于公司的话简单地看成一个不把工作当回事的懒惰女人的言论。简表现出一副言之凿凿、深恶痛绝的样子。于是罗奇追问她；他问这家公司为什么很烂。她说不上来；她无话可说。她笑了笑，睁大眼睛，红着脸，羞答答的，以此结束了关于公司的话题，结束了耍脾气的心情。在展示了热情的天性后以微笑来掩饰，罗奇着实吃了一惊。

令他同样惊奇的事情还有：当简收起她的魅力和小女生似的不称职，她开始谈论他的书，那双大眼变得湿润。罗奇立刻就发现她根本就没有读过他的书，还发现她对他所写的这种类型的书有着自己的想法，急于将自己置于这个她想象中的作者的立场上。她说：“殖民地的警察太可怕了。”罗奇听了怔住了。她说这句话时毫不犹豫，语气坚定，好像源自对这个话题颇有研究。“殖民地的警察”，这里的年代错乱不像是故意的。在罗奇看来，这句话不像是读历史书获得的看法，而更像是从历史事件亲历者那里得来的二手材料——以前无意间听到的谈话，别人的经验：她只是把这些东西记在了脑海里，突然间想到了就拿出来用。

她的无知令人咋舌：报纸的宣传白做了，他的书白写了，但是她的热情盖过了她的无知，盖过了她业已造成的忙碌和心烦意乱的印象（午饭前去买东西，忘了自己热切安排的饭局，情绪突变，忙得没时间看报纸），必是因为心烦意乱她才做出这些不耐烦的动作：手腕一挥，把手套扔到餐桌上，好似在拍一只苍蝇，亦似一个好装模作样的打牌人打出一张王牌。

罗奇没有纠正简“殖民地的警察”的说法，也没有告知她自己到底写了一本什么样的书。他写的东西太私人了；而她又是这么无知。此外，他的政治观点很复杂；写这本书让他发现它们比他所意识到的还要复杂。他对自己的书有些赧颜；他知道即便经过出版社的编辑加工，他的书还是语意不明、冗赘难懂；虽然重写过，但他还是无法克服想要掩盖自己被捕、遭受严刑拷打、蹲监狱、最后获得释放的悲惨经历的本能。

罗奇懒得跟她解释，任由她把一套详尽的关于非洲和种族的革命观点，一个特殊的秩序即将被消灭的观点，安到自己头上。他没有反驳；可是看到他没有如她所愿表示认同，简放弃了这种宏大的视野，转而说起伦敦从西印度来的公共汽车售票员，说他们又有效率又幽默风趣却饱受种族歧视，好像认定罗奇会表示同情。

简说最近在她的一个朋友家，当这个朋友开始说“移民”的坏话时她愤然离去。罗奇可以想象她走出那栋房子的样子：他想象她做着一些粗鲁的动作，比如突然坐直身体，然后随着这一肢体动作的发出，发现自己不能不把整个行为完成：捡起打火机、挎包、手套，穿上大衣，动作迅速、夸张。罗奇用意识的眼睛津津有味地观看着这一画面，觉得颇为有趣。但他并不相信简仅仅是为了那些公车售票员而离开朋友家的；他怀疑她是否真的离开了。虽然简说：“无论什么都不会促使我再跟她讲话。”他还是不相信她真的跟她绝交了。

简的世界简单、夸张，而且女学生气，虽然她已经是个二十九岁的女人了。她似乎意识不到自己的想法有多单纯，自己有多孩子气；这种怀疑的缺失，就像一种自知之明的缺失，让她显得强势，增加了她的存在感。她是那种他不想与之争辩也懒得纠正的人。他只注意到，午餐时，她不断抛出一些她自认为激进的观点来寻求他的认同和赞赏。这令他始料不及，心生感动。

于是，简为讨论罗奇的书而安排的这顿午餐变成了她的观点的一次展示。她成了实干家，探求者；他成了她的听众。简时不时会为他的书、他的人生、她想象中他经历的危险而称赞他两句；但是最后总会说回到英国，说回到她自己，说回到她所属的阶级的观点，她似乎急于教诲给罗奇。“殖民地的警察”一说暗示在她眼里世界的组织结构依旧很简单，暗示她还活在一个已经消失的时代，或是对一个已经消失的时代的想象中；她如此迷恋英国和她的阶级，表明她还认为英国是世界的中心。

吃完午饭，两人走回简的办公室；在她那个小小的房间里，罗奇见识了她如何担任主管。刚才她邀请他一起拿她的不称职开玩笑，而现在她则邀请他分享她工作中的恼人事。她朝电话那头的一个男人大喊大叫了一通；放下电话后，她红着脸，眼里闪着怒火对罗奇说：“你究竟能指望一个整天靠点头哈腰讨生活的男人做什么呢？”由于被她迷得神魂颠倒，他觉得她讲电话的方式和之后的解释合乎情理，可以接受；后来才意识到其中的矛盾。

刚开始，简还会试着站在他这边，或者说是她认为的他这边。现在，他半个人已经被她拉了过去。他觉得她不仅与她的工作、她的阶级和英国显得不和谐。她与某种更宏大的东西也显得不和谐；他开始被这种神秘，被他在餐厅里感觉到的她身上的心烦意乱所吸引。

简年纪轻轻，十七八岁的时候就结了婚；她把这段婚姻说成是一次绑架。出于某个罗奇没能听明白的原因，她把她的早婚归咎于她的母亲和一个叔叔（她的父亲在她很小的时候就去世了）；她责怪她的学校没有给她良好教育，初入社会的她傻乎乎地准备把自己交给遇到的第一个男人。

她嫁给了一个年纪比她大一倍的男人，一个当时被认为正在往上升的政治家。可是自那以后他就开始下落，后来成了商人；虽然此刻简说到他的政治观点时语带鄙视，说到他的“美貌”时语带嘲讽，但是很明显，当年他的英俊和卓越都深深吸引了她；虽然她总是说对于这桩婚姻她是被迫的，但是从她说的其他事情中可以明显看出当年她才是追求者，觉得自己发现了一个集美貌、卓越和财富于一身的政治家，在她之前的女人都没有发现他的优点。这个政治家似乎并不知道这个女学生在追求他，直到他的朋友对他说：“你难道看不出来那个女孩喜欢你吗？”简说起这段往事忧伤里带着快乐，仿佛这是她唯一的浪漫时期，以后就开始了漫长的不幸人生。

这位英俊的政治家由于单身太久，改不掉学生时代的习惯。甚至在蜜月期，这个年轻姑娘醒着躺在他身边的时候他还在自慰；整个蜜月期，漫漫白日，简都被晾在一边。“我当然想一直待在床上。”

简对罗奇如是说，这第一次性的警报让他感到不安。她说起他教给她的五行打油诗，一些扼杀激情的黄色诗句。只有妓女才能让他兴奋起来，付了钱马上来；对简他几秒钟就完事了，通常他更喜欢独自手淫，说这些的时候简仍然像一个刚刚发现男人的神秘之处的女学生。

被简如此描述的这个人小有名气，他的照片偶尔会登上财经版面。罗奇推算出他应该跟自己差不多年纪。昔日受人崇拜，如今惨遭背叛；这进一步向罗奇拉响了警报。也许是简夸大其词；他们的夫妻生活一定还有其他方面。然而简对这个男人的无情鞭挞也是对她自己早年受打击、受伤害的人生的无情鞭挞。

两年以后两人离婚了。但是这并没有给简带来真正的解放。她暗示那以后她换了一个又一个情人，仍不停受伤害。她直言不讳地详述自己如何被迫堕胎。听她的语气，好像这一切都不是她的选择。事件、社会、男人的本性，以及她作为女人的需求把她推进了性的丛林，让她在未知中危险地摸索。

罗奇以为自己理解这一切。于是，不出两周，两人开始交往：简是受伤害的那个，而他，虽然自己的生活一团糟，却是给予安慰的那个。他很快渗透到他在她身上发觉的激情的核心。他就是那个理解她的人：简表现得仿佛他的确是一样。在她夸张丑陋、又突然又古怪的孩子气、气势凌人得让他吃惊的亲吻中，他觉得自己能够看到她过去的一切。

这些不过是不到九个月之前的事。当初两人如此迅速地达成的共识，最终却成为两人关系的限制。在产生不悦、紧张和怒气之后，他们只能回到这种共识中：简是受伤害的那个，罗奇是给予安慰的那个：简似乎对这样的共识心满意足，而罗奇却觉得越来越乏味。

若是在伦敦，两人也许早就好聚好散；这段从未超出预想的关系只会给他留下一抹淡淡的回忆。简会消失在偌大的伦敦，他偶尔会在别的女人身上瞥见她的影子，听见她发表过的观点。他将能够认出她；他将满足于成为她又一个失败的情人。然而在这里，在高地住宅区，她和自己一样是外国人，没有东西给她作掩护，而摆放着结实的木制家具的空空荡荡的公司房和褐色的山脚下快要爆炸的市区也向罗奇提醒着他自己的失败，在高地住宅区，他的未来在视线中渐渐收缩，同时他意识到自己年纪已经不轻，在这里他渐渐依恋上了简。

在第一次见面的时候他就已经把简看透了：那些全是她的表演。然而伦敦掩盖住了的东西在高地住宅区这里，为时已晚地现于光天化日之下。在伦敦，罗奇常常看见别人（他自己也是）把简忽来忽去的怒气和不友好误以为是在表达一种观点。在伦敦，她从这里那里，有些甚至是从他这里借去，然后凭印象胡诌的简单评论往往被看作她完整如一的性格的体现。如今罗奇发觉，在伦敦，简像个外国人；也许她也发现自己像个外国人。也许她觉得她这些简单的观点换作从其他背景的女人嘴里说出来不足为奇，但如果出自她口中就不那么简单了。

然而在这里，在高地住宅区，人们并不了解英国人的说话方式，加上简跟罗奇联系在一起，因此人们仅从字面上理解她说的话。这里的每个人都生活在一种压抑着的歇斯底里状态之中，人们的野心和妒忌不再和车、房或者好东西有关，而是和安全感相联系——把钱转移到海外，弄到美国加拿大澳大利亚的居留签证——就连地道的高地人哈里·德通哈也悄悄地弄到了加拿大的永久居住权。这里的人认为他们目前的生活方式即将结束，而简却随意兜售着她的虚无主义，随意发表着世界即将崩溃、体系面临瓦解的观点，讲一些这里的人不爱听的话。没有人相信她的热情。她从伦敦来，她可以回伦敦去，没有人把她当回事。

一天晚上在格兰德利特太太家，罗奇看见一位律师年轻的妻子面对滔滔不绝的简变得默不作声；接着，这位年轻女士僵在那里，装作没有看见简的样子。这是一位棕色皮肤的漂亮女人，穿着一件收腰的蓝色礼服，很优雅，脸颊上涂了一抹胭脂，显然是为大房子里的这次晚宴精心打扮了一番。这个变化发生在无声无息之间，没几个人会注意；但是罗奇，当他将这位女士的优雅和庄重与简的滔滔不绝和紧张不安，此时已渐渐变成咄咄逼人和歇斯底里相比较——而且那天晚上简穿了一件北非条纹麻布裙——罗奇头一次发现简在外表上的不雅，这把他吓了一大跳。简不停地讲啊讲，似乎没发觉到有什么不对劲儿。但是她是知道的，而且她觉得受伤了。那晚回家后，她十分沮丧，一言不发：从那以后，她开始远离，不久就变成厌恶他们在高地住宅区的生活。

一群无聊的人，简得出这样的结论，一群等着被拉去宰割的羊；他们活该有此下场。简继续搜寻着证明他们无聊的证据，罗奇看着她的厌恶与日俱增。他不止一次地听见她拿出她的法国打火机，对要看看这种罕见型号的人说："我想里面装的是撒哈拉的天然气。"这属于她惯于丢出的一类评论，这句话无疑是从她有时说起的伤害过她的众多失败情人之一的那个记者那里借来的。在伦敦这也许是句有趣的话；在初次见到她的人听来这句话可能代表知识、机警和一点对政治的关心；这句话可以引发多种话题：法国，阿尔及利亚，阿拉伯人，勘探，世界自然资源枯竭等等。可是在这里，这句话只是被听作一个地理事实，没有人懂得如何往下接。

简生活在一群没有世界观的人中间，她本以为一旦离开英国就不会这样了。她生活在一群只关心自己的境遇和自己的政客（简已经不再费心去试着记住他们的名字）的殖民者中间。她生活在一群听不懂她的语言的人中间；她感到格格不入。也许正是这种与周围这群视野狭窄、缺乏想象力的人格格不入的感觉，让她更加直言不讳、热情高涨；也许正是这点成就了发生在格兰德利特太太家的那件著名的、令人难忘的事件：她说到岛上的种种触目惊心，说到“在垃圾堆里翻找的可怕的小黑虫”，硬生生地打断了大家的谈话。

这就是她的伦敦作风，她想把自己的观点强加于人；她不在乎自己的观点是什么；是她的作风把她推得太远了。对此她心知肚明；那天回到家，罗奇一言不发，简红着脸，露出羞答答的微笑以作回应，和两人初次见面那回她答不上来为什么那家出版公司很烂时一样。

没有了听众让她做熟悉的自己，她的阶级本性——在那栋房子里，和罗奇这个唯一对她一知半解的人在一起，简开始故态复萌。伦敦掩盖了的东西在高地住宅区一点一点地暴露出来。对英国和她所属阶级的迷恋，衰败的观点，认为世界将被熊熊大火吞噬的观点：在伦敦时，罗奇以为这源于她确信这个世界不是它应该是的样子。后来才发现她的想法更简单：世界将被熊熊大火吞噬是因为它不再是原来的样子，或者说不再是她以为的原来的样子。在这种想法背后是阶级和金钱的固定特性，对此伦敦的她似乎浑然不知。

这种浑然不知留存下来。她没有记忆：许久以前罗奇就得出过这个结论。她全无义务让自己的态度和行动保持一致。正如他发现的那样，指出她的自相矛盾是没有用的。她不会感到羞愧，因为她根本不在乎，她无需向任何人解释什么。她只为自己当时当下所做的或所说的负责；她就是她此刻所是的样子。罗奇曾被他眼中的她的神秘之处所吸引。可如今他当初认为是在受伤和不幸中产生的热情，在他眼里却变成了“不可能受伤害”。

对于这段关系，简并没有投入多少感情。现在回过头看，从一开始她就随时准备撤退。当初，简在认识他没多久的情况下就离开伦敦跟随他来到这里，在他看来这是个了不起的举动，是她热情性格的体现；但其实那不过是因为她觉得自己不可能受伤害，相信一切到头来都会无果而终。罗奇知道自己的角色从安慰者变成了伤害者。他成了她又一个失败情人，又一个与她所想的不一样的人。

简从一个试图把自己歇斯底里的世界观灌输给高地住宅区居民的女人——那些凭印象胡诌的、热情洋溢的评论毫无逻辑可循，看似就要引领她得出某种结论，却从未曾有结论：许多事情搅混在一起：来自西印度的公共汽车售票员在伦敦受到的蔑视，她那些女性朋友的肤浅，岛上触目惊心的棚户区，山里的游击队员——变成了一个冷静、置身事外的访客。

简对他的失败、他的工作也渐渐变得漠不关心。她假装不知道他在做什么，“彼得最近就是在忙这个吗？”“彼得这么说的吗？”刚开始语带讥讽，后来就变成了无所谓。于是高地住宅区人人都知道他们关系破裂；而且认为是他做得不够好。就他所知，在高地住宅区，人们所说的不够好只可能指性能力；他还知道人们将这与他在南非蹲过监狱联系在一起加以解释。

简再一次来到了一个周期的末尾。现在，从被抛弃者的角度，他可以看出她将如何发动新的一轮攻势。她在这里没有听众，暂时休眠；但是他可以想见，等回到自己的国家，有了熟悉的听众，在经历了又一次失败的冒险后，她又会发出同样的热情、伤心、受伤的信号：又一番表演，出于本能，没有心机，就像当初引他上钩时那样。安全的、根基牢固的海葵在海底摇曳着它的触须。

她的本能、她的浑然不知、她的不可能受伤害：他迷恋上了她。他渴望在她的不可能受伤害上留下些许凹痕；他渴望让她看清楚她自己。然而日复一日，他从高地住宅区下到衰败的市区，驶向自己在萨波利切公司那些老办公室里毫无意义的公关工作；日复一日，他越来越软弱。他是个无用的人；他也开始像简看他一样看自己；虽然他和她的观点似乎不谋而合，虽然他们很少吵架，因为他们在看待这个岛和岛上的可能性方面很少有分歧，但他开始渴望她的崇拜，她的大度，渴望她能理解他目前的生活，理解他的努力白费了，生活辜负了他的乐观，想到这点他便觉得沮丧，因为这就像是在证明他现在确实一无是处。他以前从不曾寻找这种认同；他意识到这是个危险的信号。每天早晨他都在想：我把我的一生建立到了沙子上。

九

在市区的这一带街道十分狭窄，有些比羊肠小道宽不到哪儿去，而且蜿蜒曲折。掩映在高大的面包树和芒果树下的房子十分矮小，有些简直可以说是袖珍，每栋房子矗立在自己的那一小块地里，几乎把每个缝隙都填得满满当当。在当地艺术家为旅游业创作的画里，这里仍旧是一个风景如画的地方：红色的锡皮屋顶边缘是一圈白色的浮雕花纹，映衬着高大的绿树，粉红色的夹竹桃和红色的一品红弯向狭窄的人行道，还有弯弯曲曲的小路和绵延的山峦。但是如今即便在画里人们也能看到黑色的柏油街道尽头是肮脏的土路，越往山上就越细，岔出一条条小径；越过交错的红屋顶，可以看见光秃秃的山坡上散落着一些细木桩支住的小木屋。在旱季，棚屋呈现出灰尘的颜色；风化的山峦反射着光和热；整片地方就像一个火山口，被包围着，没有空气。

这里曾经是一个体面的下层社区。如今这种体面仍然随处可见：一些小房子外排列着整齐的篱笆，正门还挂着铃铛，或者蕨草吊篮，在小小的前阳台上投下阴影。可是夹在小径、绿树、红屋顶中间的居民区已经不复当年。有些房子里仍住着人家；但是更多的房子已经成了年轻人偶尔借宿一晚、蹭一顿饭的营地，这些年轻人打小就发现自己流落街头、无家可归，只认识这些房子里自己唤作“姨妈”的上了年纪的女人。

如今这个居住区混乱无序，很明显缺乏市政管理。空房子被改造成了钢鼓乐队的活动场所，或者露天汽车维修店；没有轮子的小汽车和大卡车堵塞了小路。排水沟里满是垃圾，黑黑的水面上泛着一层白色的泡沫。墙上涂有过期的竞选标语、种族口号和编造的非洲人名：夸梅·曼丁哥（奴隶，仆役长），有的字迹潦草，有的则相当工整。这些标语和名字之间有某种竞争的味道，一个比一个稀奇古怪，营造出一种幽默的效果，与威胁和愤怒的文字形成强烈反差。

这就是斯蒂芬斯住的地方。这就是他拉帮结派的地方。三个月前，他便是让自己从这里被带到了画眉山庄，带到了土地上去：如罗奇所愿，斯蒂芬斯让自己相信了他那半政治的口号：土地，在土地上劳作的尊严，基于土地的革命。现在斯蒂芬斯不见了；罗奇很担心。简从画眉山庄回来以后说过山庄是游击队员的掩护所。她只是随口说说，大概已经忘记了说过这话。可是罗奇记得。他不相信报纸、广播和电视上讲的游击队员。但是他相信城里的匪徒帮派。

斯蒂芬斯母亲的房子在某条旧柏油街道一条分叉的土路上。罗奇把车停在柏油路面上，离拐角有一段距离。现在是下午两点，一天当中最热、最静止无风的时候。街道上空空荡荡，暴露于太阳光底下；电线杆几乎没有投下什么阴影；房子的阴影都缩回到了屋檐下。锁车门的时候，罗奇听到一阵嘶嘶声。他刚要转头，却突然停住。一个男孩穿过柏油街道径直朝他走来。罗奇戴上墨镜。

男孩说："你。给我一块钱。"

罗奇没有走开，而是看着男孩。他看见靠得很近的呆滞眼睛，右眼皮上有一个小脓包：被吞噬了一半的灵魂，已然一具行尸走肉，注定失败的人生。

男孩说："一块钱给你洗车。"

罗奇试了试车门的把手，说："一块钱帮我看[①]车？"边说边朝拐角走去。

男孩走在他旁边，不停地用双手比画着。他低垂着手肘，抛出手臂，张开手掌僵硬地做出撒东西的动作，好像要让自己看起来很生气。他嚷嚷着："一块钱，伙计，嘿，一块钱！"

罗奇不理会他，而是将注意力投向他刚才待的那个院子：说不定他的朋友就在那里看着呢。

这时，一个男人穿过土路朝他们走来。罗奇正要左拐走上那条土路，突然听见那男人说："嘿，离那个男人远点。"

这个声音让罗奇警觉起来。一个深沉、放松的声音。一张冷静的脸：一张知道自己的价值的脸。一个买得起软革皮鞋的人，皮鞋虽然普通、没有擦亮、布满灰尘，但是鞋背却显雅致。这是一个有工作的男人，一个有目的的男人。惊奇过后，直觉告诉罗奇：这是一个便衣。罗奇带着怀疑又迅速地瞥了那个男人一眼：他已经走开，天气如此炎热他却步伐轻盈，没有渗汗的尤卡坦短袖衬衫在旧牛仔裤上方摆动，证实了他的怀疑。他心想：这栋房子正在受到监视。

---

①"看"的英文 watch 与上文"洗"的英文 wash 发音相似。

罗奇慢慢地往山上走，动作夸张地避开石头、坑洞和布满灰尘的垃圾，一边想着：我应不应该卷到这件事情当中？但是他知道现在回头已经太迟了。

罗奇要找的房子原本是左手边的最后一栋。但是没有铺砌的土路胡乱地在山坡上延伸，两边盖起了房子；路被踩平了，像涂了灰泥似的又硬又滑；山坡上分叉的土路尽头散落着一些小木屋和营房。

斯蒂芬斯太太的房子就是这些袖珍房子中的一栋。水泥墙壁，瓦楞铁皮屋顶，四英尺高的水泥台基。小鸡在台基附近的浅坑里又厚又干又脏的尘土中休息，在酷热中张开嘴咯咯直叫。这栋房子显出几分气派；它不是棚屋；与其说是山坡上的房子，不如说是柏油街道上的房子。它是按本地区的标准样式建造的：从中间纵向分开，右边是几间卧室——前面一间卧室的门式毛窗户打开着，松弛的窗帘绳上挂着半块蕾丝窗帘——左边是一个小阳台、起居室和厨房。

罗奇走上一段浅浅的红色水泥台阶，来到阳台。两把扶手起泡、椅垫褪色的莫里斯椅就几乎占据了整个阳台。起居室门框上的白漆已经开裂，而且很脏。他敲了敲门，然后咬着眼镜腿转过头。他先抬头望了望天空和盖满房子的黄色山坡，然后又低头看了看穿尤卡坦衬衫的男人刚才站着的那条没有铺砌的土路。他看见两个街区以外有一个与人行道齐平的小酒吧，生锈的瓦楞铁皮篷子下那敞开的入口黑洞洞的。

罗奇本打算待一会儿就走。他只想问问斯蒂芬斯的事，试探一下斯蒂芬斯太太知不知道她儿子的下落。可是当斯蒂芬斯太太猛地打开摇摇欲坠的毛玻璃门时，罗奇发现自己已经决定绝口不提她的儿子。

斯蒂芬斯太太是一个身材匀称的高个子穆拉托[1]女人。齐膝的裙子在胸和肚子部位勒得紧紧的。短短的头发编成一个个小辫子，眼睛凹陷，脸颊上有一块不健康的、发亮的肿胀。

罗奇庆幸自己不打算提起斯蒂芬斯，因为当斯蒂芬斯太太说："啊！罗奇先生。你吓了我一跳。我透过玻璃往外看，纳闷这个白人是谁。"当她这么说时罗奇从她的语气和冷淡的态度，就像是在跟站在他右肩后面的某个人说话——判断出她一点儿也不友善。

斯蒂芬斯太太把罗奇请进屋时故作自然，她的眼睛似乎一直扫视着街道和山坡，然后才转身走回屋内，在涂了清漆的地板上拖拉着拖鞋，小心翼翼地穿过挨挨挤挤的家具：和阳台上那两把莫里斯椅配套的长椅、一张中心台、一个餐具柜、一张大餐桌和六把餐椅：标准的岛上旧式家具，罗奇高地住宅区房子里家具的缩小版。

斯蒂芬斯太太不是一个人。屋子远角，窗户旁边，一个老一些的女人坐在一把餐椅上。她的个头比斯蒂芬斯太太小，更瘦，扁平的脸上挂着微笑。

罗奇说："我刚好路过这里，斯蒂芬斯太太。"

斯蒂芬斯太太说："是啊，是啊。我所有的朋友都是刚好路过。要喝冰果汁吗？邻居，你要喝果汁吗？"她一边走出后门一边说："只有我的孩子们不来找我。"

罗奇朝那个老妇人笑了笑。后者也朝他笑了笑，没有说话。

关于她的儿子，斯蒂芬斯太太已经作出声明。她话里的责备和

---

①指黑白混血儿。

怀疑在这个令人窒息的房间里徘徊下去：虽然门式窗打开着，屋里仍旧没有一丝空气。已经没什么可说的了；但此刻罗奇觉得他得把这趟社交拜访进行到底。这间屋子让他感到压抑、不安；他觉得自己格格不入。浅粉色的水泥墙壁上挂着斯蒂芬斯太太的几个孩子的镶框照片。一个年轻男人穿着学位袍：这很像一张摆在伦敦照相馆橱窗里的照片，被拍照的人看不见摄影师的嘲讽，眼里只有恭维。其他那些面孔：路人的面孔，在街上毫不起眼，奇怪的是，这些在这里被赋予荣耀的面孔看上去却更加脆弱。这个世界是多么不堪一击，沉重、过多的家具填满了整个房间，却又好像不属于这里：你可以轻易地忽略掉那套莫里斯家具和餐桌餐椅；可以轻易地把这栋房子想象成一小块黄泥土地上的一个薄薄的空壳。

水泥墙壁上的涂料已经脱落，落满灰尘的灰泥底下露出粉色的粉浆，在齐臀高的地方有一道亮闪闪的污垢。一个木头隔断把这间小小的客厅和两间卧室（半掩的门后的两个黑洞）隔开，隔断上的旧油灰已经掉光了。隔断的这一面贴着画眉山庄的海报："我不是任何人的奴隶和种马。——吉米·艾哈迈德哈吉。"罗奇越发紧张。脆弱，脆弱，这个世界需要无限的容忍，无限的忍耐：这些家具，海报，穿学位袍的年轻人的照片。

老妇人跟随着罗奇的眼睛，看着照片上穿学位袍的年轻人说："那是劳埃德，玛德琳的大儿子。"她的声音悦耳、有教养；她似乎比斯蒂芬斯太太有教养，可她说到玛德琳的时候语带尊敬，说到劳埃德好像他是一位成功人士似的。"他现在在英国。"说完老妇人又笑了笑，点了点头。

罗奇知道斯蒂芬斯的这个哥哥：他在战争爆发前去了英国。英国，罗奇心想：在这里可真难撇开英国。而且有这么多个英国：他的、简的、吉米的、劳埃德的，以及这位老妇人脑海里的英国——很难想象那是什么样子的。

“没错。”斯蒂芬斯太太说道。她回到屋里，手上端着一个漆了鲜艳的红苹果色的锡托盘，上面有两杯西柚汁。“没错，劳埃德在伦敦。”她小心地穿过家具朝罗奇走来。“可是劳埃德忘记了他的母亲。”她转身朝餐桌走去，拖着步子，好像还在扭着屁股。她把托盘递到老妇人跟前，说：“邻居？”然后她坐了下来，仿佛只是在对着房间说话：“没错，劳埃德忘记了所有人。真不知道那里有什么好的，让他如此行事。”然而不一会儿，斯蒂芬斯太太就清楚地表明她是知道的；问题在劳埃德的妻子，是他妻子不让他回家。“没错，邻居。我不怨恨任何人。我以前也有一个男人，我知道想留住一个男人是怎么回事。但是希尔达做得太过分了。大家都以为我对希尔达做了什么。你知道她不给我写信。她只给自己家写。我还听说他们拥有的每件东西都是最好的，希尔达一个人做两份工作什么的。啊，让他们享受着吧。他们的好日子很快就会到头了。到时他们就想回来了。他们就会明白只有自己人才会对你好。果汁够不够甜，罗奇先生？要不要加点糖？”

“不，不用，斯蒂芬斯太太。”

“没错，邻居。我以前也有一个男人。现在我得自己谋生。诺利在这里的时候，我还可以得到几分钱，可是自从他被那个中国佬骗去后，我就再也没从他那里得到一个子儿。罗奇先生，你一定要叫诺利偶尔回来看看他的母亲。”

“我很少去那里，斯蒂芬斯太太。一个月就去一两次。”

“没错，邻居。我知道想留住一个男人是怎么回事。”

“希尔达就是这样，”老妇人说，“她娘家就是这样。没教养。土包子。希尔达就是这么个人。”

“没错，亲爱的。两份工作，什么都是最好的。但是他们会明白的。只有自己人才会对你好。那个中国佬有什么好的，罗奇先生？谁在英国给了他那么大的名声？他要那些男孩干什么？不管人们说什么，诺利是一个很好很好的孩子。”说着她突然哭了起来。

老妇人说：“邻居。”

罗奇说：“斯蒂芬斯太太。”

“那个中国佬，”斯蒂芬斯太太说，“我一向不喜欢那个中国佬。可是我支持这个政府，罗奇先生。这个政府永远不会倒台。”

“只要以色列还在。”老妇人边说边点头，还朝罗奇微笑。

“没错，”斯蒂芬斯太太说，“以色列处于全盛时期。”

“谁会想到有这么一天，玛德琳？”

斯蒂芬斯太太叹了口气。“谁会想到有这么一天？”说着她站了起来，在她刚才坐着的餐椅和莫里斯长椅的椅背之间朝罗奇走近一步，说：“可是罗奇先生，您都没有喝果汁。您不喜欢吗？要不要多加些冰块？”

罗奇几乎没怎么喝，而是让兑了水的西柚汁缓缓流过他几乎紧闭的双唇，未尝到味就被下排牙齿截住了。他手里的玻璃杯又冰又黏；地板底下的母鸡在酷热中心满意足地咯咯叫着；灰尘和鸡粪的味道从打开的窗户飘了进来。隔壁地皮上那棵面包树的叶子绿得耀眼。餐桌看上去又脏又暗；但是在罗奇的记忆中这个房间里的所有家具都抛过光，亮晶晶的。

斯蒂芬斯太太问："您要不要多加些冰块？"

罗奇把玻璃杯举到嘴边，喝了两大口。西柚淡淡的苦味在他的嘴里停留；他咽下果汁，咂了咂嘴，想把那味道弄出去。

"诺利是一个好孩子，"斯蒂芬斯太太一边说一边重新坐下，"他在这里的时候，我总是可以得到几分钱。我不知道他觉得待在那个中国佬身边有什么好的。我不知道他怎么会相信那些连自己都照顾不了的人会照顾他。"

此刻她不再掩饰她的敌意。她的下巴翘起；小小的眼睛射出冷光；她的语速变快了，声音里带着怒气，偶尔还会结巴。

老妇人说："玛德琳。"

斯蒂芬斯太太冷静了些。"没错。我以前也有一个男人。我也有。"

"希尔达是希尔达，"老妇人说，"但你不要忘了劳埃德是什么人。"

"什么都是最好的，亲爱的。这是希尔达向我传递的信息。你知道诺利用他获得的第一笔钱买了什么吗？第一笔钱。他去城里买了两个竹编花瓶架，把它们装在了墙上。"

其中一个还在，在角落里：一个不规则四边形小架子，周围装饰着竹条，竹条上烧制了对角线图案，底下有一个菱形的竹条边框做支架，上面同样有对角线图案。现在架子上是空的；落满灰尘的竹条上挂着小小的破蜘蛛网。对一个孩子来说，这个花瓶架一定相当漂亮：罗奇虽然很熟悉这个房间，却从来不知斯蒂芬斯还有这一面。这也是斯蒂芬斯一直压抑着的一面。

"劳埃德出生的时候黑人还是奴隶，"斯蒂芬斯太太说，"诺利出生的时候黑人已经统治这里了。没有人能让种植园时代回来，您听见了吗？不管是您，萨波利切，还是那个中国佬。”

到目前为止，在斯蒂芬斯太太对自己勉强的、时有时无的礼貌里，在她与老妇人闲聊却十分严肃的语气里，在她的故作自然里，罗奇只看见了敌意。此刻他看见斯蒂芬斯太太因为伤心而心烦意乱；这让他更加不安。他觉得自己正从她此时似乎有些混乱的话语里窥探到一种人格、一个世界，它们跟这个令人窒息的小房间一样疏离和诡秘。

罗奇试着朝斯蒂芬斯太太笑了笑，想表示他理解，也愿意倾听她的控诉。可是他的微笑让她更生气了；他有些慌了。

“人得自己照顾自己。”斯蒂芬斯太太说。

这是她颠来倒去一直在说的观点之一，是让她痛苦不已的一个死结，这个结不停地自己解开又打死。罗奇只能继续微笑。可是那个老妇人似乎比罗奇更清楚应该如何往下接：“玛德琳，玛德琳。”

“腐肉。”斯蒂芬斯太太说。

罗奇听得出这话里的性意味。只是他没想到会有这种鄙视，女人对女人的鄙视，在这个房间里，来自斯蒂芬斯太太的鄙视，就像是对她自己的身体、她对邻居的，对胖的、瘦的、筋疲力尽的身体的鄙视。罗奇嘴里的西柚味变得更苦了；他将这与窗外飘进来的鸡粪和灰尘的味道联想在一起；舌头上的唾液越发黏稠，令人作呕。

“在英国，他们就是用这个喂那个中国佬的。这是他所知道的唯一的好东西。他们就是用这个喂他，然后把他打发到这里来的。穿着紧身内裤招摇过市。他们臭死了，罗奇先生。他们就跟腐肉一样臭。”

罗奇大笑，嘴巴张开，露出长长的白齿。他笑她讲得如此难听；他以为他应该笑。可是斯蒂芬斯太太生气了，她盯着罗奇的眼睛直到他看出她在生气。他赶紧把嘴合上；他的笑容再次凝固。

"我跟您说，罗奇先生，"斯蒂芬斯太太说着将身子前倾，"白种女人只和自己人结婚。可是她们喜欢黑仔。"

老妇人点点头，朝罗奇笑了笑。她把腿上的裙子抚平，咬了咬嘴唇，轻声说："但是她们只和自己人结婚。"像是在陈述一个众所周知的事实。

"我要把杯子收走了，罗奇先生。"斯蒂芬斯太太说，她站起来，再次穿过餐椅和莫里斯长椅之间的通道。

罗奇交出湿溻溻的玻璃杯，当他把玻璃杯递给斯蒂芬斯太太时，他注意到斯蒂芬斯太太的裙子上有小花图案，肚子和胸部有污点。罗奇的右手又湿又黏；鼻孔里满是鸡粪的气味。当斯蒂芬斯太太接过玻璃杯，放回餐桌上的托盘时，他打量起照片里劳埃德穿的袍子来。

"可黑人要是任由自己被愚弄，那就是活该了，"斯蒂芬斯太太说，"不过这样的日子很快就要结束了。劳埃德出生的时候黑人还是奴隶。诺利出生的时候，以色列处于全盛时期。诺利一出生便知道这点。他一出生便知道以色列之后就该轮到非洲了。不管任何人说什么或者做什么。"

"先是以色列。"老妇人说，又像是在肯定一个众所周知的事实。

罗奇站起来。

"您要走了吗，罗奇先生？"斯蒂芬斯太太问。她看上去比他刚进来时苍老，眼睛下方的眼圈也更黑了；看上去更加痛苦，精疲力尽。

“是的，”罗奇说，“我得回办公室了。”

罗奇迈步朝毛玻璃门走去。斯蒂芬斯太太沉重地从椅子上起来，跟在他后面。罗奇自己打开摇摇欲坠的门：屋外的强光迎面袭来。

“您见到诺利时一定要叫他偶尔回来看看他的母亲，罗奇先生。”斯蒂芬斯太太说。

罗奇走下红色的水泥台阶时斯蒂芬斯太太把门打开着。她不是在看罗奇，而是茫然地扫视着天空和山坡。当罗奇站在土路上转身朝她挥手时，发现她已经把门关上了。

太阳敲打着他的太阳穴；他的衬衫热得发烫。尘土厚厚的一层；他怀疑灰尘穿过袜子钻进了他的脚踝。苦涩的唾液在嘴巴后部越积越多，令人作呕。他动了动舌头和脸颊，朝尘土里吐了一口黏糊糊的唾沫，然后看着唾沫被尘土包裹成一个小球。他的胃里翻滚；鸡粪的气味和有毒的灰尘堵住了他的鼻孔，他咬紧牙关；可还是又吐了一口唾沫。他快步下山，不理会路上的灰尘、碎石和垃圾。他看见两个街区以外的那个酒吧黑洞洞的入口：他知道有人在那里监视着他。管他要钱的那个男孩就坐在他车子对面的那栋房子的台阶上。他一直待在那里盯着。

车门的把手很烫；坐进车里感觉快要窒息。座椅发烫；他的嘴里又泛出黏糊糊的唾沫；他感觉灰尘黏在他的脸和手上，甚至钻到了衬衫里面。他小心翼翼地开车绕过停在马路边的小汽车和大卡车，经过泛着一层白色浮沫、堵塞了的排水沟。车里凉快了下来；他不再流那么多汗了。

罗奇终于拐进了一条宽阔些的街道，古老的雨豆树伸出宽阔的人行道撒下阴凉。这是这个由小房子和弯弯曲曲的小路组成的居住区的边界。这里的房子变大了，很多被改造成了办公室和商学院。空气清新了些：这条街通向大公园。就在这里，在快到公园的地方，在雨豆树可怜巴巴的树荫下，在一道悬挂着一种叫“流血的心”的葡萄藤——这种葡萄藤有心形的叶子，因为干旱变成了棕色，心形的血红色的花朵——的长长的白色水泥墙旁边，就在这里罗奇看见两个男人蹲在人行道上。不远处，街道的左手边，一辆旧黑色汽车紧挨人行道停着，左手边的两个车门朝人行道打开着。车里坐着两个男人，一个在前，一个在后，都面对着人行道。坐在后面的那个男人留着浓密的、修剪整齐的胡须，一只脚在车里，一只脚在人行道上。

罗奇心想：斯蒂芬斯真的有麻烦了。

*

大约十五分钟后，罗奇来到了市中心萨波利切公司的停车场。年老的穆拉托门卫像平时一样坐在他的温莎椅上，嘴里叼着一只小烟斗，大腿上放着沉重的警棍。他朝罗奇笑了笑，欠身跟他打招呼。他的身材高大粗壮，一张小小的圆脸与巨大的身躯不相协调；浅褐色的皮肤非同寻常的光滑。他快退休了，看上去更像个检票员而非门卫。罗奇看见门卫微笑，看见他要起身。可他对门卫视而不见；他径直从他面前走过，看都没看他；他看见那笑容变成了惊讶。

罗奇走上楼，在办公室外过道上一个古老的洗手盆里洗了手；水变成了黑色。办公室里很凉快。百叶窗被封上了；空调的嗡嗡声掩盖了街上的嘈杂声；下午的阳光透过绿色的玻璃照射进来，落在上了油的深色地板和浅绿色的木头隔断上，给房间蒙上一层柔和的绿色光辉。

罗奇汗淋淋的衬衫干了；他能感觉到盐巴和灰尘沾在他的脸和脖子上。他想打电话给吉米·艾哈迈德；但一转念又变了主意。他之前给吉米打过电话问斯蒂芬斯的事，吉米一味敷衍他。主动联系吉米永远不会有什么好结果；还是让他先采取行动比较好；吉米好玩这种小小的权力游戏。

今天是星期五。一天的工作已接近尾声，一周的工作也已接近尾声；大家开始三五成群悠闲地围站在办公桌旁，一些人的肩上披着办公室里用的毛巾。罗奇来到盥洗室，脱掉衣服洗了个澡：高地住宅区要到晚上才有水。盥洗室位于楼里翻修了的部分，没有空调。水泥墙壁是白色的，窗户打开着；阳光刺眼。罗奇的脸又开始发烫，他能听见街上的喧闹声。除了小汽车的引擎声、大卡车的轰鸣和自行车的铃铛响，有一个声音他听得尤为清楚：一个瞎眼乞丐的叫喊声。他是一个臀部以下截肢的年轻人，每周五都会到市区这边来。“帮帮穷人！帮帮瞎子！感激不尽。帮帮穷人！帮帮瞎子！万分感谢。”声音响亮，从不停歇：这是一种表演，有着戏剧性甚至是喜剧的特征：这个乞丐知道自己很有名。

罗奇知道这个乞丐。可是此刻听着他持续不断的叫喊声却看不见他人，他只感觉到这声音的奇怪和他自己的孤立无助。与此同时，一种不安感向他袭来，起初隐隐约约，或许还有些特意，并不针对什么，可是随后，当他半裸着站在阳光照射下的水泥盥洗室里，闻着热烘烘的酸味时，这种不安瞬间变得势不可挡。他渐渐不能自已；他的知觉开始错乱；他继续感觉到自己希望如此。他的情绪不对；而他还足够清醒，知道自己如果带着这样的情绪走出去进到市区，必会引来身体攻击。他一面擦干脸和胸口，一面想：我等下回去时一定要小心开车。回到绿色的办公室时，他又想给吉米打电话。可是他转念又想：我得小心；我绝不能被卷进去。

四点钟办公室关门了。砰砰的关门声在楼里此起彼伏，脚步声在木地板上回荡。罗奇下楼往停车场走去，经过一扇门，门后的过道通向位于主办公区底下的黑洞洞的百货商场。店员们有的正在将一卷卷布包起来，有的在收拾柜台：一群衣着整齐、领带工整的年轻男人。这些人上班时间给人文质彬彬的感觉，但其实是从类似他下午去拜访的那种房子里出来的，而且商场打烊以后，比如现在，他们的举止就变样了。在停车场，罗奇能听见这个释放的城市发出的吼叫：那个乞丐的音量提高了，更多的人，更多的小汽车和大卡车，叫喊声，不计其数的自行车铃铛。

门卫仍旧坐在他的温莎椅上。他面无表情地看了看罗奇。罗奇跟他打了声招呼，宽慰地看到他那光滑的、圆圆的婴儿脸上露出一抹微笑。

罗奇已经尽他所能去熟悉下午开车回家路上的各种危险。在市区的商业中心，他要当心突然停住又突然启动的合乘出租车，那些司机经常把他们赤裸的胳膊伸出车窗挥舞。接着在公园附近，他要当心骑自行车的人，尤其是当中爱表现的：撒把的骑车人，庆祝着一周工作的结束，一路上大敞衣衫，让衬衣下摆在车座上迎风摆动，骑得飞快，窜来窜去超过其他慢悠悠的骑车人。他还要当心骡车和手推车，当心公交车站的长队。

下午的阳光已经略显琥珀色，照射进车辆碾过柏油马路参差不齐的路缘扬起的灰尘中；路边的草带枯萎发黄。车子开始上坡；空气变清新，街道变宽。罗奇经过植物园；被火烧过的竹林制造出毁灭的效果。没过多久，车子还在上坡，他看见几辆黑色警车封锁了半边马路。

市区要是发生了什么事件，警察就会封锁上山的逃跑路线，这是例行公事。在这里待了七个月后，罗奇已经认识了在这一带执勤的警官。随着减慢车速，他认出了那名巡佐。他以为会被放行，不想那名巡佐却示意他靠边停车。他朝巡佐笑了笑；巡佐看上去很尴尬。那个带来复枪的男人可没有笑。其他车辆也慢了下来，却被放行。他们搜查了他的车：后备箱、引擎、座椅下面，还摸了摸车门上的缓冲垫。罗奇站在路边，暴露在琥珀色的太阳光底下。

一个推着自行车上山的工人朝警察喊："搜他！"

不一会儿，一个棕色皮肤的年轻人在他的车子被放行后，将头伸出车窗朝罗奇喊："告他们！告他们！"这帮不了罗奇什么。

巡佐的表情从尴尬变为公事公办。两人没有交谈；搜查完毕，罗奇没有朝巡佐微笑。两人像陌路人一般分开。罗奇慢慢地把车开走了。阳光柔和；树荫正好撒在马路上。空气越来越清新，车子来到了花园区，儿童、穿制服的佣人和喂得饱饱的看门狗，罗奇心里想着：我有麻烦了。他一面在这些安静的马路上像在市区时一样小心翼翼地开着车，一面心想：也许我应该离开。

一抹金色的阳光洒在屋前光秃秃的草坪上。罗奇从厨房进了屋。阿德拉还没来；简出去了。屋子里又闷又热。他打开后屋的门，来到门廊上。凉爽的空气使他振奋。从这里可以望见机场和飞机银白的闪光。傍晚的雾气已经在垃圾场和沼泽上方聚集起来。他看着光线逐渐变化，看着云端被染上颜色：玫瑰色，金色，然后是淡紫色。

屋里水槽传来哗哗哗的声音。阿德拉穿着熨烫过的白色制服朝罗奇走来。

阿德拉轻声说："水来了，罗奇先生。"

罗奇被她的温柔吓了一跳。

"您要喝茶吗？"阿德拉问，语气友善。她在门廊上站了一会儿：她有话要说。她说："您的女士和德通哈夫人出去了。"但这不是她想告诉他的。她接着说："您知道汉迪·拜厄姆医生吗，罗奇先生？"

罗奇见过这位新来的美国福音传教士的海报，但此时他被阿德拉的送气音弄糊涂了，拿不准这位传教士是叫安迪还是汉迪。

"昨晚过后我感觉好极了，罗奇先生。好极了。汉迪·拜厄姆说他不会亲手去医治任何人。昨晚他说现在人们得自己医治自己，他只是去指导他们的。他说以色列正处于全盛时期，如今力量到了黑人这边。他叫我们转向旁边的人，握住他们的手，然后祷告，使劲祷告，这样每个人都会医治他的邻人。"

说着阿德拉演示起来。她分开结实的双腿，前脚掌离地，身体后仰，双手各自做着扣握的姿势。扣握的双手变成紧握的拳头；她闭上眼睛，颤抖起来。

"我就这样握住邻人的手，他也这样握住我的手，我们祷告啊祷告，直到汉迪·拜厄姆叫我们停下来，大声问我们是否得到医治。您真应该听听那喊声，罗奇先生。您知道汉迪·拜厄姆吗，罗奇先生？你们当中应该有一个人去认识他。他长得还有点像你。体形啊，肤色啊。"

这像是一种褒奖。这是阿德拉第一次对他表现出这种尊敬。

十

这一段海岸断断续续地多岩石。涨潮时，哈里·德通哈称作海滩屋的房子底下根本就没有海滩；海水会漫到矮悬崖脚下。退潮时露出一条狭窄、曲折的粗沙带，上面落满海草和海葡萄，都是海洋垃圾。距离这里两百码的悬崖壁里有一片海滩。以前有一条森林河就从那里流入大海。如今古老的河道里长起了大树。河水把它的淤泥带到海里，形成一个宽阔、凸出的河床，致使这里的海水向后退，愈发平静，只有一些小浪花以奇怪的角度拍打过来。退潮后这里是一片海滩：一大片被水浸泡过的泥沙，逐渐向海倾斜，有灰色的圆石小岛、压碎的贝壳、褐色的小螃蟹和搁浅的小鱼。原来的森林河如今只剩下一条微不足道的小溪流，在林地里聚成一个水塘，倒映树影，又暗又绿；水塘的水会漫到海滩上来，几英寸深的小水流，路径永远变换不定，一个微小的河口，在灰色的沙子上留下波浪或辫子形的细纹。

这是个古老的地方。印第安土著当年就在这里把他们的独木舟拖上岸；在这个背阴的河床，一个聚会场所周围，曾经有印第安人的村庄和菜园子。菜园子比印第安人存在了更长时间，甚至比森林、种植园和现在的海滩房更久。木薯在人们意想不到的地方生长起来。从欧洲来的水手们因为淡水溪而知道这个地方。如今这里是当地人的一个休闲活动场所，不适合游客观光，不适合游泳，而是适合星期天远足，适合喝酒狂欢，适合一些需要大海或者河流的宗教仪式的庆祝活动。

上午十一点，这里人头拥挤。一辆辆旧巴士停在上面的辅路上，车身是当地人用木头钉上锡铁制成的，车窗上挂着衣服。灌木丛上也挂着衣服；包裹和篮子到处都是。收音机播放着雷盖音乐。树荫外，在干沙子形成的一小块悬崖上，一群穿着黑色或红色袍子的男人和女人面向大海，一边摇铃一边吟唱。酷热之中，从内陆看上去，蓝蓝的天空变成了银色。

简、罗奇和哈里·德通哈走到离小河口和人群很远的地方，此刻正在往回走。他们走在悬崖和退潮海水之间狭长的沙带上；不一会儿他们就又看见散落在沙子上的长长的白蜡烛，周围是一团团的海草、椰子树的枯枝和被从海中央某处冲上岸的陌生的罐头盒。这些长长的白蜡烛还很新，很完整，只有烛芯顶端燃烧过。把毛茸茸的黄色箱子板砍成木条，再用钉子钉成的木筏也遍地都是，蜡烛就放在这些木筏上漂入大海，被第一个打过来的海浪浇灭，或者遇到第一个湍流就翻了。远处，在河口外的浅滩上，一场戏剧又在上演：一个穿黑色袍子的男人站在齐腰深的海水里，一手摇铃，一手按住一只小木筏，一个穿着宽松连衣裙、蒙住眼睛的女人站在他旁边，一只手举着一根点燃的蜡烛。黄色箱子板做成的木筏被角度怪异的小浪推离下水的地方很远，沿着大海边缘颠簸，撞到泥沙，继续往前漂，最终搁浅。沾满黑泥沙的蜡烛就散落在了河口的海滩上。

哈里·德通哈中断深呼吸练习，气喘吁吁地说："不知道为什么，我十分讨厌看见这玩意儿。"湿热的空气让他窒息。

简和罗奇等着他缓过气来。他喘了几口粗气，恢复了深呼吸的节奏。

简说："蜡和水。火和水。"

一个赤脚的胖女人带着三个穿白衣服的年老的女随从，正在布道、大叫、吟唱。"圣母玛利亚躺下，圣婴躺下。"只有这两句清晰可辨，那女人每讲完一堆不知所云的话就反复说这两句。她低头看着海滩；像是在跟一个躺在那里的人讲话，从她的动作看，她在不停地假装铺开一张毯子或是被单。这是她一个人的狂热。没有人在听她说话；没有人停下来看她；她那三个穿白衣服的随从手举着《圣经》安静、悠闲地站在一旁，没在看她，而是茫然地看着大海和来来往往的行人。

干沙子的悬崖上传来铃铛的响声。一群蒙住眼睛的人正准备走到海里去。他们手举未点燃的蜡烛，原地踏步；在他们周围身穿黑色或红色袍子的男人和女人在吟唱。悬崖底下潮湿的海滩上有人在看着他们：这些观看者半裸着身子，黑褐色的皮肤沾上了一块块干成灰色的泥巴。他们起身跟着摇摆起来，仿佛被铃声的节奏和头顶上那六个蒙住眼睛、穿得严严实实、正在干沙子上踩着洞的人的踏步传染了。

踏步的人三人一组，站成两排。最前面的是个中年女人；她笔直地举着蜡烛，双手和臀部单调的摇摆着。另一个是位年轻男子；

他每次跺左脚都像是要摔倒的样子，不过这是他自创的踏步方式：他允许自己的身体这样做，颤颤巍巍地落脚，假装要摔倒。他们跺啊跺，脚越踩越深。那个中年女人流了很多汗；白色连衣裙的袖子上渗出一大圈一大圈的汗水。她身体挺得笔直；上下摆动的胳膊肘和踩踏的双脚形成它们自己的节奏。她像个首领一样踏着步。她旁边的男人踏步的样子则像个小丑。白色的遮眼布突显了他宽阔的额头、难看的厚嘴唇和凹陷的下巴。铃铛声不绝于耳。虽然带头摇铃的人——身穿黑袍，系黄色腰带，看上去挺时髦——似乎挺爱出风头，很高兴吸引来人群围观，虽然围观的人当中有些开始恶搞地模仿起踏步的人，所有的眼睛都看着他们，看着那些一上一下的脚，看着那个笔挺的女人，她那蒙眼的脸抬得高高的，手和胳膊肘有节奏地摆动着，看着那个穿卡其裤、白衬衫，快要摔倒的男人，但是蒙着眼的男女却仿佛被关在一个私密的世界里。

过了一会儿哈里·德通哈说："我想我们应该继续往前走。"

简因为处于经期而脸色苍白，嘴边还出现了一些小红点。"他们不反对吗？"她问。

哈里回答："对他们来说，人越多他们就越高兴。"等他们走远，他又补充道："可是有时看着这些东西我会感觉脚下的地在动。"

他们走过一个穿黄色泳衣、戴红色帽子、把坑坑洼洼的棕色双腿平放在泥泞的沙子上的胖女人，走过远离那些宗教仪式的家庭聚会和其他人群，走过搁浅的箱子板做的木筏和散落在地的完整的蜡烛，来到河道的尽头，悬崖壁向上升起，海滩再次变得狭窄，被退去的潮水冲刷干净，只留下新鲜的海洋垃圾：海草、浆果和缠在一起的藤蔓，像是断裂的花环。风和海水的声音减弱了铃铛和收音机的声音，雷盖音乐和铃铛声一样单调地重复着。这里的海水不那么平静，随着每一次海浪打来，沙砾沿着弯弯曲曲的海滩，发出刺耳的摩擦声。

一段之字形的巨大的水泥台阶——涨潮的海水找到了悬崖和水泥的弱点，将最底下的几级台阶冲刷得支离破碎，像岩层一样——通向哈里的房子。哈里每上几级台阶就要停下来喘口气。到了顶端，他把双手托住臀部，大口呼气再大口吸气，这样做了五六次后才好像没事了。

他说："瞧，现在我能控制呼吸了。我知道我战胜了哮喘。问题是我不知道是因为蜂蜜饮食法、瑜伽，还是深呼吸。这里的那些该死的医生们也不知道。我问老菲利普斯，他说：'啊，哈里老弟，我不知道该说什么。我觉得一定是心理作用。'"

此刻呼吸顺畅，哈里的演说便有了一种异乎寻常的韵律感，起起伏伏，出乎意料的强调，出乎意料的变速。"心理作用"从他的嘴里说出来，就像一句歌词。

虽然并不高，这里的空气还是比下面清新，没有河口的空气那么热、咸和潮湿。哈里的房子建在悬崖边上；干枯的、多卵石的草坪笼罩在洪都拉斯松树和杏树的树荫下，水平的黑色树枝上长着绿、红和棕色的扁圆叶子；在门廊里只能看见天空和远处的大海，没有刺眼的反射光，非常凉爽。椅子已经摆出来了，还挂着两张危地马拉吊床。朗姆宾治、玻璃杯和一碗冰块放在桌子上。

哈里说："在上面，你根本不会相信底下正在进行那种荒唐的事。"

每个星期天，简和罗奇都会到哈里·德通哈的海滩屋来：一大早，两人从高地住宅区出发，开车穿过沉默的市区、安静的郊区和工厂区、顺畅的马路；穿过曾是咖啡和可可种植园的灌木丛，经过从那时起饱受日晒雨淋的小锡铁木头屋；沿着多岩石的海岸，一路上有杳无人迹的海湾沙滩，尖尖的岩石，白色的冲击浪，风大浪高、岩石密布的小海湾；穿过树林，越往海边的悬崖树木就越稀少：最终到达目的地，清晨的微风，清晨的阳光，在海滩上漫步，然后喝朗姆宾治直到中午。

简来过海滩屋五六次了。她知道这是固定活动。可是今天比以往少了什么；房子里少了某个人。原来是少了玛丽－特雷瑟，哈里的妻子。她一声不响地离开了哈里。一天下午她开车送他们的两个孩子去机场，孩子们放完假要回加拿大上学；之后她就没有回家了。

事情十分有戏剧性。德通哈家是高地住宅区最有名的人家之一。对于不太了解他们的人来说，比如初来乍到的简，德通哈夫妇的快乐似乎过了头，甚至是被迫的；他们好像什么人都喜欢；太轻易地跟人交朋友。可是德通哈夫妇的自然不做作消除了所有疑虑；他们就像没有秘密的人；而他们也成了简和罗奇唯一的朋友。这是一个如此安稳的家；他们对家里的设备，花园，对大家在被叫作“哈里的酒吧”的那个黑暗、冷气很足的房间里的轻浮举动是那么的自豪。两人婚姻的破裂令很多人不安。但少有人同情哈里，因为随之而来的还有一个更令人不安的消息：德通哈家已经取得了加拿大的“永久居住权”。哈里一度是最彻底的高地人。如今，对于高地住宅区的许多居民而言，他的这两条新闻仿佛是双重证实：他们都清楚他们生活在一种不安定之中。

这种不安定、一个秩序突然被动摇的情绪延伸到了海滩屋，致使简和罗奇都分别意识到他们在岛上最后一个共同的娱乐——在哈里的海滩屋度过星期天——也要结束了。门廊上的家具还和以前一样；条纹吊床还和以前一样；约瑟夫在厨房里忙碌着；可是这一天就只剩下例行公事，这栋房子已经像是一个空壳了。

玛丽－特雷瑟离开了，但她并没有走远。她的公务员情夫也住在高地住宅区。她承认自己对哈里仍然有某些义务，所以每周她都会回家里两三次，看看是否一切正常。甚至有人说她这个星期天可能会到海滩屋来。可是这会儿都快中午了，显然她正在别处过这一天。

哈里说："简，你星期五遇到她了吧。她有没有跟你说她要来？"

"她没说。"

哈里在吊床里摇晃起来，吊床挂在门廊的两根前柱之间。简坐在门廊靠里的一把椅子上，因此感觉哈里像在大海和天空之间摇晃，他穿着毛边百慕大短裤、白色帆布鞋和红色条纹运动衫，两只胳膊紧紧地抱在胸前；那双凹陷、忧郁的眼睛下面有黑眼圈。

哈里说："我还叫了梅雷迪思和帕梅拉。可是看样子他们俩有事来不了了。这就是问题所在。当你丢了老婆那感觉就像举行了一场分手的婚礼。一些人是男人这边的，一些人是女人那边的。"

哈里的措辞和韵律感流露出一种无意识的幽默。罗奇大笑。简留意着他那些长长的黑色臼齿。他说话的时候简继续打量着他的脸，冷静、沉思的脸，仿佛没有哪种人类经验是他不理解的。"这是很正常的危机。她会回来的。人到了四十一岁都会觉得能重新开始真好。而到了四十二岁我们就会嘲笑这种事。"

哈里说："是，彼得。这是你告诉我的。我也一直坚信这点小哲理。可是我不知道，伙计。这件该死的事拖得太久了。我开始觉得他们俩要永远玩下去了。我不知道玛丽－特雷瑟是怎么了。她完全变了一个人。我不知道有的人怎么会改变这么多。有一天我对她说：'玛丽－特雷瑟，那家伙只是喜欢跟你上床。'你们猜她怎么说？简？彼得？她说：'那你以为我喜欢什么？'你们能相信吗？"

简说："我相信。"她的脸没有刚才那么苍白了。朗姆宾治开始发生作用：她的语速变快了，有些囫囵吞枣，说完她自己就大笑起来。

哈里说："看来你了解的比我多。我从来不知道玛丽－特雷瑟会说这样的话。她走路的样子都给不一样了。现在她回来在屋子里像鬼魂一样四处移动。静悄悄的，但是很麻利。我跟你说，伙计。她的手是这样的，呼呼－砰砰，就这样。她把所有东西都收拾好就走人。现在她回家来的时候就像一个修女。你知道那些工作的修女吗？真的，她就像中了什么邪似的。那家伙用了什么伎俩？星期五我才刚问过她：'玛丽－特雷瑟，那家伙用了什么伎俩？念了什么书还是怎么的？告诉我，玛丽－特雷瑟。我也可以念。'"

他的语气从严肃变成自嘲。他笑了，从吊床上起来，说："我去看看约瑟夫在干什么。"他往屋里走去时简和罗奇听见他说："玛丽－特雷瑟不应该这样对我。"仿佛不愿放走他的笑话。

罗奇在吊床上摇晃起来。简抿了抿朗姆宾治，然后喝了一大口。她喝得太快。她没有味觉，罗奇心想。她吃喝东西就跟她有时说话一样，囫囵吞枣。这是他关于她开始明确的一点，自从他们分道扬镳、她不再需要自己的安慰以后，他开始注意到她外表的不优雅。

简躺在铝支架的安乐椅上，一只手遮着眼睛。此时她的脸这里红一块那里红一块，像长了红斑点；眼睛雾蒙蒙的。她点燃一根香烟；可是几乎刚点着她就用中指一弹，把烟扔到了干枯的草坪上。她出神地躺在椅子上，表情痛苦，但又好像是准备休息的样子。她一动不动地躺了一会儿，然后突然把双腿往椅子的一侧一甩，站起来走进屋去。

罗奇摇晃着吊床。此时的阳光有着一种固定不变的耀眼炫目。风和海水的声音听上去好像变了，不再是早晨那种清新的声音，而是单调、重复，烘托着中午的死寂。简扔到草坪上的香烟冒出浓浓的烟雾。罗奇听到若有若无的铃铛声，好像从很远的地方飘过来似的；之后这个声音就挥之不去了。他的眼睛有些难受。是因为阳光；他感觉到头要开始疼了。他离开吊床，进屋去拿他的墨镜。

客厅里又暗又凉快；再走两三步就到了卧室，这里更暗，面向大海的窗户装着铁丝网，外层的百叶窗半关着，里面的木叶板向上斜拉，只有几缕白光从板条缝间投射进来。简站在窗户旁边，床的另一头。她的棉衬衣下面一丝不挂；蓝裤子和里面的内裤都扔在床上。这样半裸着的简看上去又高又大。罗奇进来时她看了一眼他，然后就转过身去面对着窗户，好像要坐到床上。她重重地在床沿上坐下，那块地方在她的压力下陷了下去；但她并没有坐着，而是把自己向后用力抛去，张开双腿，脚抬起来抵住墙壁，将手里的东西——罗奇这才看清楚那是卫生栓——塞进双腿之间；然后几乎是一边坐起来一边从床上抓起蓝色的塑料卫生栓盒子，手腕压低，水平一甩，朝放垃圾桶和他们的海滩用品的墙角扔去。盒子撞到墙壁，啪嗒一声掉到地上。

整个动作一气呵成，十分迅速；简看上去就像个运动员。她的肩膀几乎还没有碰到床人就猛地坐了起来；甚至当罗奇在床头柜里摸索和车钥匙放在一起的墨镜时，他还未从刚才的一幕缓过神来，简已经穿上内裤长裤，一声不吭地走出去了。

罗奇独自一人待在屋里，看着窗户和洒进来的缕缕阳光。他戴上墨镜，把它推到眼睛上方，体验着既刺眼又凉快的奇怪感觉。除了他进来时的那一瞥，简没有再看他。把自己向后用力抛到床上的动作，迅速地塞进去的动作，尤其是把塑料盒子扔向墙角的动作，她那双大手的动作：仿佛当时的她不属于她的身体，仿佛她的体内有一个和她的身体——这个她如此珍视并全力满足其需求的身体——不相一致的灵魂。

罗奇在屋里多待了一会儿。当他回到门廊时，简重新躺在她的椅子上，抽着烟；哈里在他的吊床里摇晃着，双臂紧紧交叉，好像很冷的样子。

"是不是很美好啊？"哈里望着大海说。停顿了一下，他又说："在这里可以见鬼的如此美好，伙计。"

他的话在他们之间徘徊。过了一会儿他说："嗯，我想玛丽-特雷瑟不会来了。梅雷迪思和帕梅拉最好快点。不然我可要不等他们先吃了。我感觉梅雷迪思一定会迟到。梅里最近有些奇怪。我不知道你注意到没有。我听说他在慢慢接近权力。我跟你说，伙计，不论人们怎么说，我真他妈高兴弄到了加拿大的永久居住权，你听到了。"他笑了，接着笑声变成哽咽、大口的喘气声。"这样的生活方式真他妈奇怪。刚才你们在里面的时候我坐在这里看着吊床生锈的吊钩想：'我最好在锈得越来越厉害之前赶紧把这地方重新粉刷一遍。’可我连明年谁会来这里享用这栋房子都不知道。住在一个地方却不知道会不会留下来，这样的生活方式真他妈荒唐。”

海滩上又传来铃铛的声音，声音随着海风起起伏伏，然后消失了。

哈里说：“我讨厌音乐。”

罗奇说：“这个朗姆宾治很不错，哈里。我喜欢肉豆蔻的味道。”

简听出罗奇那干巴巴的、确切的、责备的语气，感到困惑的她决定不予理睬。

哈里说：“它们经过了很好的加工处理。你在酒吧里喝到的大部分东西都是未加工的。”

简说：“我不介意下面海滩上的那些人。我被迷住了。我想我可以看那个男的和女的一整天。”

“他们也可以那样做一整天，”哈里说，“那些人可以跳着舞下地狱，伙计。你知道吗，简，我从不和着音乐用脚打节拍。从不。”

罗奇说：“我在监狱里的时候会在脑海里播放一首首完整的交响曲。”

简说：“可是，哈里，我还以为你是一个极其出众的舞者呢。”

“你知道他们在多伦多叫我什么吗？卡利普索[①]·哈里。在那儿，你一告诉别人你是打哪儿来的，他们就以为你为音乐痴狂。”

罗奇说：“哈里，你不该生在这里。”

“不，彼得。你不能这样说。不过我的意思是，你怎么能尊敬一个和着音乐用脚打节拍、在椅子上跳起舞来的家伙呢？不说别的，

---

①流行于加勒比海地区，以时事为主题的民歌。

我觉得这样看起来太他妈没教养了。尤其是如果这是一个上了点年纪的家伙。你会觉得这种人一点儿自制力都没有，他随时有可能撕开衣服在房间里昂首阔步。你刚才是不是说到监狱，彼得？”

“我曾经在脑海里播放一首首完整的曲子。从头到尾。不骗你。我还会给自己计时。”

“只有在那种地方才应该允许这种事情。在监狱里，而且在你的脑海里。可是，彼得，你说的是真的吗？”

“有些人锻炼身体。有些人写日记。而我给自己安排了音乐会。”

“幸亏是你不是我。但是你说的这事太不可思议了，伙计，彼得。简，他说的是真的吗？”

“我不知道。不过我想我可以相信。”

“要是有办法我会取缔音乐。还有跳舞。让它们都变成犯法的事。播一张唱片就坐半年牢。播雷盖音乐就去做苦工。简，我是说真的。这个国家被音乐给毁了。想想现在海滩上正在进行着什么。想想本来可以多美好多安静，不是吗。一整天都没有那些该死的雷盖。”

简身体前倾，飞快地说：“我知道玛丽－特雷瑟现在在干吗。她正和着音乐用脚打节拍呢。”

哈里说：“那家伙到底用了什么伎俩？”说着从吊床上坐起来，双腿悬空。他的腿细细的，棕色，毛边百慕大短裤下方的小腿又细又长；白色帆布鞋看上去很大。“自从那姑娘不受约束以后，她的语言，简，那姑娘现在跟我用的语言，我都羞于跟你讲。你觉得他们现在在干吗？干那个，是吗？”哈里躺回到吊床上，看着门廊的天花板。“一直在干那个。”

简说："说不定此刻他们正在大吵特吵。星期天是叛变者的坏日子。说不定他们一早上都没有说话。"

"卡利普索·哈里。"哈里在吊床上摇晃起来，打量着吊床的吊钩。"如今我都放弃解释了。人们总是想叫你什么就叫你什么。总是用你最后离开的地方来称呼你。简，彼得，你们知道吗，我的姓'通哈'真的是南美一个小镇的名字？我们在通哈的时候人们管我们叫德科多巴。我想在科多巴的时候，又管我们叫本什么的。反正总是你最后逃离的地方。"

罗奇说："通哈？"

"在哥伦比亚。我不知道。我从没去找过这个地方。没有人听说过通哈。我想这就是我们离开的原因。还有那些战争，你知道，一八三〇年，一八四〇年。当时西格特家族正把他们安古斯图拉苦味酒的生意从委内瑞拉转移到特立尼达。我们到了这里。大英帝国，英语：我认为这样做非常明智。如今至少我可以去任何地方。我想该挪挪地方了。"

简带着一种老者的睿智说："机场。每天我看着机场，心里在想它什么时候会关闭。"

"格兰德利特太太，"罗奇说，"我觉得还不致如此。"

"不过你的运气一直很好。"简对哈里说。

罗奇说："没有你好。"

简躺回到椅子上，嘴唇慢慢地合上了。

过了一会儿，哈里说："我不想走。我爱这个国家。可是当你感觉脚下的地在动却假装什么都没感觉到，那是他妈的愚蠢。有一天我和那个老家伙塞巴斯蒂安站在办公室外面。我不知道你们认不认识他。他有躁郁症——这种患者的疯癫都表现在财产上。他当时就在发病。他这个样子的时候连他的家人都奈何不了他。大家都在卖或者试图在卖东西，塞巴斯蒂安现在却只想买东西。这家伙会半夜跑到你家。突然想买这个或者突然决定买那个。当时我和他站在人行道上，试着让他冷静下来，不让他进办公室。这时一个老黑鬼推着一辆小小的箱车走过来。老黑鬼，一张喝多了朗姆酒的老脸——这样的人成千上万。他走到我们面前停了下来，举起手，指着我说：‘你！你是个犹太人。’就这样，然后推着他的小车继续往前走。他没有大吵大闹，仿佛只是想停下来问我时间。他妈的为什么一个老黑鬼要停下来这样跟我搭讪？他让我感觉好像回到了一九三八年我背着背包走下船的时刻。”

罗奇说：“他大概是喝醉了。”

“啊，是啊。喝醉了。可他究竟想表达什么意思呢？这个地方的人在胡思乱想些什么啊？我不知道你们有没有注意到最近每个人似乎都疑神疑鬼的。每个人都紧张兮兮的。你们难道没有感觉到吗？每个人都觉得别人有什么大秘密。瞧，就像我知道人们听说了永久居住权的事以后对我的那种感觉。就像我这两三个星期对梅雷迪思的感觉。我不知道是什么。我只知道梅里在搞什么鬼，我最好小心一点。知道吗，在这个地方，有时你会不知道自己生活在哪个世纪。格兰德利特太太有没有跟你们说她的公公是怎么死的？一天早上他去一个庄园里转，过了半个上午他回到宅子里吃早饭。他从自己的保温瓶里喝了些水，马上就感觉想吐。你们知道他要的第一样东西是什么吗？一个盆子，吐在里面。他过了六个小时才死。六个小时。”

“下毒，”罗奇说，“太非洲了。”

“他把五脏六腑都吐出来了。你们知道他临死想的是什么吗？他要人们把他吐的东西收集起来拿给警察，所有东西。这是他临终时说的唯一的事情。他在人世间的最后几个小时就是这样度过的：满脑子想着黑鬼、警察、惩罚。仿佛在他生命的最后一天，他回到了一百五十年前，又成了一个奴隶主。我可不想死的时候满脑子想着这些，伙计。要知道，这不过是一九三八年的事。你们知道他们是怎么抓到下毒的人的吗？一个月以后，圣诞周的时候，一个又老又疯的黑女人开始在镇上招摇，大喊大叫：‘我看见耶稣了！我看见圣母玛利亚了！’就是她下的毒。在人们把她送进精神病院之前她差点引起骚乱。她跟格兰德利特家一点儿关系也没有。她只是在那天早上看见了老格兰德利特，仅此而已。当我听到人们喊耶稣和玛利亚，当我在海滩上看见蜡烛，我就觉得好笑。”

简说：“格兰德利特太太从没跟我讲过这个故事。”

“人会选择性遗忘。但是倘若今天同样的事情发生在格兰德利特太太身上，她的反应会是一模一样的。这些人和你我不一样，简。这里是他们的地盘。那个推着箱车的黑鬼会指着我说‘你是个犹太人’，却不会指着塞巴斯蒂安说‘你是个白人’。他知道那是塞巴斯蒂安先生。”

太阳开始朝门廊上悬挂着罗奇的吊床的那边倾斜。屋顶的黑影渐渐以某个角度向南移动。简扔到草地上的烟已经燃尽；风正在侵蚀烧成灰烬的小小烟卷。天空和大海白茫茫的；海水从下面飞溅上来，拍打在悬崖底下的粗沙上，发出刺耳的声音。桌上碗里的冰块浮在水面上。洪都拉斯松树在微风中摇曳；杏树因为有宽大、扁平的叶子和结实的横枝，几乎纹丝不动。上午过去了；很快就到吃午饭的时间了：海滩屋星期天短暂的高潮。吃完午饭就是打盹儿的时间了，不说话，各自放松，休息；然后就是开车再次穿过树林、可可种植园和灌木丛，回到傍晚热气滚滚、灰尘满天的市区。

悬崖底下传来说话声，起初若隐若现，接着逐渐与微风和海浪的声音区别开来。这声音不容回避；三人都侧耳倾听。说不清这说话声是从哪个方向传来的。简觉得和高地住宅区他们家花园下面的隘谷传来的说话声很像。显然是一群人在一边快走一边说话。不一会儿声音就到了房子的正下方；然后这群不见踪影的行路人走远了，他们的声音也消失了。

简说："我不会叫格兰德利特太太白人。"

罗奇说："没有你白。"

哈里从心不在焉中回过神来，眼睛底下的黑眼圈很深，他说："这就是另一个问题了。在这里她是格兰德利特太太。她不是外人。"哈里又在吊床上摇晃起来。"还有，知道吗，看着那吊钩生锈得越来越厉害，我知道我会把这个地方重新粉刷一遍。你没法做其他事。但是这样的生活方式真他妈荒唐。听，我想是梅雷迪思来了。"哈里从吊床上跳起来，吊床懒洋洋地摇晃着。

他们听到汽车进了院子。哈里穿过客厅到了厨房；当引擎熄灭（好像就在厨房后面），当车门砰地关上，他们听见哈里说话了，一开始还是跟他们俩说话时的语气，但是慢慢地，语气变得更加轻快、有力时，显得有些假了："呃，梅里老弟！我刚刚还在说你不会来了。帕梅拉呢？她来不了了吧。我怎么开始觉得大家在抵制我，伙计。啊，快进来。彼得和简早上就来了。他们几乎要把朗姆宾治喝光了。”

*

梅雷迪思·赫伯特是罗奇在岛上认识的第一个工作以外的人；有一阵子两人走得很近。他们是在格兰德利特太太家的晚宴上认识的；即便没有开怀畅谈过，罗奇也同样会发现梅雷迪思与众不同。他不像一两个年长一点的、穿着轻松一点的黑人那样假装跟格兰德利特太太合得来。他对局势的理解很全面。听到格兰德利特太太的种族笑话不会笑，对她的挑衅也不予理会。格兰德利特太太对他有所保留；在梅雷迪思对这个浅褐色皮肤、故意出言不逊、说话带着夸张的本地口音的中年女人表现出的彬彬有礼中，罗奇发现一种像是同情的东西，对一个在岛上的地位已经非她所想的女人的同情。

梅雷迪思四十岁上下。曾经从政，还一度是位部长；但是很快就跟政党闹翻了，辞了职。他说到自己，亦或是别人说到他，都不像是在说一个被排挤的政客，而是一个政治隐士；这使他显得与众不同，因为对于很多人，政治是他们唯一的生计，政治上的失败就意味着灭亡。常常有一个新部长，升得太高太快，搬到了高地住宅区，有司机有保镖，让所有人都很难堪，他的孩子们被隔离、关在大花园里，他们的脸上和言行举止之中无不带着贫民窟的气息，直到有一天，正如他们突然被征招，这家人又回到黑暗的山脚下，因为奢侈的品位而倾家荡产。但梅雷迪思有其他经济来源。他是一名律师；他还利用政治隐士的身份每星期在电台做一个叫“邂逅”的访谈节目，为他赢得了一些名声。他在节目里言语犀利，愤世嫉俗，对受访者一视同仁。

梅雷迪思婚姻幸福，有一个还很小的女儿；他似乎能将政治失意与自己的私生活分离开来，给人感觉过得悠然自得。在高地住宅区的歇斯底里中——与一开始罗奇对哈里·德通哈话又多声音又大的感觉不同——跟梅雷迪思在一起感觉平静、放松。说来奇怪：当梅雷迪思掰着又短又粗的手指数落着一件件罪证、清晰地分析主要局势时，他可以比任何人都更忧郁。而当别人因为担忧而灰心丧气或焦躁不安时，他却好像不为他自己预见的临近的混乱所动。一次，在讲到岛上机构的瓦解时，罗奇听到他说："我们生活在一栋没有围墙的房子里。"然而从他自己的生活看却好像一切刚好相反。在他愉快的法律实践中（他说这份工作全面地锻炼了他，拓展了他所有的才能），在他快乐的电台工作中，在他融洽的家庭生活中（他的妻子来自一个历史悠久的穆拉托家庭），在他修建房子、操持家务的过程中，他似乎确信世界将延续下去，而他找到了属于自己的位置。对于刚刚来到岛上的罗奇而言，这种政治兴趣与私人安宁的结合让他感到平静。

但是自从简来了以后，两人的关系就不再那么密切了。在最初的那段日子里，简寻求的并不是平静，甚至对梅雷迪思喜欢分析复杂的政治经济形势也丝毫不感兴趣，所以她觉得梅雷迪思"很古板"。简第一次去梅雷迪思家拜访，要离开的时候，梅雷迪思一手拿着一个布娃娃，一手牵着小女儿走到花园门口挥手告别，这个人看上去确实太居家，太安稳了：这点罗奇看得出。简还认定梅雷迪思是个无趣的人；后来又认定他长得丑。罗奇说她是吹毛求疵。简对此心知肚明；可是注意到自己产生的影响，她坚持说："我就是受不了他那副嘴脸。"本来，只是她不假思索、随口说说的评判——梅雷迪思很古板——后来就成了她任性的成见。简和梅雷迪思之间很快就滋生出一种默默的相互敌对；罗奇知道这种敌对是做作的，源于简对她不在乎的人随意、本能的残忍，这是她懒惰的残忍部分，是她不想被打扰，然而他还是被她的情绪影响了。

自从两人渐行渐远，自从他们不再相处融洽，罗奇开始觉得梅雷迪思的性格——曾经吸引他，似乎给他带来平静的性格——不过是演戏。他开始在梅雷迪思的居家生活中发现夸张和自卫。他开始觉察到这种性格背后的不安。从梅雷迪思能让别人灰心丧气而自己却好像不为所动的本事之中，罗奇开始感觉到梅雷迪思自己的歇斯底里、愤怒、空虚和可能就隐藏在他所夸耀的家庭生活背后的蠢蠢欲动的野心。经过这样一番解剖，梅雷迪思的性格不再可能是完整的，不再可能和表面上看到的一样。罗奇开始对梅雷迪思有了戒心。于是他转向哈里·德通哈，此人不仅始终如一，而且事实证明表里如一，令人惊讶：他没有秘密，他把自己的担心公诸于众，他的态度从未改变过，他的商业活动汇入他的社交生活。

*

“这么说帕梅拉来不了了？”哈里一边说一边把梅雷迪思从黑暗的客厅领到门廊上。哈里的厚底帆布鞋白得晃眼，在他那纤细的棕色腿的反衬下看上去大得可笑。“每个人表现得仿佛我和玛丽－特雷瑟之间的事像一场分手的婚礼。一些人是男人这边的，一些人是女人那边的。”

梅雷迪思走到门廊上，隆重登场，他带着浓重的本地口音说：“我听说她让他很不好过，伙计，哈里。她缠着他去搞永久居住权。”

“哦天啊，梅里，伙计。你也是吗？”

梅雷迪思个子不高，步履轻快。虽说瘦，但是身体看起来很结实：他的体重要比看上去的沉些。他穿着一件有领扣的白色衬衫；脖颈处没有扣上，但也没张得很开，不像假日的打扮。衬衫在他结实的肩膀处绷得太紧，衣领太靠近脖子：好像缺了条领带。

梅雷迪思的出场秀还没结束，他站在门廊上，双手挥而合拢，用一只火柴盒去敲一只香烟盒，说了声："简。"

"你好，梅雷迪思。"简边说边在椅子上调整了下腿的姿势。梅雷迪思说："彼得，我要找你。"

"好事还是坏事？"

"这取决于你。别这么害怕。我们待会儿再说。今天早上你们干了些什么啊？"说着他在罗奇吊床旁的铝支架的板凳上坐下。

哈里说："老样子呗。我们去海滩上散步。看着人们做着形形色色的事儿。"他说得好像他们度过了一个非常愉快的上午。"你看见那些人了吗？"

梅雷迪思拿了一杯朗姆宾治，说："这个地方有很多疯子。"

简说："他们是疯子吗？"

哈里说："他们反正不正常。"

"要说他们正常简也不相信。"罗奇说。

"客人的礼貌，"梅雷迪思说，"干杯。'我们就像你们。你们就像我们。'萨波利切公司最近有什么新闻，彼得？"

"我不确定你问我是不是问对了人，"罗奇说，"我已经决定离开了。"

哈里吃了一惊。"你没跟我说过，彼得。"

梅雷迪思抿了一口酒，微笑着对简说："这么说你们要离开我们了，简。"

简说："我还是头一次听到这话。"

罗奇说："我刚决定的。"他张开嘴笑，露出他的臼齿，"一直以来我听见的尽是关于这些疯子的事。"

哈里坐在他的吊床上前后摇晃着，帆布鞋的鞋尖碰到了水磨石地板，他说："不过说真的，这个地方到处都是疯子。有一天我就在想这事儿。我在赛马场，从'螺帽和螺栓'[①]买了些坚果——你们知道那个卖坚果的家伙吗？我突然间想到这些卖花生和腰果的人都是疯子。我说我是突然间想到的，但其实我从小就知道。我一直知道这些人都是疯子。可笑的是我居然从未觉得可笑。而且，知道吗，一旦你发觉这里有疯子，你就开始不停地碰见他们。真可怕。"

梅雷迪思说："你听上去忧心忡忡的，哈里。"

"在任何别的国家这些人都会被关起来。不知道我们这里什么时候流行起这种风尚，一个人疯了以后就在胳膊上挎上两只大篮子，穿上网球鞋，开始沿街叫卖：'坚果，坚果。'"

梅雷迪思说："我可得留心你。"

简说："这听上去是最棒的治疗方法。"

罗奇说："会让时髦开放的伦敦好好开开眼。"

"我上的小学附近住着一个白痴小伙子，"梅雷迪思说，"他是白人，个头挺高，嘴巴没法合上。他会指着我们说：'砰！砰！'他就只想和你玩牛仔和印第安人的游戏。你要是砰回去可就把他乐坏了。可那样的话你就会一整个学期不得清静。我们叫他'砰'。就是这样。没人理他。他只是一道风景。"

---

①原文为 Nuts and Bolts，nut 在英文里还有"坚果"和"疯子、怪人"之意。

简说："多人道啊。"

"人道？"哈里说，"那是我们的堕落。我们纵容懒惰。"

梅雷迪思说："我觉得我们应该听听彼得怎么说。"

"以前我觉得人要随遇而安。现在我不知道自己是怎么想的。"

"我们对疯癫不够重视，"梅雷迪思说，"看报纸，听广播，读任何一份政府报告：你会觉得我们都是非常有逻辑、非常理智的人，我们知道自己要往哪里去。我想这是我的错。我早就知道了这种疯癫。打从骨子里知道。毕竟我是伴着这种见鬼的事长大的。和你一样，哈里。可是我假装它并不存在。我不知道是怎么回事，可是当你开始想事情、写东西，或者操心资源和你的五年计划的时候，你就忘了疯癫，忘了下面海滩上的那些人。一个好的政治家绝不应该这样。"

哈里说："但是你说的这事太鬼扯了，梅里。如果人们真的好好规划，这个地方会是一个天堂的，伙计。我们可以有真正的工业。我们用不着就这么让美国人拿走我们的铝土矿。"

"我在飞机上遇到两个铝土矿公司的美国人，"简说，"他们一路上都在看黄色书。重口味的。《荡妇》和《吸干》。"

"我们可以有真正的工业，"哈里说着在吊床上躺下，胸口发出喘气声，像是在为鸟儿的歌唱伴奏，"而不是现在的这些垃圾。一个工厂，一个有钱的白皮肤商人，一个有钱的黑人政客。"

"你说的这些都没错，"梅雷迪思说，"可是他们不见得想要你觉得他们想要的东西。他们想要别的。下面河边的那些人有别的需求。"

"哦天啊，梅里伙计，你知道好多人都他妈的堕落了。你自己这么说的。看到和我一起上过学的小伙子们如今也堕落了，我太难过了。你总是对自己说：‘哦，这家伙还好。那家伙还可以。’可是有一天当你看见他的肚子垂在裤带上头，你就知道这家伙已经完了。简，你知道吗？一旦看到这些人到达肚子垂在腰带上头的阶段，你就知道他们的脑子是怎么工作的了。你就知道他们出了什么事。你只要看这个就行，肚子和裤带。在聚会上遇到这些人，我真他妈的不好意思。简，他们一次要两杯喝的，吃饭就跟没见过食物似的。”

梅雷迪思说：“他们很饿。”

他面带僵硬、受伤的微笑看着哈里。这微笑，以及他脑袋的姿势，凸显了他的鼻子和嘴之间的宽度。他脸上的这个部分看上去特别脆弱：由此可以看出他以前在学校里可能常受欺负。他对哈里的回应有一种学童的俏皮。

哈里在吊床上交叉双腿，望向令人目眩的大海。“二三十年前大家都在减肥。你可以在每个后院看见锻炼的人。你还记得那股健美热吗，梅里？真是美好啊，伙计。曾让你感觉那么棒。你还记得那些小伙子们走路的样子吗？”

“‘翅膀’，”梅雷迪思一边笑着说一边放下杯子摆起姿势来：挺直肩膀，抬起胳膊肘，双手自然下垂，“大猩猩式走路。不过这是那个时候的需求。”

哈里说：“我们说的不是同一种语言。”

“你是假装听不懂我说的话。”梅雷迪思说。他的笑容消失了，一针见血，话音里流露出怒气。“下面海滩上的那些人要是稍稍正常一点，你不觉得他们会把这里一年烧毁两次吗？疯癫使这个地方得以维系。”

简说："这样方便了格兰德利特太太。"

"方便了所有人。方便了你、我、哈里、彼得和萨波利切公司。"梅雷迪思话音里的怒气消失了。当他再次开口时，他恢复了平静，带着本地口音："不过，呃，哈里？以色列之后是非洲。"

"哦，梅里伙计，"哈里支支吾吾地说，"我不知道。但如果《圣经》上这么说……"

罗奇说："《圣经》上有这样的话？"

梅雷迪思笑了，还是平静的语气："我想你得看得仔细些。可是告诉我，简，你跟梁先生的儿子相处得怎么样？"

简说："你指吉米·艾哈迈德？"

梅雷迪思冲她笑了笑。"上学的时候他叫做吉米·梁。你是否曾看进他的眼睛，明白了何谓仇恨？"

简一脸迷惑。

"我只是引用了一家英国报纸一篇访谈中的话。一个女人写的采访。她在写吉米的时候完全变成了一个阴道。"

哈里说："天啊，梅里。"

梅雷迪思冲哈里笑了笑，一个字一个字地重复了一遍，像是在解释："她完全变成了一个阴道。"

哈里说："真不知道如今我的耳朵尽听到些什么话。"

"这位伟大的黑人领袖突然声名鹊起时我在伦敦。我得说这让我大跌眼镜。我向来只知道他是梁先生的儿子，想方设法进入那里的华人圈，说要去中国给毛泽东出主意。"

罗奇笑了："真的吗？"

"你知道那里的人。他们认为所有的中国人不是像查理·陈就是像傅满洲。当时我在英国广播公司工作，他们叫我去找这个黑人反叛分子做一个三分钟的节目。他们给了我一个温布尔登的地址。我到那里一看，是一栋巨大的房子。我说不上来是什么风格或者属于哪个时代——当时我对这些一窍不通。在这种地方长大的人怎么会知道什么建筑风格。对我来说房子就只是房子。有的新有的旧，有的大有的小，有的穷有的富。这是一栋有钱人的大房子。这位领袖就住在这儿。和操控他的女人在一起。如今我能判断出这个女人属于中产阶级或者上流社会之类。可是当时我只知道她是一个住在大房子里的白皮肤女人。她正在安排所有的公关活动，我坐在那间大客厅里，看着这个男人像个上了发条的玩具一样行动。而那个扁屁股的高个子女人在一旁看着，对自己的黑色哈巴狗非常、非常满意。他走来走去，汪汪乱叫。而她对我，一个真正的黑鬼感到不安。不过你瞧这整个新闻有多假。那个女人才是主角。我应该采访她。不过我还是把狗的汪汪乱叫录了下来，剪辑成三分钟做晚间节目。这就是我对吉米·艾哈迈德传奇的小小贡献。”

简说：“她就是他的妻子吗？”

哈里说：“你明白我所说的纵容的意思了吧？简，英国人为什么如此纵容这个男人？以前我们在报纸上不知看了多少胡说八道。”

梅雷迪思说：“我把他视为这个地方最危险的人物。”

罗奇说：“听见你这么说他会很高兴的。”

“他危险因为他有名，因为他还保留着很多英国给他的光环，还因为他什么都不是。‘爸爸，我是中国人吗？’‘不，儿子。你只是我的孩子。’中国人一点儿都不为这种事情苦恼。也就没有丝毫纵容。从那以后你就可以利用吉米·艾哈迈德做任何你想做的事情。

任何人都可以利用这个人在这个地方搞出乱子来。他可以被设置。他是我认识的最容易受别人影响的人。”

罗奇说：“我怎么从来不觉得。”

梅雷迪思说：“你给他的东西不对。”

哈里大笑，然后说：“你给了他工作。”

“我没有给他任何东西，”罗奇说，“我只是试着帮助他做他说他想做的事。”

“我知道，”梅雷迪思一面点点头，一面飞快地说，“土地，基于土地的革命。这是伦敦的设置。但是要是你以为吉米打算来这里把自己埋没在灌木丛中，那你就看错他了。他需要不断地搞出事情来。他的身体里有一股……那个词叫什么来着？驱动……”

简说：“驱动力。”

“他的身体里有一股驱动力需要发泄出来。在英国他最后以强奸和性骚扰收场。在这里同样的驱动力会促使他收场。”

罗奇说：“你觉得他在这里会怎么收场？”

“他可能会变成一个百万富翁。可能会成为下一任首相。一切取决于他是怎么被设置的。以现有的情况来看什么事情都有可能。有一点我可以肯定：吉米不会就这么默默无闻地在灌木丛里鸡奸几个贫民窟的小子了事。”

“吉米也是这么想的，”罗奇说，“我觉得你们两个都夸大其词了。”

哈里说：“我不觉得。”

梅雷迪思说：“明天这个人可能会说出什么话，做出什么姿态，或者卷入什么事件，然后一夜之间变成一个英雄。强奸白人女性，逃离英国，讨厌中国人——他能引起很多共鸣。我知道。就以我自己为例。我无需太费力就能回忆起自己小时候对这些华人店铺的感觉。吉米总是说自己出生在一个华人杂货店的后屋里。在英国这样的出身听上去贫寒而有趣。可是以前我忌妒吉米。大多数男人也和我一样，呃。一家店——店怎么可能倒闭呢？一家店什么都有。你的母亲偶尔才放心让你去那里买东西。以前我每天要经过梁的店铺四次。店就在我上学的路上。吉米的母亲是个大美人。棕色的皮肤，漂亮的五官，西班牙风情，胳膊下面有一大溜黑发。我无法形容那头秀发多么吸引我。很长一段时间，我无所适从。我从未如你们在阅读中了解的那样对同性产生兴趣。我一直都是异性恋。我曾经忌妒老梁，心想，只有有钱人，只有拥有店铺的人才能娶到那么漂亮的女人。我以为这是生活的一个真相，以为我们的女人都跑去嫁给开店的华人了。对此你无能为力。不需要有人告诉我什么：我知道我就没有那种命。”

童年，罗奇心想：听这里的人谈论他们的童年真是奇怪，仿佛那是一段刚刚被发现和领悟的岁月。不过梅雷迪思以前从未讲过这些，罗奇怀疑梅雷迪思知不知道他这席话暴露了自己多少东西。

哈里说：“我不相信，梅雷迪思。”

“不过那店铺根本称不上是杂货店，”梅雷迪思说，“一家杂货店应该是另一种样子。漂亮的水泥房，结实，体面，有像样的招牌。”

哈里说：“杂货店可以卖酒。”

“梁的店铺不过是一间小棚屋，生锈的锌皮屋顶，破破烂烂的地板，歪歪斜斜的墙壁。不过我是过了很久才看清这一切的。我想是从英国回来以后吧。我们生在这个地方就像小猫一样瞎。所有的人。什么都看不见，即便是受了教育，即便是出了国，也仍然如此。看看我，在英国广播公司工作时，肩膀上扛着一台录音机就去了那栋温布尔登的房子，一点儿也不了解那栋房子和那个女人的事，只看见一个白种女人和一个混血华人住在一栋大房子里。要过很久才能开始看清一切。渐渐地你就能看出这个看出那个了。你可以这样一直看下去，但是你必须停下来。你会开始忘记小时候的感受。你会开始忘记自己是谁。如果你看到了太多，就会落得自己一个人住在山上的房子里的下场。这样的事已经开始发生在我身上了。”

“你不会的，梅里，”哈里说，“你说的我觉得都很有道理。可要是连你这样的人都开始说这种话，那这个地方就没有未来了。”

“你从来都不瞎，哈里，”梅雷迪思说，“这个国家唯一的一个。”

“要是你觉得我们都应该开始跟着雷盖音乐乱蹦乱跳，我可不干，呃。我要是有办法就在这里取缔音乐。”

“你所说的未来指什么？你想要什么？不同的人想要不同的东西。简不会想要你想要的东西。要是能实现一个愿望，简，你想要什么？我们来玩这个游戏吧？”

海滩上再次传来说话声，大家都侧耳倾听：那群人回来了，还是和刚才一样一边快走一边说着话。声音更加高亢，其中一个声音——听不清是男人的还是女人的——走到房子正下方时发出一阵尖笑。

哈里说：“约瑟夫差不多要走了，去游他的泳。留下来吃午饭吗，梅里？”

“不，伙计。帕梅拉在等我。”

简说："我们来玩那个游戏吧。问我一个愿望。"

梅雷迪思说："说说看。"

简说："我想要很多很多钱。"

梅雷迪思说："我就知道你会这么说。"

"你抢了我想说的话，"罗奇说，"你总是不失时机，亲爱的。"

梅雷迪思说："哈里，你呢？"

"时机？"简说。

"跟我们说说你觉得自己多么优越。"罗奇说。

哈里说："我的一个愿望？嗯，梅里老弟，我想过很多。我想最诚实的回答就是我什么都不想要。眼下我只想让玛丽－特雷瑟回来。"

梅雷迪思说："你的意思是你希望处在一个能够什么都不想要的位置上？"

"我可没这么说，梅里。我知道你的居心。不，伙计，我没有什么意思。我不希望想要什么东西。"

罗奇说："你想当一个植物人。"

"可以这么说。"

简说："太可怕了。"

"你真是一个不安分的人，哈里，"梅雷迪思说，"你太自暴自弃了。彼得你呢？"

罗奇一字一顿地说："我想要拥有最强大的性能力。"

简从湿润的双唇间吹出一股烟，样子丑陋，她说："那又有什么用？"

梅雷迪思微笑着说："可是会很好玩。"

“我们一整天都摆脱不了这个话题了。”哈里说。

罗奇说：“那你呢，梅雷迪思？”

梅雷迪思还在对简微笑。接着他的表情突然变严肃。他把头微微抬起，再次凸显了外翻的鼻孔和嘴巴之间的宽阔。他停顿了一下；故意营造一片寂静，像是要发表一个准备好的声明。他说：“我希望能好好做自己。”有那么一会儿，他保持着抬头的姿势和脸上的表情——被欺负的学童的表情，一动也不动。加上他是四人当中唯一一个坐直的黑人，于是，他仿佛成了门廊的中心，孤零零地坐在薄条纹椅垫的矮凳上，在阳光下分外清晰显眼。最后，他终于放松下来，再次微笑。

哈里说：“你这是作弊，梅里伙计。你叫我们每人说一个愿望，自己却说了四五个。这就好像你叫一个人用一个词说出他想要什么，而他回答‘全部’。”

“我并不觉得我在作弊。要我说我想要的比你还少。我希望在临死时感觉自己曾经活过。我也可以反着说。我不希望感觉自己白白过了一辈子。”梅雷迪思严肃地说，完全没有去迎合哈里愉快的口气。此时阳台上的他又像是坐在一个舞台上，背对着白色的天空和炫目的大海。

简说：“这游戏变得有些吓人了。”

“你这么觉得？”梅雷迪思说，“要是人对自己毫无期待，或者一无所求，那才真正吓人呢。”

罗奇说：“人类的野心无限。”

“可是能力是有限的，”梅雷迪思说，“我们现在就可以来证明这点，我们四个。有时间吗？”

简说："是另外一个游戏吗？"

哈里从吊床上坐起来，气喘吁吁，凹陷的眼睛周围看上去好像有淤青。他一面呼哧呼哧喘气一面说："约瑟夫在闹脾气了。"

简说："我们来玩这个游戏。"

哈里下了吊床，朝客厅走去。"你们听到锅碗瓢盆的声音，以为约瑟夫在尽责。可是我和约瑟夫就好像妈妈和孩子一样。我知道他弄出的每一个声音的意思。而我告诉你们：约瑟夫正在发脾气。"

梅雷迪思说："哈里，你出来的时候拿上铅笔和纸。"

哈里吸了吸牙齿，走进屋去。先是一阵气喘吁吁的低语，接着是沉闷的杂音，然后是锅碗瓢盆乒乒乓乓的声音。回到门廊上时，哈里喘着粗气，百慕大短裤的流苏在膝盖上一晃一晃的，巨大的帆布鞋闪着白光，他手里拿着铅笔和备忘的便笺本。

梅雷迪思接过便笺本写了起来。他说："我要问你们一个问题，然后把你们的答案写下来。"

简说："要是我们的答案都一样，那就不像游戏了。"

"你不能用猜的，简。"梅雷迪思停下来把便笺本面朝下放在水磨石地板上，"我要你们回答的不是一个单词或一个句子。事实上，我要你们充分发挥想象力。"

"这里面要是有陷阱，我可不玩。"哈里说。

"没有陷阱。"梅雷迪思说，"假设你应有尽有。好吗？所有东西，任何东西。我只想知道你怎么度过一整天。一个工作日，如果你还在工作的话。我要细节。你可以为自己添加各种品格，但不可以回避这个问题。我要的不是一张列出你的财产、天赋或者成就的清单。我要看你怎么带着你的福气度过二十四小时。只需要记住：

如果你是世界上最伟大的画家，那么你会把大量时间用在画画上。”

简说：“可我不能就那样回答。我得想一想。”

“回答得好，”梅雷迪思说，“我想这证明了我的观点。”

“而且我不知道我愿不愿意告诉你我完美的一天。”

“谁说是完美的一天？这就是女人的反应。不过没关系，简。你已经退出了。”

罗奇说：“这并不意味着她的期望不高。”

“这意味着她的期望很含糊。而这项练习的要点就在于不能含糊其辞。以前我不想说，可是这个游戏确实不适合女人玩。她们的期望总是跟另外某个人有关。比如我们不想听到的那个完美的一天。女人没法想象得太具体，因为她们有着太多的可能性。她们可以是任何东西。任何事情都可能发生在她们身上。可是这些并不由她们掌控，而是取决于那个找到她的男人。想想就觉得可怕。我常想，我要是女人一定会吓得半死。”

罗奇冲简淡淡一笑，说：“简可没有吓得半死的样子。”

简硬邦邦地说：“我已经退出了。”

“哈里不需要时间想，”梅雷迪思说，“开始，哈里。让我们看看早上你起床了。可爱的卧室，美丽的风景，漂亮的房子。”

“啊，是的。我会吃一点蜂蜜，然后我想我会做瑜伽。”

梅雷迪思说：“你没有哮喘。病已经治好了。”

“我还是会吃一点蜂蜜，做瑜伽。”

“好极了。”

“然后我想是在花园里散散步。我不会看见沙子和树枝。没有干旱。”

“美丽的花园，”梅雷迪思说，“不过这房子在哪儿？在哪个国家？”

“我爱这个国家。不过你知道这局势。”

“你不管走到哪里都很安稳。你有绝对的安全感。”

“我得为孩子们想。他们比我更有雄心。我想房子会在多伦多。哦，早餐过后，吃一点蜂蜜，我就去办公室。”

“红红火火的生意。”梅雷迪思说。

“不，不太大的生意。经营一家大到你感觉不到的企业一点儿意思都没有。我比其他人都早到办公室。凉爽、安静、整洁的办公室。我喜欢一早待在一个整洁的办公室里。旁边没有人，没有人在说话，你的桌子上空空的。我就利用这段时间思考，最初的半个小时。我的脑子里涌现出各种各样奇妙的点子。我想清楚要怎么做这个怎么做那个，感觉一切尽在掌握之中。然后其他人陆陆续续进来，信件来了，工作开始了。上午过了一半的时候，一些人进来说某个问题快把他们逼疯了。于是，我听他们讲，查阅文件，然后马上就看出该怎么怎么办。我说你应该这样那样，这些家伙听得目瞪口呆，知道了为什么我是老板。嗯，接下来就到了午餐时间。一切从简。你知道我。我一吃得或者喝得太多就会喘不过气来。”

“太棒了，哈里。”梅雷迪思说。他站起来把他做记录的便笺本递给简。

“我忘了，”哈里说，“哪里都不可以有音乐。我在哪里都听不到音乐。下午我口述几封重要的信件，信件内容我已经在脑子里想了一整天了。三点钟我把秘书姑娘叫进来，准备下班。就这样。八九个问题。全部解决，我感觉生意兴隆指日可待。我会提前做好几年的规划，你知道。四点钟我感觉他妈的好极了。我现在所做的一切都像是回报。”

简看了梅雷迪思写的以后哈哈大笑。

哈里说：“我说了什么很好笑的话吗？”

简说：“没有，没有。继续，哈里。接着讲。”

“晚上我回到家，在花园里散散步，做做瑜伽，在游泳池里扑腾几下。然后洗澡，换上干净的衣服。我喜欢干净的棉布。然后一些可爱的朋友来吃晚饭。最后在酒吧里结束这一天。”

“就这么多？”梅雷迪思问。

“我想就这么多。”

简说：“梅雷迪思说得对。”

她把便笺本还给梅雷迪思，梅雷迪思把本子递给罗奇。

罗奇看见上面写着：说话者描述的生活正是他现在过的或者曾经过的生活。背景可能会变，但是没有人会重新开始或者干什么新的事情。

哈里从吊床上起来，说：“让我看看，彼得。”

四人全都站了起来。太阳滑过门廊的一角。阳光强烈；烧焦的草坪开始散发热气。

罗奇说：“我想我也一样。我会把背景换掉，这样我就感觉不到跟任何东西有任何关系了。”

“解脱，”梅雷迪思说，此时他又像是一位朋友了，“这样会很好。做自己就好。我也是这么想的。”

罗奇说：“在这个新环境里我把自己想象成一位成功的律师。就像你。拥有所有品质的律师。学识，记忆力，判断力，知人之明……”

简说：“你没有提到玛丽－特雷瑟，哈里。”

“我想到了，可是不知为什么我不想把她放进去。”

梅雷迪思说：“别信他。他不确定。不过一般都是这样。男人们在玩这个游戏时很少提到女人或性。应有尽有的男人觉得那是理所当然的。这么说很残忍，却是事实。”他站在简的旁边。简跟他一般高。他开始不停地垫起、放下脚尖，又开始甩胳膊，拿火柴盒去敲香烟盒。他说：“不过这个我们可以以后再好好谈谈，彼得。在广播里。我早就把你列在‘邂逅’的名单上了。其实我就想找你说这事。你早该上我的节目了。可是我想先让你安定下来。我觉得问一个初来乍到的人对这个地方有什么看法毫无意义。”

罗奇说：“原来是这样，那我真是舒了一口气。不过我想我得问问萨波利切公司。”

梅雷迪思说：“他们应该给你奖金。这对他们大有好处。节目程序十分简单。我们录一个小时，然后剪成二十五分钟。跟我们今天聊的差不多。一些不落俗套的话题。绝不提我们的海滩、我们的热情好客，或者我们的敬老之道。我下星期会给你打电话。”

说完他踮起脚尖，朝简欠了欠矮小但结实的身躯，说一声“简”，然后就甩着胳膊，拿火柴盒敲着香烟盒，迈着轻快的脚步走进黑暗的客厅，隆重退场，和入场时一样。他用本地口音大声说：“哈里，约瑟夫哪儿去了？走了吗？小心别让他也离开你，呃，哈里。”

车门砰地关上。引擎启动。

哈里说：“哦，好的，梅里伙计。很高兴你过来。向帕梅拉问好。跟她说抵制结束了。嗯，就这样吧，伙计。”

车开走了，哈里回到客厅，气喘吁吁，看上去很累。

约瑟夫到海滩上去了。不过他已经把桌子摆在了客厅另一头的凹室，食物也放在宽阔的厨房传菜口的架子上了。

哈里说：“来，我们坐下吧。”

他的语气还是送走梅雷迪思时所用的打趣的语气。但他的声音变得有些沙哑。突然，他闭上眼睛，举起颤抖的双手，说：“我想尖叫。我想跑到什么地方割断我的喉咙。”

罗奇说：“数到十，哈里。”

当简挤进凹室的长椅和餐桌之间时，哈里双手撑在屁股上，抬起头，短促、大声地呼吸起来。当他最终止住气喘，大家都就座了以后，他说：“最近这人让我很反感。不是因为他说的话，而是他散发出来的某种感觉。看着他的脸和那淡淡的微笑，你会觉得，哦我的天，有什么用，活着干吗。你都想用手去砸一扇玻璃窗。而他最后总是看起来他妈的那么高兴。这让我很生气，伙计。”

简说：“我忍不住一直看着他。他把我迷住了。我觉得他坐在那张矮凳上就像一只惆怅的小青蛙。”

罗奇说：“这很可能解释了很多事情。”

“他今天很不友善，伙计，”哈里说，“对不起，简。我很抱歉。我从没听过梅雷迪思当着人的面那样说话。”

简说：“我没怎么听他说什么。我只是坐在这里仰慕他。”

哈里说：“有人给了他权力的希望。你们是否注意到他没有多说自己那完美的一天？我还等着听他是不是首相呢。不过他压根儿没提政治。”

罗奇说："这我可以理解。"

"不，伙计，"哈里说，"他渴望权力，或者说他以为的权力。我听说了一些事。他真是个十足的大傻瓜。他们会再一次把他咬得稀巴烂。而这次他真的会把他的生活毁了。我不知道他怎么会觉得自己可以去海滩上跟那些人说话。他们才不想听他这种人废话呢。"

罗奇说："所以他今天忧心忡忡的。他知道他会被咬得稀巴烂。"

"我不知道人怎么会变这么多，"哈里说，"简，你不会相信以前跟梅雷迪思在一起多有意思。这里要是发生了什么可怕的事情，你只需听听梅雷迪思的分析，他会将方方面面理得清清楚楚，让你的神经安定下来。你会觉得有这样的人在身边，事情不会那么糟糕。可是看看今天。要知道，我可从没听过梅雷迪思对吉米·艾哈迈德这样大发议论。梅雷迪思觉得此人就是一个笑柄。今天他说得好像他想杀了这家伙似的。"

"他忌妒住在温布尔登的那个女人，"简说，"我猜他也想让我们看着他的眼睛，明白何谓仇恨。"

罗奇笑了，说："他犯不着这么做。我在试着弄明白他最后让我们玩的那个游戏。目的达到了，不是吗？我想主题很简单。就是说明这样一个事实：我们就是我们自己，我们不可能把自己想象成别人。我觉得仅此而已。"

哈里说："'你将来过的生活就是你正在过的生活。'星期天的上午告诉别人这个真是他妈的扫兴。"

罗奇说："这得看你怎么想了。也可以是安慰。"

"'没有人会开始新生活'，"哈里说，"不，伙计。他误解我了。"

海滩屋的星期天接近尾声。三人酒足饭饱，在阳光下昏昏欲睡。

大家都不说话了。以前这个时候，穿着长裙的玛丽－特雷瑟就会走过来，轻声问她的客人们要不要休息、下棋、散步到河口去，或是开车进入灌木丛。她温柔的存在让假日生机勃勃。没有她，房子死气沉沉的。外面阳光白晃晃的，海浪不停地拍打着陡峭、狭窄的岸沿，随风传来隐隐约约的铃铛声和说话声。暴露在风和阳光里的这栋悬崖上的房子，感觉空空荡荡、被人遗弃。

十一

开始的一段路紧邻海岸：下午的大海波光闪闪；岩石密布的海湾此刻有一半陷在阴影中，小海湾里没有人游泳，高高低低的岩石从光滑的灰沙子中钻了出来；耀眼的白色浪花拍打着黑褐色的礁石。接着大海的声音愈来愈远，车子开进了树林。高大的白色树干的树木上悬挂着一根根长着巨大的亮晶晶的心形叶子的藤蔓，三四种野生的多刺棕榈树混生其间。这条公路就像一条绿色隧道。然而看上去浓密、古老的树林却是伤痕累累。一块块烧焦的空地上枯黄的次生灌木林奄奄一息，彰显着干旱的威力；那儿的阳光强烈、顽固。有时，一路开过去，树林就只是路边的一道屏风，可以看见后面强烈的阳光和空地。

简又累又焦虑，脸色苍白，嘴角的红点十分显眼。每当感到忧虑，她的眼睛就会湿润。

她问："你觉得玛丽－特雷瑟会回来吗？"

罗奇说："在今天之前我一直觉得她会回来。现在我不怎么确定。今天见了哈里让人明白她一直以来在忍受着什么。”

“哈里温馨的小世界要破碎了。”简心不在焉地说，“‘伙计，这周日到海滩屋来，伙计。’”

罗奇说：“我们看着温馨。是不是真的温馨就不知道了。”

简说：“好吧。”过了一会儿她加了一句，“每样东西都有属于自己的时节。”

罗奇听出这是他说过的话。他说：“我想我们在他们看来一定也很温馨。我们只是客人。”

“我真他妈高兴我是客人。”

树林逐渐让位于次生灌木丛：杂草丛生的旧咖啡和可可种植园，随处可见的高大的绿荫树给人以树林的感觉。车子经过废弃的旧可可豆干燥室，安装在栏杆上的屋顶曾经是可移动的，如今有些屋顶永远地敞开着。偶尔，路边的泥土院子里出现一间间正在腐烂的棚屋，看上去空空荡荡、摇摇欲坠。棚屋的门和窗打开着，铁皮屋顶锈迹斑斑，没有刷漆的旧木头已经褪成死灰色。有时会看见一间间棚屋组成的小村子，村里有用桩子撑着的快要倒塌的小商店。敞开的门口挂着鲜艳的铁皮广告牌，柜台上的玻璃箱里放着软面包和蛋糕，跟外墙一样斑驳灰暗的架子上摆着几罐便宜的糖果，立着几瓶甜汽水。

有时可以看见一座木头的小教堂或者教会副堂。有时一处看似民宅的门口挂着一个布告牌，跟商店招牌一样鲜艳，告诉人们这里是一个私立教派所在地。路上有步行去做礼拜的人群，在炎热的下午盛装打扮，男的穿着深色西装、棕色鞋子，女的穿着轻薄的粉色或黄色长裙，透出底下的缎子内衣，他们的影子投在丘陵地蜿蜒起伏的黑色柏油路上。

一些院子里有小孩在玩耍。有时可以在阳台上看到一个打赤膊的男人，脸和手比胸膛还要黑，像被火烧焦了似的，坐在用装糖的麻袋做的吊床上，抱着一个光身子的婴儿。父与子：灌木丛中无聊的星期天。这是一条繁忙的公路，距离熙熙攘攘的市区只有两个多小时的路程。然而这些村庄似乎与周末的出游交通隔绝：被施了魔法的村庄，搁浅在时间的河中，属于另一个时代，一个没有未来的时代。

简说："真是令人沮丧，不是吗？很难想象我第一天到这里的时候竟为之倾倒。那天早上你来机场接我。我累极了，什么都看不进去。可是我心想以后我会好好了解这里，这里很漂亮。那是最美好的一天。可如今知道自己准备离开了，我就不再这么觉得了。我不在乎我以后再也没有机会走这条路了。梅雷迪思真可怕，不是吗？瞧，我对他的看法是对的。你还跟我说他非常温文尔雅。"

"他确实在隐瞒什么事情。"

"这个词怎么能用在长成那样的人身上呢？他听说你要离开的时候脸都绿了。"

罗奇微微一笑。

简说："他那张小青蛙脸整个儿拉了下来。他不喜欢你在这里，可是你说你要离开他又觉得很受伤。他只是想让你留在这里陪他玩他的那些小游戏。"

"他今天非常不友善。毫不遮掩。"

"他的不友善无关紧要。"

罗奇微笑了：萨蒂尔式的微笑。"我没觉得有什么关系。反正你是无所谓。”

“对付他那种人得一开始就给他脸色看。要是你不想玩，他也拿你没办法。”

“这不是游戏，简。你不可能打一棒就跑回自己的垒。”

“说什么性啊阴道啊。我猜他觉得我应该尖叫着从椅子上跳起来。我知道他不过是在生温布尔登那个富婆的气。”

“我得说我从没听说过这个女人。我只听他说过那次采访。我猜从这样一个地方看，她一定越来越像一个女神。对他们俩而言都是。”

“他们俩？你指吉米·艾哈迈德？”

罗奇没有回答。

简说：“你知道她是谁吗？”

罗奇突然生气地说：“我什么都不知道。我不是说了吗，我仅仅听说过她而已。”

“我在想他客厅里的那张照片。只有小孩没有母亲的那张。”停顿了一下，她才对他的生气做出反应，说道：“我以为你了解这个地方的某些事。一些特别的事情。你为什么要来这里？你怎么知道这个地方的？你觉得在这里你能干什么？”

“我当初和你一样一无所知。我只看过报纸。我以为我在这里会有事情可做。真正的工作，不是我以前做的那些。朝九晚五。我想哈里刚才想说的就是这个意思。我和他感觉一样。工作让人觉得非常平静。不过如果事先玩过梅雷迪思的游戏，我就会知道不是这么回事了。”

“没有人会开始新的生活。”

“我的情况要更复杂一些。我不仅看不到未来，我甚至还看不到对我而言一个美好的未来应该是什么样的，这就是我到达的阶段。我要是够诚实，就应该像你那样告诉梅雷迪思，即，我需要时间想一想。哈里可以想多伦多和他的摩天大楼——我相信那确实是哈里的梦想，你觉得呢？可是我已经不知道自己想做什么了。恐怕我不再认为自己是个政治家了。很奇怪，不过我发现成年以来我一直这么认为。而我现在又能做什么呢。这么多年我竟然一直乐观其成。我从来没想过这些问题，而别人也不会跟你说这种事。”

“你觉得哈里在多伦多能成功吗？他在这里没问题。可是他并不真的懂得做生意。在多伦多别人会把他咬得稀巴烂的。”

“哈里这种人走到哪里都能成功。你也是。不管梅雷迪思说什么，你都可以重新开始。”

“你这么觉得？”简生气地说，看向窗外。

如今的罗奇把简看得透透的。那种生气，那种看向窗外的动作让他把她看得一清二楚：她本能的表演，从伦敦延伸到了这一片异域的灌木丛中的汽车里。他可以想见过去的几个月怎样变成又一次背叛与伤害的经历。他可以想见她的怒气、她的高兴、她的歇斯底里、她奔向新的情人，又会对他看似全心全意、竭力讨好，仿佛他就是最后一任：这段新的关系会再次掩盖她自己已确定的事情，没有风险，也不会有承诺。

他说：“伦敦等着你。不管你怎么拼命吹，你知道房子不可能被你吹倒。要是你知道房子真有可能被你吹倒，你会吓死的。你以为梅雷迪思这种人不明白这个道理吗？他的态度真的让你那么意外吗？”

“他想什么我才不感兴趣。”

公路再次拐向海边，可可和咖啡树让位于灌木丛，没有树木的沼泽地里枯黄的灌木丛。浅浅的水池已经干涸，露出龟裂的硬泥。

罗奇说：“我觉得梅雷迪思只是在逞强。这个地方可能被吹倒，而这里就是他的所有。他看见了我和你所看见的。每天他都试图让自己接受这个现实。”

一座涂着银色油漆的铁桥横跨在一条河流上，河水缓缓地流淌过一片红树林，红树林倒映其中，河水呈现黄绿色。水位下降；露出水面的红树根上挂着一丝丝干成土灰色的黏质物。车子咯吱咯吱地驶过桥上的木板，两旁是用大量螺栓固定的桥架。阳光照在黄绿色的水面上，投下桥架的阴影。开下河堤时，看见一条条铁锈色的溪流汇入他们刚刚经过的那条河，想象着一种原始的自然景色，阳光和黏质物，热气和植物的腐烂，一时间，罗奇有一种凄凉的感觉。

他说：“这里的人谈论童年的方式真可笑。吉米，梅雷迪思。好像那是很久很久以前，另一个世纪的事。好像他们刚刚才领悟了似的。”

路变平坦了，车子进入一片椰子种植园。时间好像一下子到了傍晚。路很窄，就是在沙子上铺上一层柏油和石子。椰子树的灰色树干又高又弯。放眼望去都是椰子树，而且排列得整整齐齐，从车上看去树木就好像在移动，在耀眼的天际和又长又低又污浊、被下午的阳光照得白晃晃的碎浪之间纵横交错。近处是椰子种植园的垃圾：枯萎的棕榈叶，棕色、闪着光，成堆的椰子壳，等待采收的黄绿色椰果。拍成照片会很好看。相机会拍下一切，甚至是碎浪后面橄榄绿的大海，甚至是海滩上黄色的泡沫。可是它拍不到凄凉：他们到达这里之前一路驶过的凄凉，黑暗即将降临、一天就要结束的忧愁，昏暗的阳光将要射进种植园工人用石灰水粉刷过的棚屋的凄凉。

每一棵椰子树都有黑色编号；很多树上涂着一圈圈橘色的枯萎病药剂。种植园继续延展着。

罗奇说："难怪他们说起童年。童年就在这里，等着他们。看看这些就让人感觉好像回到了五十年前。"

这里的海滩不适合游泳。不过沙滩上，在远离椰子树和掉下来的椰果的安全之地，还是随处可见车门打开的旧汽车和三三两两的人群。穷苦的人——穷人家丑陋的女孩们怀揣着少女的天性：别人的愉快、希望和欢乐。别人的星期天：简想到哈里的海滩屋，孤零零地矗立在悬崖上；想到黑夜降临河口；想到黑夜来到他们在高地住宅区的房子。昏暗中椰子树纵横交错；远处大海在下午的阳光中闪烁。她的疲惫和怒气逐渐被恐惧取代。不针对任何东西的莫名的恐惧；但是一整天这种感觉越来越强烈。简判定是时候离开了：逃离刻不容缓。

罗奇摘下墨镜，在昏暗的椰子林里不需要它。简瞥了他一眼，看见他眼里的忧伤。

她说："对你来说一定很艰难。"

罗奇言简意赅地说："是，很艰难。在这样的一天。"

车子经过路旁一个用木头搭的简陋的小货摊，一家人围在货摊旁，有的坐着，有的站着，显然那是他们的摊位，供应一些蔬菜和鲜艳的布满小斑点的水果。不久，车子经过一群戴着粉色和蓝色的塑料卷发夹在散步的女人和几个只穿着卡其短裤的男人。

罗奇突然激动地说："我讨厌所有这些人。我恨这个地方。"

她自己的怒气和忧虑消失了。她原来只知道他冷静，好挖苦、讽刺：既像圣人又像萨蒂尔，难以分辨。此时，她有些同情他，发现其实他有种小孩子脾气。她看见他太阳穴上的血管，看见他嘴巴的样子；车子在昏暗的椰子林中行驶，他们右手边很远的地方海天一线，此时此刻，简第一次对罗奇感到紧张。

罗奇说："不过，就像你说的，星期天不是好日子。明天早上就没事了。"

这才是她熟悉的态度：她所谓的圣人的态度，每件事情都有借口般令人满意的解释，每件事情，每段新的经历，每个新的事实或观点，都可以融入他那个让自己保持冷静和疏远的个人体系。他的表情放松了，又戴上了她熟悉的苦行僧的面具。她不再那么紧张了；但还是被他搞得心烦意乱。

路旁的椰子树间出现一个缺口。阳光洒在路面上，照亮了几间建在沙地上的饱经风吹日晒的木屋，灰色的沙子和腐坏的椰子树经过这么多年已经混为一体。过了缺口，椰子树不再整齐，也没有了编号。一座白色木桥，一条浅浅的泛红的小溪；然后他们终于开出了种植园，再次来到下午明媚的阳光下。

简说："你得让那人别再来烦我了。"

"哪个人？"罗奇戴上墨镜说。

"吉米。没完没了的电话。"

罗奇没有反应。

"不知道阿德拉会怎么想。你接了电话，他总是让你五分钟后打回到另外一个号码上。"

罗奇笑了。“他就是这样。他喜欢让人感觉总是有人打电话给他。他每次来办公室见我都会接一通电话。”

“一天中午我去艾伯特王子酒店见他，好像挺正常。他说他要和狮子俱乐部的人会面。”

“狮子俱乐部的人是不会约在艾伯特王子酒店的。他在碰运气。不过你总是可以从吉米的话里发现类似的愚蠢的小漏洞。”

“他坐一辆美国大车来的，还有司机。”看见罗奇微笑，她的语气变轻松了。“一个黑胖子，穿着透明的尼龙衬衫和打结背心。”

语音未落罗奇便说道：“吉米有什么可说的？”

“他说起一个他在伦敦遇到的女人，说战争期间她还是个孩子，住在这里，她父亲在情报局。”

“我从没听说过。”

“他们住在艾伯特王子酒店，这个小女孩会望向外面的公园，看小学生们玩耍。他说他就是那些孩子中的一个。”

“我想知道他是从哪里听来这个故事的。”

“我发觉自己正在被他软化，心想我该走了。他说用车送送我。门卫叫来了那辆讨厌的车。我能做的只有一直板着脸。车一启动他就靠过来亲我。亲嘴唇。司机一定以为我是他在酒店里勾搭上的女人。一点儿都不好笑。太可怕了。”

“我就知道会有这种事。”

“你知道？”

“在艾伯特王子酒店和吉米见面就跟在广播上发表声明一样。他知道的。”

“太可怕了。那胡须，那又湿又厚的嘴唇。猪肝色的嘴唇，里面是粉红色。还有那个司机和那辆车。”

“我最后一次跟吉米通电话的时候他很奇怪。这几天形形色色的人都在给我暗示。”

他停下来等简接话。简一言不发。

他说：“这里的人并非都是友善的。看看今天上午的梅雷迪思。”

简的脸色十分苍白。她点了一支烟，风把烟雾吹出打开的车窗。

她说：“我可不想再见到梅雷迪思。”

“这事很容易解决，”罗奇说，“我们可以顺道去找他谈谈。不用绕多少路。”

车子离开了灌木丛和庄园区，进入平原，右手边是山和山谷。公路从这里直通进住宅区、小镇和毗邻工厂区和市区的开阔田野。红棕色的山在冒烟。田野到处被火烧成了黑色。

简说：“我可不想再见到那栋可怕的房子。”

“对吉米这种人不能太含蓄。不然他领会不了你的意思。况且突然袭击对他没有害处。”

罗奇自在地开着车，没有了之前的激动。他的语气听上去心满意足，几乎是在享受；他的决心有些像他刚才的发怒一样孩子气。

简不再反抗，屈服于事件，正如屈服于动感。车子会停下；事件会发展到高潮；危机会过去；她又会恢复镇定。当车外的景色变了，当车子离开公路，驶进被次生灌木丛包围的废弃工业区，当她再次看见她以为自己这辈子再也不会看见的景象，她发觉自己暗暗兴奋起来，陷入小小的狂喜之中。她觉得一切尽在掌握，但她还是时不时地回过神来，惊奇、忧虑地想起自己正坐在车里，坐在罗奇旁边，行进在一段特殊的路上，过去与未来变得模糊，有种危机即将降临的感觉。

枯黄、衰败的草坪，反射着强光的多棱角瓦楞铁皮屋顶，赭石色水泥墙壁上的太阳光，倾斜的阴影，叶子花鲜艳、柔软的花瓣，粉色的夹竹桃和枯萎、打卷的凝血色木槿花，延伸到白色躯干的树墙的废弃灌木丛：一切都跟记忆中一模一样。一切都继续存在着。

车子停在公路上，罗奇下了车，砰地关上车门，简也下来了，她的狂喜结束了；当她恢复镇定，她对已经消失的兴奋感到既惊讶又后悔。直到他们走进院子，穿过开着的门时，她才猛地想到：罗奇会知道她第二次来这里的事情，发现她与吉米见面的情形并不像她讲的那样。

院子里没有人。没有人从房子里出来，阳光下的门廊白晃晃的。房子侧面的停车棚是空的；水泥地上的一点旧油污上落满灰尘。从门廊通到客厅的门开着。

罗奇喊道："吉米！"

没有人答应。罗奇走进客厅，简跟在后面。她又看到那块点缀着黑色和黄色斑点的铜青色地毯；书架，书，立式相框中的照片；比上次凌乱的书桌；厚重的、套着毛茸茸的假虎皮的三件套沙发。长沙发上放着一份胡乱折叠的报纸；玻璃罩着的桌子上放着看上去黑糊糊的漫画增刊。东西表面覆盖了一层薄薄的新灰尘；他们走过房间，扬起的灰尘在白色的门廊反射进来的光束中翩翩起舞。看着这个无人居住、暴露无遗的房间，可以想象它搬去家具、空空荡荡、只剩下墙壁上那些深褐色的搁板的样子。简打量着那张残缺不全的照片中那两个绷着脸、表情木讷、一头卷发的孩子。

罗奇一边喊着："吉米！吉米！"一边穿过房子，简跟在后面。

她走进一个她上次走过的过道，警觉和厌恶之感再次油然而生；她开始感觉到迅速离开这里、恢复镇定的需要。他们响亮的脚步声在水泥房子里回荡。罗奇打开厨房的门，一股臭味扑鼻而来，看到肮脏的盘子，在高温中腐坏变质的食物，奇怪的食物，简更加不安了。她心想：我要尖叫。刚开始这念头只是以话语的形式浮现在她脑海中；后来她开始在心里激起一阵想象的尖叫。

罗奇现在知道房子里没人了，他不再小心翼翼，而是突然变得好奇，打开了更多的门。简跟在后面。她看见卧室。看见没整理的床、两个凹陷的枕头、床单上干掉的灰白色污渍、一两撮头发、不知是灰尘还是烟草的污点、一半掉在铺着栗色地毯的地板上的黄色烛芯纱床罩。浴室的门半掩着，简瞥见淋浴区低矮的砖墙。她抬起头，透过高高的、有栅栏的窗户看见外面的景色：下午的天空，远处灌木丛的轮廓线，带刺的棕榈树的树冠。房间封闭；一股涂料和旧衣服的气味；风都没能吹散这味道。床头柜上有两本平装书。廉价的纸张在高温中卷起边角。色情封面。一罐浅浅的、圆形的什么护肤霜。

简和罗奇站在门口，罗奇咬着墨镜的一条腿，刚刚的兴奋劲儿消失了。

他说："他不在这里。我们要不要去山庄看一看？"

"我们回家吧。"

简跟着罗奇回到客厅。罗奇在虎纹长沙发旁站了一会儿，咬着眼镜腿，环顾四周。简盯着那些照片。屋子里比刚才更热了，从门廊口射进来的阳光十分强烈。

简说："但愿我们回到家的时候水就来了。"

罗奇朝书桌走过去，拿起一封蓝色的航空信读了起来。

简说："我想我们该走了。这个地方瘆得慌。"

罗奇把信扔回桌上，说："他又被拒绝了。"

简走到桌子旁，没有用手拿起桌子上的信，而是直接读了起来。

亲爱的吉米，收到你的来信我们非常高兴。依据你的描述，你那里听上去确实条件成熟。你确实是人得其位，位得其人。不过汤姆森勋爵和《星期日泰晤士报》可能是你计划写的十三卷系列的更好买主。你知道，那一块我们不熟，而且我们感觉与众不同但具有启发性的严肃新闻会比你说的心理分析对我们更有用，虽然我知道这是你的强项，而且我几乎无需提醒你，我个人一定会很感兴趣。老实说，我不知道我们还可以坚持多久。我渐渐觉得我们是一个无可救药的轻浮的民族，我们的国家正在听天由命，一路咯咯笑着走向被人遗忘。如我们所知，形势和从前大不一样了，我个人觉得该做好迎接暴风雨的准备了。不过话说回来，也许你的经历真的可以写成一部强有力的、尖锐的小说——对了，听说你的创作进展顺利我很高兴。它必定会给这一文学形式带来急需的鼓舞——同这个多隅的岛上的所有事物一样，小说似乎行将消亡。想必你一定听说了这里的房地产价格涨得厉害。我们做出了巨大的牺牲，终于在多塞特郡购买了一处破地方，最近正忙着整顿，好让自己至少在即将到来的暴风雨中有个庇护所。当地人到目前为止都还友好。至少没有人在我们的门上画纳粹标志或者往我们的信箱里扔粪便。不过等他们了解我们以后可能就会这样做了。马西娅向你问好。我们会继续关注报纸，了解你和你做的事情的新闻，远在这里的我们觉得这些非常刺激。你永远的罗伊。

简读信的时候罗奇站在她旁边。

她说："他真的在写小说吗？是小说吗，你觉得呢？"她从一沓纸底下抽出一个便笺本。

一个声音说："有什么事吗？"

简转过头，看见那个有着美杜莎脑袋的小子，扎着充满敌意的猪尾辫的小子，有着扭曲的脸和受煎熬的红色眼睛的小子。他站在门口，穿着牛仔裤、运动套衫和帆布鞋。他气势汹汹地朝他们走来。

简对罗奇的冷静感激不尽。

罗奇说："是布莱恩特吧？吉米在哪里，布莱恩特？"

男孩没有回答。他走到书桌前，把便笺本、信和其他文件整理好，拿一个蓝色烟灰缸压住。接着他走到沙发跟前，把报纸重新叠好。

罗奇问："吉米在哪里，布莱恩特？"

当布莱恩特转过头开口说话时，他几乎是在喊："干吗问我？"

罗奇说："我们来看吉米，布莱恩特，"

"他在城里。"说完布莱恩特在沙发上坐下，抽泣起来。"他在城里。他在城里。"他的眼睛是红的：充满敌意的红变成了哭泣的红。

罗奇坐在沙发扶手上。"出什么事了？"

布莱恩特说："他们杀了斯蒂芬斯。"

简说："'杀了'？"

“什么时候？”罗奇问，“我今天还没看报纸。报纸上报道了吗？”

布莱恩特靠在沙发上，把头转开，看着天花板。他在抽泣；他在等着别人安慰。

罗奇说：“报纸上报道了吗？”然后他又对简说：“梅雷迪思没有说这事。他应该告诉我的。”

“报纸上没说，”布莱恩特一面用瘦长、弯曲的手指擦眼泪一面说，“今天一早发生的事。他们在等他。他们在广播里说他先掏的枪。他们在等他。监视他妈妈的房子。”

“梅雷迪思知道这事！”罗奇噌地站起来，说：“梅雷迪思知道！”这个事实似乎对他很重要；胜过布莱恩特告诉他的事情的其他方面，是最让他震惊的。他问：“吉米是去那里了吗？”

“今天下午警察交出了尸体。他们把尸体从太平间搬到了他妈妈家。我不想去。”

罗奇对简说：“我想我应该去一趟。”

布莱恩特靠在沙发上，转过脑袋，用他长长的手指擦了擦眼角。“我也应该去。可是我觉得我会受不了。”

“我载你一程。”

简想大叫：不！

布莱恩特说：“让我待在这里吧。”

简说：“我想回家。”

“让我待在这里。”布莱恩特看着天花板说。

“简！”罗奇命令道，“我们走。”

简被罗奇的语气吓了一跳。他已经迈开大步矫健地往外走，浅卡其色的裤子似乎都在腰间摆动了起来；简赶紧跟上他。可是当他们坐进汽车——两人的脸和背上立刻渗出汗水：虽然车窗一直开着，可是空气是热的，座位滚烫——罗奇却一动不动。

罗奇把双手放在方向盘上，自言自语道："我得小心开车。这种时候一定要小心开车。"

仿佛不在乎简有什么反应，仿佛车里只有他一个人，罗奇自顾自慢慢地在狭窄、空荡的马路上启动了车子。他一面紧张地打着方向盘，一面紧盯着柏油路面，有的地方路缘参差不齐，有的地方杂草丛生，一簇簇枯黄的野草使路面松动，变成沙砾。简默不作声；好像车里也只有她一个人。阳光渐渐变黄；把灌木丛墙变柔和了，后面是被夷为平地的荒原、发育不良的灌木和倒地的长长的野草。车子慢慢驶向公路，不过没有开始时那么慢。烧焦的山出现了，暗红色和棕褐色，很多地方在冒烟。西斜的太阳清晰地照出山上的每一处凹陷，每一处褶皱。车子拐上公路，路面被车辆碾得又黑又光溜。

罗奇说："我想我应该去一趟。现在那房子里一定很可怕。"

路上车辆不多。工厂都关着。远处，褐色的田野深处零零散散地停着几辆车。那些车的后备厢打开着，可以看见司机们渺小、孤立、专注的身影，正在为家里饲养的牲畜割草。水泥和锡铁建成的居住区的空地上有小孩子在玩耍，扬起阵阵灰尘。

"梅雷迪思知道，"罗奇说，"星期五他们把我拦了下来，你知道，搜了我的车。"

他现在半是自言自语半是对简说，可是简没有吭声。

经过凹陷的田野上的废弃汽车，经过工厂，经过更多的乡下居住区、郊区，他们接近市区，垃圾堆冒着黄灰色的烟，烟在这个静止的下午慢慢地向上、向远处散开去，与铝土矿装卸站的粉红色尘埃混合在一起，满满渗透着夕阳的余晖。阳光给柱子支撑着的棚屋染上一层金色，棚屋像是为红色的山坡搭的脚手架。大地开始感到窒息。然而棚屋区改造工程静悄悄的：千篇一律的红土大街上没有平时的熙熙攘攘。烟雾和堆积如山的五颜六色的垃圾堆之中没有卡车，也没有多少觅食的动物。每根篱笆桩上都蹲着一只无动于衷的黑色食腐乌鸦，其他的在地上笨拙地跳来跳去，一次跳两英尺。

简把自己这边的车窗摇上来，以挡住外面的油烟和浓浓的死亡的气息。

罗奇说："把尸肉啄得一干二净。它们会把尸肉啄得一干二净。"

罗奇一直保持警惕，虽然加快了车速，但还是紧盯着路面，仿佛在留心路障，因此没有足够的精力注意到他跟随的车流逐渐稀少；过了一会儿才发现自己开进了一片安静的市区。车子穿过水泥运河，运河抽光了原本不断上升的沼泽水，沼泽就变成了市区的一部分。可是桥上不见星期天下午"趾高气扬"的人群，不见头戴塑料卷发夹的年轻、肥胖的女人，不见衬衫露在裤子外面、一路敞着胸的男人。

市场里不见正在卸货的冷藏拖车。也没有在一种商队留宿客栈的氛围中，为长夜和明早的市场做准备的摊贩和脚夫。只有几辆警车停在满是灰尘的市场里，警察三五成群地站在各自的车子旁。

罗奇说："我就知道我有麻烦了。星期五他们搜了我的车。他们看见我去了那栋房子。"

简说："我想回家。"

她摇下车窗，较为清新的空气吹了进来。

罗奇突然拐进一条十字街，其中的一条贯穿市中心。

他说："我必须去。他们一定以为我知道。"

车子来到主广场，罗奇看着眼前的景象就像从未见过一样：广场上空空荡荡的，没有人也没有车，中央的木头摊位草草关上了窗板。在方形的现代建筑中间，他看见复折式瓦屋顶，褪色的红白花纹瓦楞铁皮屋顶，时髦的尖顶，有装饰的锻铁阳台：这些老建筑上部的室内装饰原本不会引人注目，如今却因为底下空空荡荡而显得格外醒目。没有餐车或卖椰子的推车，没有人在公交车站排队，没有人挤在街角等合乘计程车：广场上阳光斑驳，排水沟里满是垃圾，宽阔的十字路口灰尘在打转。他看见几辆警用卡车停在通往广场外面的有树荫的街道上。他看见一群群警察。他看见来复枪和锡头盔。

罗奇把车停下。一个戴锡头盔、持来复枪的警察从一群警察中冲了出来，在阳光下穿过十字路口，朝这边跑过来，他的靴子踏在柏油路上砰砰地响。他在喊着什么，听不清楚。虽然拿着来复枪，他看上去还是不堪一击，而且有些可笑：哔叽短裤、外露的大腿、警棍、绑腿。

他喊道："你们他妈的在这里做什么？"

当这名警察跑近时，罗奇发现他年轻而又紧张。他的脸刮得干干净净；每一个毛孔都清晰可见，有凹痕的上嘴唇渗出了汗珠。

他说："你这是要去哪儿？"

他的语气更多地带着愤怒而不是威严。胳膊下面的灰色衬衫都湿透了；短袖底下露出一英寸左右的白色背心。

其他警察没有几个往这里看。他们大都在望着那些空荡荡的有树荫的街道。

罗奇说："对不起。我们不知道出事了。很严重吗？"

"麻烦，我不知道。大麻烦。你们住在这附近吗？你们住在哪儿？"

"高地住宅区。"

"伙计，赶快开回家去吧。走环路，开车。别停。开车。"

说完他转身跑过空荡荡的广场，回到同伴那里。

罗奇按照指示发动了车子。他开出广场，驶上环绕市中心的那条马路，开得飞快。这条宽阔的马路两旁是些低矮的店铺、木栅栏、咖啡馆、酒吧、挤在夹缝中的老木头房子，偶尔可以看见一栋宽敞些的、如今已废弃不用的旧式房子，阳台上悬挂着蕨草吊篮，间或有几间新建的水泥房。这条路平时热闹非凡，现在却几乎空无一人，墙上、木栅栏上的标语和海报显得格外醒目。罗奇一次又一次地看见"节育是一项针对黑人种族的阴谋"；看见"不要投票"。看见安迪·拜厄姆医生的宣传海报"美国献给上帝的礼物"。看见"以色列之后是非洲"。看见"以色列之后"。他看见并且意识到过去数周自己经常看见这个"AIA"[①]，几个竖着写的字母，有时被简写为象形文字似的双向箭头——一个在同一时间被发现和解开的谜团。车子驶入宁静的高地住宅区，保姆们仍坐在枯黄的草坪上，孩子们仍在玩耍，他继续开得飞快。购物广场关着门。车子越爬越高，经过门上贴着"泰勒"标签的房子，在"温家"[②]转弯，然后经过"莫顿家"。最后终于到达自家的院子。他们下了车，周围一片寂静，仿

---

①即 After Israel Africa，以色列之后是非洲。

② 原文为法语。

佛刚才飞快的行驶中两人各自陷入了一阵精神错乱。

他们默默分开。房子的门都关着，屋里很闷。简打开屋后的折叠门走到门廊上。这里又安静又凉快。

房子的阴影已经覆盖了半个倾斜的后花园。阳光仍旧可以照到那栋儿童屋，小屋的门开着。阳光洒在山坡褐色的植被上。雾霭才刚刚开始笼罩山下平地上的市区。一片寂静。周遭和山下的收音机都停止了播放：雷盖音乐聚会终于结束了。远处，机场慢慢隐退到雾霭之中，出现两架白色飞机。

简心想：我拖得太久了。

十二

阿德拉在家里，不过星期天是她的休息日；而且大家已经达成共识：星期天不跟她讲话。只有她主动开口，简和罗奇才可以跟她讲话。星期天阿德拉忙活自己的杂事：把她的床垫拿到窗户外面晒太阳，拍拍她的床垫；洗她自己的衣服。她还会做一大堆吃的：星期天她要在家里招待亲戚朋友。她有自己的前门，在车库那边；她还有一个后门，门前有一段水泥台阶，可以当座位用。

一堵大约十英寸长的水泥墙把阿德拉的小后院与后花园的其他部分分隔开来。前任住户曾试着用开花的藤蔓植物和本地常春藤覆盖这堵墙壁。由于干旱，藤蔓已经蔫了；常春藤的叶子掉光了，褐色的枝条开始从墙壁上脱落。松开的枝条看上去像一只只死掉的千足虫，成百上千只小脚悬在半空中；还附着在墙壁上的则看上去像泥巴硬壳，是黄蜂或蚂蚁的窝。这堵水泥墙就只是一堵水泥墙；没办法把它看成一个装饰性建筑。在它后面是阿德拉和她的私人世界。

这一生活在星期天突显了这栋房子其余部分的冷漠：硬邦邦的

公司家具，没有照片、干干净净的墙壁。这栋房子需要阿德拉。没有她——或是她在墙的另一边——这栋房子就感觉空荡荡的，没有人气。此时已是黄昏，阿德拉的一天也已接近尾声：她洗的衣服收进来了，她的客人们（如果有的话）回去了。

夜幕降临。市区灯光点点，山上也亮起一盏盏孤灯。四周依旧一片寂静。门廊上凉意渐起。屋内，不知是桌灯还是壁灯把一个个偌大的房间衬得阴沉幽暗；吊灯照出空虚。没有水。

简不想在房子里走动，或者做任何会发出声响的事情。她筋疲力竭；更加筋疲力竭。她听见罗奇蹑手蹑脚走动的声音：他也好像被这寂静感染了。之前，只要有他在，她就感到放心，她需要他的存在，需要感觉到他对自己的回应。但是此刻，虽然侧耳聆听着他弄出的声响——她听见他试水龙头，打开、关上冰箱，窸窸窣窣地翻报纸——她却开始躲避他；而他似乎也在躲着她。终于，她走进没有开灯的客厅，这里依旧暖和；她久久地待在那里，直到在疲惫、黑暗、寂静的作用下，她逐渐平静下来，对此她感到意外。

不一会儿，两人在厨房里碰面了，荧光灯冷冷地照在白色的塑料桌面上。两人吃了沙丁鱼、奶酪、面包；喝了淡啤和咖啡。罗奇的态度跟他的动作一样轻描淡写；他也慢慢从紧张的情绪中缓过劲儿来了。但是他们之间没有连贯的交谈。

他们听见阿德拉打开了收音机。厨房的时钟显示此刻将近七点半，由美国某个南方教会赞助的周日晚上的赞美诗节目就要开始了。果然，不一会儿音乐声响起，在简看来，这标志着高地住宅区星期天最死寂的时刻，一整周最死寂的时刻的到来。阿德拉关小音量，但是歌词仍然清晰可辨。

哦来到这树林里的教堂。

哦来到这山谷里的教堂。

罗奇说："阿德拉似乎不担心。不知道她听没听说。"

简看着他，没有回答。她心想，他说他梦见自己被折磨的那天我就应该离开了，即我在儿童屋看见那个流浪汉的那天。

一条笔直、崭新的道路通向机场。简刚到岛上的头几个星期，他们下午会开车去机场兜风。然后坐在玻璃墙壁的候机厅，喝着朗姆宾治，看着飞机，宽广的柏油路和青草地好像一直延伸到山上似的，夕阳照在山坡上。那时的山是绿的；机场路两边的甘蔗地也是绿的，高高的甘蔗开满了花[①]，绿色的茎叶上面顶着灰蓝色的羽毛；有时回来的路上，他们会在机场路旁卖篮子等编织品、吸引游客眼球的小摊前停下来。可是不久，差不多就在简刚刚熟悉甘蔗和它的花时，田地被烧了，甘蔗收割了；原来的绿色、封闭变成一片焦黑、平坦、开阔。再然后，干旱来袭；这样的自驾游也就停止了。那天下午他们开车经过机场路；简当时压根儿没去想这件事。

一直以来，简觉得自己随时可以离开。她有回程机票；在伦敦别人告诉她要来这个岛需要有一张回程机票。她的护照也是有效的。护照不但是新的，而且（她出生在战时的渥太华）上面写着"持有者有权在英国居住"。一本依旧干干净净的护照：她入境时护照上没有盖章。当铝土矿公司的那两个美国人带她通过入境安检时，没

①甘蔗开花是反常现象，可能与环境异常有关，会导致甘蔗糖分下降、出糖率低等问题。

有工作人员要求看她的护照或是回程机票。她避开了检查；没有她的入境记录。她记得这是她到这里的第一天早上的那种错位感的一部分，经过长途夜间飞行的她精疲力竭、睡眠不足，飞机的噪音还萦绕在她的脑海里，她浑身还散发着飞机的气味。她从海关大厅出来看见罗奇，突然有一种失望和错误的感觉。她随时准备离开。

看着白色厨房里强光下的罗奇，简心想，如今事情失控了。我在这栋房子里，和这个男人在一起。

阿德拉的收音机时而传来悲伤、深沉、含糊不清的演讲，时而传来赞美诗的歌声。此刻在简听来，这赞美诗唱的不仅是星期天晚上的伤感，还有她在这里度过的分分秒秒的伤感和不完整；高地住宅区给人感觉偏远绝世。

简在死沉沉的荧光灯下打量着罗奇的脸。以前在她眼里，这是一张如此精致、清苦、深沉的脸。如今看着这张故作轻松、甚至是高兴的脸，她觉得它疲倦而虚弱；她不知道自己怎么会一度被他迷惑？很久以前，她认为他是一个行动派、实干家。后来，她把他看成一个知识分子，通晓世故，他的阅历使他遇事冷静，如圣人一般。如今，她觉得他跟自己一样，屈服再屈服，任凭事情摆布，只不过他经过一番分析把这些事情纳入了自己的体系。他的知性是骗人的，是滥用智力，是权宜变通。如今她明白了为什么当他分析得头头是道、言谈机智的时候最让她生气。普通，她看着他，想到这个词。她吓了一跳，竭力抵制这个词：这就像是报复，不真实。然而这个词在她的脑海里挥之不去。她看着他，心想，不管他做过什么，他真是太普通了。

房子里什么地方传来金属的嗞嗞声，盖过了阿德拉的赞美诗的声音。接着是啪嗒声、呜咽声和持续的咯咯声。水来了，打开的水龙头流出水，贮水槽就要满了。

罗奇说："真高兴他们终于想起来了。我相信仅此而已，你知道的。只是有人忘记了。我要好好洗个澡。下一次可能要等很久。"

水管安静下来了。阿德拉的赞美诗节目结束了，收音机关掉了。只剩下寂静。

简回到自己的房间，她一面调整红杉木百叶窗，一面想：我是孤单一人。她被自己的冷静吓了一跳。

她听见罗奇洗澡的声音。她躺在床上，一面渴望睡意降临，一觉到天亮，一面回想着白天的画面：吉米·艾哈迈德房子周围的褐色灌木丛；那个警察刮得过于干净的上嘴唇上汗珠底下的血斑，他跑过空荡荡的广场时那令人惊奇的优雅姿势；杂草丛生的可可和咖啡种植园里失落的灰色村庄；透过椰树林看见的明亮的大海；飞车返回高地住宅区；河口、蜡烛和蒙眼踏步的人。她想，自从来到这里，我一直是孤单一人。想到这里，她心里一惊，清醒过来。这时电话铃响了。

电话在水泥墙壁上有几个几乎空空如也的架子和摆放着硬邦邦的公司三件套的客厅里回响；铃声反弹进空荡荡的门厅，沿着水泥墙壁和走廊的镶木地板，到达简的房门的胶合板上。罗奇没有从浴室里出来接听；电话不停地响啊响。她最终打开灯，从床上起来。她让卧室的门开着，这样卧室的灯光可以照到走廊上，反射进门厅，在客厅里投下一丝微弱的光亮。

简站在响个不停的电话旁。她心想，我等它响十次。她偶然瞥见面对前草坪的观景窗上反射的自己模模糊糊的影子：在屋外漆黑的衬托下显得如此实在，那密封的玻璃，如此脆弱。她拿起电话。

“喂。”

“简，我是哈里。”他把自己名字里的两个音节拖得很长，“我担心你们，姑娘。”他那悦耳的声音总是让人感到意外。“你们到家了？”

“到了。”

“我也到了。你们觉得这个小小的刺激怎么样？”

“这里挺平静的。”

“简，我不知道你和彼得今天晚上有没有出去的打算。但他们要在一两个小时以后宣布紧急状态。我想他们一定知道他们在干什么。”

“你知道发生了什么事吗？”

“没有人知道到底发生了什么事，或者说将会发生什么事。都是警察的错。他们问都没问就把那个被他们打死的小子的尸体交了出来。他们以为尸体会回到他母亲家。可是你们应该知道，那个吉米·艾哈迈德抬着尸体在城里煽动人们示威游行。每个人都洗干净脚跳进去。每个人都举着一根棕榈树或者椰子树的树枝。和平之箭。你们以前听说过吗？我可从没听说过。想象一下要是那是你自己的尸体，被人抬着在城里走来走去。那些人太疯狂了，天啊。”

“玛丽－特雷瑟好吗？她有没有跟你联系？”

“啊，孩子，玛丽－特雷瑟刚给我打了电话，看我到家没有。是她告诉我要宣布紧急状态的。她还跟约瑟夫讲话了。约瑟夫现在激动得不得了。阿德拉怎么样？你知道，我不应该在她面前说太多。”

“这容易。今天她不跟我们讲话。”

“星期天。我想起来了。好了，简，我们要保持联系。谢天谢地，电话还能用。你知道，也许根本没什么事。他们可能就是追打几个白人，烧掉几家华人的店，如此而已。对你算是一个不错的小刺激。跟你在切尔西或者托特纳姆看见的可不一样。”

简在走廊里遇见罗奇，他光着膀子，穿着睡裤。

他问：“谁打来的？”

简说：“吉米。”

“吉米！你怎么没叫我？”

“不是吉米。是哈里。他说发生了骚乱，要宣布紧急状态。”

“谁在骚乱？”

“我不知道。你干吗不自己打电话问他？”

简没想到自己的口气会这么不耐烦。她从他身边走过，看见他表情惊讶，脸色阴沉。

罗奇用他那一丝不苟的语气说：“我这就打。”

简回到自己的房间，躺到床上，关了灯，她听见话筒被摘下来时电话铃的叮当声。

她心想，事情失控了。

*

简醒过来，密闭的房间里一片漆黑，她想起那段噩梦般的旅途，想起一个动荡不安、慢慢解体的世界，还隐隐约约想起一场大灾难。她让自己赶快清醒过来。她的脑子恢复清晰，混乱和噩梦退去了。她打开百叶窗，和每天早晨一样，强烈的阳光刺得她睁不开眼。枯黄的前草坪上落满露水。她打开屋后的折叠门，看见砖砌门廊上的铁椅和桌子都湿了。山上还没有开始冒烟；山下的城市清晰可见，还有挤挤挨挨的红树林沼泽和平静的灰色大海；机场的白色飞机在晨光中闪烁。城市寂静无声。这往往是一天之中最美好的时刻。

简穿着一条宽松的条纹麻布裙朝前门走去，她穿这条裙子参加过几次晚宴，现在当作晨衣。报纸放在大门口的报箱里，她愣了一下才突然想，真是奇怪，生活竟然在继续，报纸竟然在夜里被印出来，早晨送到每家每户。

头版看不出什么歇斯底里，保留了一贯的版面格式，只有几则明显互不相干的不同报道提到了前一天的事情。头条宣布紧急状态，底下是用粗体字登出的官方声明。左边单独一栏，附上一张丑陋的老照片，说梅雷迪思·赫伯特被政府召回，担任一个没有实责的部长。该页最下方有一则双栏报道“游击队员在黎明枪战中被杀”，讲警察打死斯蒂芬斯、从他母亲家里缴获钱款的事情。还有一则读来像是官方公报的新闻报道了市中心的“警察部署”。

平常的新闻，普通的一天，和简来到这里以后每天读到的新闻没什么两样。

阿德拉起床了。从她的房间里传来一阵巨大的清喉咙的声音，像是要掩盖其他声音似的。接着便是她的早间广播节目“我听见南方的土地在唱歌”。六点半。

生活在继续。阿德拉穿上她的白色制服，开始在偌大的房间里走来走去，噔噔地踩在镶木和水磨石的地板上，房子仿佛又恢复了生机。把昨天的晚饭收拾干净后，阿德拉将手指伸进啤酒杯，放在杯壁上，停顿了片刻，接着一阵狂怒。她浑身颤抖，紧锁眉头，紧闭双唇，发出一声不知所云的愤怒的声音。生完气，抗议完，她拿起杯子继续干活。

七点，一如平时的工作日，他们收听当地电台转播的英国广播公司的新闻。当中并没有提到这里爆发的危机。

吃过早饭，看完报纸，罗奇说："这么说，昨天梅雷迪思和我们见面时已经是个部长了。我想他是故意保密的。我得说我越来越糊涂了。我搞不懂这些人。所有这些小秘密。我想我很容易受骗。斯蒂芬斯太太无疑骗了我。我没料到，甚至想都没想到，她竟然为儿子藏钱。"

简听着，努力听着每字每句，可是她无力也不想对他的话做出任何回应。当她意识到自己的沉默伤害了他时为时已晚，他的脸色像昨晚一样阴沉了下来。

罗奇离开厨房，走到后门，低头看着山下的城市。

他说："吉米的重要时刻。做做样子罢了。我从不认为会发生那种事。一种姿态而已。梅雷迪思知道自己在说什么。"他停顿了一下，接着半是自言自语地说道："昨天我应该到那栋房子去的。他们准以为我知道所以没有去。"

突然，罗奇转过身，步伐坚定地走回厨房，来到橱柜半墙后的用餐区。简正在用一只笨重的硬陶杯喝咖啡，那是公司发的。她知道他正朝她走过来；她感觉到他突然间的怒气。她用左手扶住杯子，举到唇边，手肘支在白色的塑料桌子上。她的眼睛又大又湿润。罗奇被她那副期待的神情、她的姿势、她放在咖啡杯上的嘴唇激怒了。

罗奇说："我一直在想。我一整个晚上都在想。我听见你说你的朋友们。谁是你的朋友？你说了些什么？你答应给他们什么？你有什么可以给他们？"

罗奇以前从未这样跟她说过话。而他的生气一点儿也没有让她觉得难过。她放下杯子，然后心一横，拿起报纸，站起身，撩起长长的麻布裙，走到门廊上，在一把铁椅上坐了下来，阿德拉已经把椅子擦干，太阳出来了。

她坐在椅子上，进一步确认着昨晚她心里产生的孤独感。但是意想不到的是，她发现自己从这种孤独感中汲取了力量。

她坐在太阳底下，阳光越来越毒，直到她被晒得昏昏沉沉。她经常在早上这么坐着，直到炎热和繁忙的城市噪音把她赶回屋子里：汽车喇叭和摩托车的声音、小孩子的哭声、自行车的铃铛声，缓慢行驶的卡车和公交车的声音越来越大，慢慢变成一种有规律、有节奏的颤抖，与一千台同时收听一个频道的收音机的响声混合在一起，听上去竟像是雷盖音乐的节拍，这是太阳和炎热的产物。可是今早的城市异常安静。太阳和炎热没有唤醒众生，反而好像使这座城市变得死沉沉的。太阳晒干了长在后花园断墙边的长长的百慕大草丛；抹去了木槿的叶和花上面的露珠；晒干了门廊周围的草坪。山坡上和远处的大平原上开始升起一缕缕烟。红树林和大海在热气中模糊一片。

刚过中午，简看见山下城市的第一处烟。不是灌木丛着火冒出的细白烟，也不是垃圾场燃烧的灰褐色浓烟；而是一小团漆黑的浓烟在不停地往外冒，冒啊冒啊，一直是那么浓那么黑，不时有小小的红色火星和火光冒出来既而又落回黑烟之中。是爆炸，只不过声音没有传到山上来。从高地住宅区往下看，阳光照耀下的城市依旧一片寂静。接着又有两处地方着火，两小团黑色浓烟冒出。

哈里打来电话。简接了。

哈里说："他们在烧卖酒的店。今天早上他们又游行了一次。那个吉米·艾哈迈德。知道吗，我听说他们在追打梅雷迪思。警察现在他妈的吓得不敢开枪了。你瞧，简，我觉得我们应该定时通电话。以防万一。我听说政府要下台了。有一两个家伙已经飞走了。"

简说："可是我没有看到一架飞机飞走。"

"我也是。不过他们是这么说的。卡车正载着一车一车的家具、瓷器什么的去机场。瓷器！你瞧那些人！别人会以为韦奇伍德和斯波德[①]倒闭了呢。要不是局势这么可怕，这种举动真是可悲。不过，你瞧，我们得通电话。保持联系。只要电话还能用。你那边的食物情况怎么样？够吃吗？"

"不知道，不过我想应该够。"

火继续燃烧着静悄悄的市区。阿德拉走了出来，站在门廊上看着山下的城市。但她绝口不跟简或罗奇提火的事情；他们两个也都没有说起火的事情。

下午一点到五点是阿德拉的自由活动时间。可是下午三四点当简到厨房去弄一杯水时，看见阿德拉还在那里，穿着她的制服，正在给切片面包抹黄油：两三片抹好黄油的放在一边，还没抹的放在另一边。面包片旁摆着一碟一碟的金枪鱼和三文鱼酱，一碗一碗的鸡肉丁、黄瓜片和鸡蛋饼。阿德拉没有理睬简，只顾抹她的黄油。

简说："做三明治？"

阿德拉紧闭双唇，紧锁眉头，手里不停地抹着黄油，一副忙得无暇闲聊的样子。

---

①二者均为英国著名瓷器厂。

简看出阿德拉的情绪随时可能爆发，不再说什么。她喝了一杯冷水——冰箱里放着四瓶为停水的下午准备的水——回到自己关着百叶窗的房间。她开始想，说不定会停电。没有电，没有水，没有冰箱，没有电灯，不能做饭：只能靠三明治度过漫长的封锁期。他们会不会把那些三明治全部吃光？那些三明治能存放多久？她想起哈里说的食物的事情，突然担心起来。她走出厨房来到走廊上，看见了罗奇。他已经去过厨房，看到了简看到的那一幕；他也在担心。

他说："我们好像正在失去我们的一部分口粮。"

简回到厨房，说："你做了很多三明治啊，阿德拉。"

阿德拉说："我要拿到局里去。"

局里，警察局。简无话可说。她站在一旁默默地看着。阿德拉仍旧紧锁着眉头，用灵巧的双手在两个柳条编的购物篮里各垫上一块湿布，将三明治放进去，再用另一块湿布盖上，最后打上结。

去给战士、保护他们的人送吃的？阿德拉从哪里学来这个的？她表现得仿佛以前也曾经历过类似的危机，仿佛在这种时候就应该做些什么，如同婴儿出生或者有人去世时就应该做些什么一样。她未征得他们的同意就开始准备三明治；也没叫人帮忙。准备妥当以后也没有要人开车送她。简看着她把篮子挂在结实的手臂上，大踏步地沿着车道朝大门口走去，太阳底下的她步履轻盈，影子一跳一跳的，看上去像个身着白色制服的护士，令人炫目。奇怪的是这一幕让人觉得放心。

此时太阳已经来到了房子前面，照在水泥墙壁、百叶窗和观景窗的密封玻璃上。该去把后门打开了，午饭后他们把后门关了起来，不让强烈的太阳光照进来。简过去把门打开，看见房子的阴影刚好遮住了门廊；她在一把仍旧热乎乎的铁椅上坐下，等阿德拉回来。寂静的城市此刻有四五处着火点。第一处着火点冒出来的烟仍旧是黑色的，不过不再那么浓密了。

这时简看见了飞机。她没听到什么声音，是一转眼就消失不见的淡褐色尾烟将她的视线转移到一架正从机场起飞、离这座城市远去的飞机上。

简就这么坐在铁椅上看着房子的阴影慢慢移向后花园的斜坡。她看着热浪消失不见，感觉到门廊和门廊周围渐渐变凉。她听见阿德拉回来了。她一直在等阿德拉，因为她的存在让她觉得安心，她能给这栋房子带来生气，她比他们更了解这栋房子，对它有一种拒绝给予他们的敬意。她也在等阿德拉带回最新的消息。但她没有去找阿德拉。她一直坐在那把椅子上，阿德拉也没有到她这里来。

她听见罗奇在房子里不安地走动的声音。但他没有到门廊上来。她听见他去跟阿德拉说话，试着礼貌地、拐弯抹角地从她嘴里得到一些最新消息。阿德拉的语气生硬、不悦。后来罗奇确实打开了她的金口，但她的话不甚分明，简就没有听下去。

阳光逐渐变黄。房子投在花园斜坡上的阴影越来越远。光线又变成琥珀色，给长在断墙边快要枯死的百慕大草增添了一丝色彩。这些草的草籽是在很久以前的雨季里被从前、后草坪的泥土里冲刷来的：瘦弱的草茎颜色苍白，草尖是浅绿色的，越往根部越枯黄。琥珀色的阳光更深浓了，一时间花园和山坡上暗褐色的植被散发出光芒。

简听见电话铃响了。她没有起身。罗奇接了电话；她听见他在跟哈里讲话；她不想理会他说了什么。

琥珀色的阳光褪去了。城市依旧一片寂静。在刚刚入夜的天空的光辉里，城市和大海慢慢变暗，点点火光闪着光亮。等到一盏盏电灯亮起，火光暗了下去。可是偶尔，火光会突然变亮，可以看见黑烟在动。门廊上越来越冷了。厨房里荧光灯开始闪烁，蓝白色的灯光照在屋后的草坪上，融入花园斜坡的黑漆里。简听见厨房里水龙头哗哗哗流水的声音。水来了。她终于要起身回屋里去了。她边走边想，这件事过后，我将独自生活。

一整晚，这个决心像一个新的安慰一直伴随着简，到了早晨都还在。城市一如既往地寂静，现在变成一种紧张，草坪又湿了，门廊上的铁椅也湿了，城里的烟火没有那么浓那么黑了，好像差不多燃尽了。

星期二的早晨一切如旧：阿德拉的卧室传来的各种声响和广播节目的声音，英国广播公司的新闻，早餐。简保持冷静。可是过了午饭时间，她没有听见阿德拉叫开饭。她走出关着百叶窗的房间去找阿德拉，没有找到。后门开着，砖砌的门廊被晒得滚烫。这时简无法再冷静了，这是危机发生以来她第一次感到恐慌。

没有阿德拉的房子显得空荡荡的。过去的一天半里，阿德拉是自己和罗奇之间的纽带。没有阿德拉，这栋房子就没有意义。简感觉房子的墙壁是那么单薄，百叶窗是那么脆弱，玻璃是那么易碎，他们的房子在高地住宅区是那么孤立无助。即便是在漆黑的卧室里她也不再感到安全或受到保护。一整个炎热的下午她就待在卧室里，一边想象着城里在大公园枯黄的树木旁拔地而起的更方正、更高大的建筑周围燃起更大的火，一边等阿德拉回来。她这么一直等到黄昏。这时电话铃响了，她急忙冲到暖烘烘的客厅去接。

是哈里，这是他这天打来的第二通电话。

他说："很糟糕啊，姑娘。他们说警察撑不下去了，脱掉制服跑了。可是我不知道。我们的警察局里还有警察。约瑟夫也还往那里送吃的。"

"哦，约瑟夫也在送吃的？"简费了好大劲儿才说出这句话，这时她才意识到自己已经二十四小时没有讲话了。

"玛丽－特雷瑟给他打了电话，"哈里说，"这儿附近的人好像都在这么干。"

简说："阿德拉拿了些三明治去。"

"我觉得不能怪警察。他们不知道他们在打谁，也不知道在为谁而战。现在人人都是头儿。我听说连政府都没有了。你听说梅雷迪思的事了吗？他够有种的，居然试着去跟他们谈判。他们追打他。"

"梅雷迪思会照顾好自己的。"

"啊，我想你说得对，孩子。"

"玛丽－特雷瑟怎么样？"

"她很好。她一直在打电话。我不知道她跟约瑟夫说了些什么，反正约瑟夫一直很冷静。"

"阿德拉离开我们了。"

"简。"

"今天中午离开的。"

"她可能只是去散步了。发生了这么些刺激的事，她可能决定把要紧事放在第一位。她可能有事要到隘谷去一下。"

"她把收音机带走了。"

"啊，孩子，我不知道你是幸运还是不幸。不知道我是不是应该叫你上这儿来过夜。还是我应该到你那儿去。说实话，我不是很喜欢独自和约瑟夫住在一起。"

简放下电话，四周又恢复了寂静。时间不知不觉溜走，已经是晚上了。电灯亮了起来，但不是所有地方的灯都亮了。城里的一些区域依旧一片漆黑。不规则的亮光时而与主干道的白色灯光交织，构成奇怪的图案，像是在显微镜下看到的。焖烧的垃圾场在黑暗的包围之中发出微弱的光。城里漆黑的区域也有五六处着火点。有时火苗会突然红光一闪，照亮升起的黑烟；待红光褪去，烟就难以看见了。

*

第二天一大清早，哈里过来了。简刚在后门廊待了一会儿——海面如镜，昨晚城里的火如今只剩细细的白烟，罗奇把报纸忘在了门廊的铁桌上，被露水浸透了，阿德拉看见准会生气——就听见汽车引擎在前门空转，然后开了进来。她来到前草坪，看见哈里已经把车停在车道上，正在关大门。

哈里一副星期天的打扮，穿着去海滩屋的行头：齐膝的流苏短裤，为哮喘而备的高领长袖运动套衫。他走过湿漉漉的草坪，穿白色帆布鞋的双脚显得硕大无比，走起路来忙不迭的样子。

简很高兴见到哈里，可是打过招呼后她便发现无话可说。两人绕过房子，从后门廊走进厨房。罗奇在厨房里。他没有搭理简；他看上去紧张、焦虑。可是他和简一样急切地想见到哈里；面对热情得几乎说不出话的欢迎，哈里似乎有些不知所措。

哈里紧身短裤的右口袋鼓鼓的。

罗奇说："我希望这玩意儿没有上膛。"

"没有，伙计。我可不想把自己的小鸡鸡打飞了——请原谅，简。我只是不想让约瑟夫发现。"哈里把左轮手枪拿出来给简和罗奇看，三人在早餐桌旁坐下。"这以前是我父亲的。"

简把水壶的电源插上。"你以前用过吗？"

"我没用过。不知道我父亲有没有用过。这玩意儿跟他老人家有点像。他身高约五英尺，脾气和这玩意儿一样。你们没发现这小东西看上去一点儿都不可靠吗？我觉得你用这玩意儿只会打伤自己。"他把手枪塞回口袋，说："不过这里真他妈安宁，伙计。太安宁了。阿德拉回来没？"

简说："我没听见她回来。"

哈里把手枪塞进去一些，说："知道吗，以前我们总是取笑老人。取笑他们那些有趣的小习惯。可是在有些事情上他们确实是对的。我父亲从来不雇用他不能用自己的双手击倒的人。他曾经对我说：'哈里，如果你要雇用一个将在家里或者办公室里与你密切接触的人，别去想什么资历啊，推荐啊。这些最后再去考虑.你要问自己的第一个问题是：必要时，我能不能打烂这个人的屁股？'如今他们都派人去美国学什么人事管理之类的狗屁。你唯一要学习的人事管理应该是你能不能打烂这个人的屁股。没什么好笑的，简。你听我现在这么说。可是你知道吗？有一个大块头、虎背熊腰的黑鬼正在我的房子和院子里走来走去。我跟你说，简。我都不敢跟约瑟夫说早上好。"

简一面在公司发的笨重的杯子里泡速溶咖啡，一面说："可是，哈里，你的哮喘好了。"

“啊，姑娘，常言道，以毒攻毒。”

罗奇说：“有没有人知道发生什么事了？”

哈里说：“我觉得没有。我想没人知道警察到底在下面遇到了什么事情。我想就连警察自己也不知道。他们只是紧张兮兮地坐在那里，吃我们的东西。”

“吉米呢？”罗奇说，“有他的新消息吗？”

“吉米好像从新闻里消失了。一开始都是关于吉米·艾哈迈德和和平之箭的报道。现在各种各样的人都冒出来了。彼得，告诉我，在星期天之前，你有没有听说过和平之箭？我怎么会没听说过？”

“你问谁也不应该问我。我什么都没听说。我没想到吉米会挑起这种事情。我一直以为他是那种一有什么风吹草动就落跑的人。”

“也许他原本是打算这么干的。可是事情发展得太快。对梅雷迪思而言也是。这两个人都想逞英雄，结果都引火烧身。”

罗奇微笑着说：“梅雷迪思肯定有更长久的打算。”

哈里说：“一个小孩子都可以告诉梅雷迪思，他们把他召回政府不过是为了把他扔给群众。瞧瞧一个人如何在两天之内毁掉自己的一生。约瑟夫告诉我他们对梅雷迪思干了些什么好事。他们把他的衣服扒光。约瑟夫说有人甚至要拿刀刺他的小鸡鸡——请原谅，简。后来他们给了他一根棕榈树枝，让他自己逃命。瞧瞧这些人的脑子里尽装着些什么东西。梅雷迪思就是其中之一。现在他得躲起来。这件事过后他在这里恐怕待不下去了。这地方太小了。”

罗奇说：“我想给吉米打电话。有一两次我都已经走到电话跟前了，却又变了主意。”

“我也是。我无事可做，想给梅雷迪思打电话，表示支持他之类的。可是我不知道到底要对他说些什么。后来我甚至不确定我听说的关于他的事情是否有一半是真的。”

简说：“你可以打电话恭喜他成为部长。”

“是啊，”哈里说，“可以说梅里迪思如愿以偿。”

简说：“星期一下午你有没有看见飞机？”

“姑娘，我不能跟你瞎说。要是每个说想离开的人都在那架飞机上，那该死的东西根本就飞不起来。”

罗奇说：“不止是格兰德利特太太没法到机场去。”

简没有理睬罗奇的话，而是对哈里说：“可是这地方总不能这样下去吧。总不能变成一块熟透的大干酪烂掉吧。”

罗奇看着简，说：“怎么不能？”这是两天来他第一次跟她说话，内心的愤怒在他的话里表露无疑。

简依然看着哈里，眼睛湿润了。她把咖啡杯举到唇边。

哈里回看着简的眼睛，然后把视线移开，轻轻地、慢慢地说道：“底下那些人根本不知道他们在干什么。他们口口声声说独立，其实他们并不真的相信时代变了。他们仍旧觉得他们只是在碰运气，等到表演结束，会有人下去抽他们鞭子。要知道，他们隐隐希望事情早点结束。要是你跟他们说这次没有人会下去抽他们鞭子、收拾残局，他们会疯了的。”

哈里说话的时候简看着他。罗奇看见简眼里的神情：受伤害的那个。他的怒火又上来了。

罗奇说，几乎喊了起来：“他们知道他们在干什么！他们在把这个地方给拆了！”

哈里不安地说：“好吧，老大。”

简还是看着哈里，说："那么现在我们干什么呢？"

哈里说："我们干什么？什么都不干！我们只能紧张地坐在这里等。"

罗奇看着简和哈里之间，目光茫然地说："这个世界不再是从前的模样。所以它必将被大火吞噬。"

哈里站起来，说："简，我想打个电话。"

简说："你可以用客厅那个打。"

"没什么私密的。我用这里这个就好。"

哈里走到挂在通往车库的门边墙壁上的电话前，开始拨号。

罗奇探过白色的早餐桌，将自己的脸凑近简的脸。简看见一张充满仇恨的脸。那天，当她第一次看见他露齿而笑，看见他那长长的黑色臼齿，她就下意识地想到了这么一张脸，可是为时已晚，她已经决定跟他、决定踏上这次冒险之旅。

罗奇恶狠狠地说："没错，这个世界将被大火吞噬。你也会一起被吞掉。"

哈里对着电话说："伯蒂，我是哈里。"

简无意间听到哈里怎么报自己的名字：她现在明白了他为什么要把名字里的两个音节拖得很长，因为他只说名不说姓。

"伯蒂啊，你最近像红花侠似的。你觉得这个小小的刺激怎么样……不过我还是很高兴找到了你。伯蒂，到底发生什么事了？你的报纸上面什么都没说。那玩意儿越来越像填字游戏，整版横竖都是提示。你要留在下周公布答案吗……我理解……我理解目前的局势……不过这真是个好消息，伙计。如果这消息是真的……嗯，帮我们插点东西进去吧……我不知道。我听说要组织义务巡逻……我同意你的看法，伯蒂。我们也不想招惹是非。说实话，我想到一个标题‘高地居民的狗儿们饥肠辘辘’。我想应该让底下一些人知道这里的狗从星期天开始就没有吃过东西了……不用小题大做，但是千万别忘了登。第一或者第二版……我不觉得这样太隐晦。对有关责任人是相当直白的讯息。而且我觉得是个不错的小故事……好了，伯蒂伙计，我会看明天的报纸，愿上帝……愿上帝？是啊，伙计，我们现在讲话越来越像老人家了。”

哈里回到早餐桌旁。简和罗奇默默地坐着，互不相视。

哈里说：“好消息。如果这消息是真的的话。伯蒂说他觉得警察控制住了局势。只是星期一的那架飞机打击了很多人的信心。”

简又倒了一杯咖啡，三人走到外面的门廊上。简把湿透了的报纸清理掉，然后和哈里一起把桌椅擦干。

就座后，哈里说道：“简，你能想象这里是绿色的样子吗？”

简说：“我刚来的时候这里就是绿色的。可是从来如此。我从来都得想象错过的东西。”

罗奇说：“伯蒂有没有提到政府？”

“他什么都没说。不过我想那群人仍然掌握着控制权。幸运的一点是还没有哪个大人物被杀。因为，一旦开始这样的杀戮就停不下来了。我们就会有一两代人的时间变成南美洲那样。星期天梅雷迪思把我吓坏了。他说得好像要把吉米·艾哈迈德杀了似的。我以前从来没有听他说过那样的话。不过当时他们正把梅里打扮得漂漂亮亮准备扔给群众。现在这两个人都得跑了。”

罗奇说：“这么说吉米玩完了？”

“我想是的。据我听到的。再没有人提起他了。他赌了一把，输了。”

罗奇说：“我看不出吉米会冒这样的险。是不是事情刚好围绕着他发生？”

哈里说：“吉米在这里从来就没有搞头。我不知道别人怎么跟他说的，我不知道在伦敦人们跟他说了什么。但是在这种时候他不过就是一个中国佬。”

罗奇说：“我想我也玩完了。”

哈里说：“此话怎讲？”

罗奇笑了笑：“萨波利切公司也会想找个人打扮一下扔给群众。”

哈里说：“我们听新闻吧。把收音机拿出来吧，简。昨天晚上有一则关于这件事的小报道。不知道你们听了没有。‘骚乱的起因仍旧不明。’”

简进屋拿来他们塑料外壳的收音机，调到本地台。“将基督带到这个国家”节目结束了。主持人匆匆地播了一条广告，报了电台的名字；然后开始转播伦敦的新闻。收听信号很好。新闻提要里没有什么，前一半的新闻里也没有什么。突然，在一则关于阿根廷的新闻之后，他们听到了他们想听的。

“……骚乱已经过去两天了，目前局势依然紧张。早前有报道称警察撤退、政府下台，均已被官方否认。来自官方的消息称警方已经重新控制他们之前撤离的首都大部分地区，目前各部门运转正常。没有伤亡报道。骚乱的起因仍旧不明。不过该地区的一名记者在发给英国广播公司的报道里称：认为这是一场大规模的反政府叛乱的想法不值一提。该记者还说这场骚乱的起因更有可能是激进的年轻群体抗议失业和他们所认为的外国对本国经济的持续控制……”

简说：“真高兴终于弄清楚整件事情了。”

哈里说：“你是指‘外国对本国经济的持续控制’？不过你知道，最后底下那些人会相信这就是他们现在在干的事。因为他们正在干的事太疯狂了。”

“以后书上也会这么写，”罗奇说，“人们也会这么议论。然后你就慢慢这么相信了。并且开始据此做事。”

城市的某片地方闪着炫目的强光，如同波光粼粼的大海：棚屋重建区里的新铁皮屋顶反射着太阳光。

哈里说：“警察撤出了城里的大部分地区？真他妈高兴我原来不知道形势有这么糟。”

“说不定过一两天我们就会知道现在形势有多糟。”罗奇说。

三人坐在椅子上看着静悄悄的城市，脸和腿上开始感觉到太阳的温度。湿漉漉的百慕大草渐渐干了。光天化日之下几乎看不见城里的火在冒烟。

哈里说：“以前我们这里有私人的安全巡逻。二十四小时。我打赌很多人此刻一定在想要是还有那个就好了。”

简说：“为什么没有了？”

哈里夸张地拉下脸，耸耸肩说：“有的人说不喜欢，有的人说太贵。但是主要是因为在这种形势下人们从不可能合作。他们以为真正出事的时候，他们可以为自己买到和平，所以他们一个个地被干掉了。他们更喜欢做他们现在做的事。简，你认识伊薇特吗？她给警察们烤蛋糕，还在上面抹上糖霜，我的天。好像警察局里在举行什么儿童狂欢节似的。约瑟夫也是，精心制作三明治，连面包皮都要切掉。”

简说：“他们一个月就收十块钱？”

罗奇说：“很便宜，不是吗，简？”

“每家，”哈里说，“不过你知道，他们可不怎么样。一个从美国来的聪明人决定给这些警卫配备摩托车和对讲机，然后把费用升到二十块钱一个月。事情就这样坏了。车子和对讲机把这些人的脑袋冲昏了。从此他们整天骑得飞快，要是你站在门口喊‘救命’，撞了狗屎运他们才会听到。”

*

八点整，天上出现直升飞机。一开始是放大了的蚊子的嗡嗡声，接着很快就变成轰鸣和嗒嗒声，打破了寂静，让门廊上的交谈无法进行下去。直升飞机是从右方隐藏在山后的一处海湾飞过来的。其中一架的声音盖过了其他几架。房子好像在颤动，砖铺地板的门廊下面是泥土填的台基，感觉摇摇欲坠。（门廊盖在斜坡上，以前塌陷过一次；人们掀起上面的砖头，才发现下面什么也没有，是一个坑，本来填的土都塌了。）噪音淹没了房子；尘土四起。飞机淡淡的影子先是投射在斜斜的花园，接着又落在花园下面隘谷对面树的树梢上。飞机上的美国标志十分醒目，坐在里面的人也清晰可见。

其他几架直升机在山上其他地方上空盘旋。远处，另外一种直升机，中间稍稍拱起，三架一队，跌跌撞撞地飞过依然平静的大海、灰绿色的红树林和褐色的平原，到达机场，贴近地面盘旋，而后升起，原路返回，似黑色的昆虫飞回它们隐蔽的巢穴。

哈里说：“挨鞭子了。”

巨大的声响再次淹没了房子：巡逻的直升机飞回来了，在他们身上投下一片阴影，门廊好像随时会垮掉。尘土飞扬。

远处的平原上，三架一队的直升机降到机场上，几乎要停下，但随即又生气似的飞走了。

哈里问："彼得，你有没有望远镜？双筒望远镜。"

罗奇摇摇头。面无表情。

哈里说："但愿约瑟夫不要拿着我的望远镜跑到花园里去。他很可能干这种事。大傻瓜。他们从上面很容易打到他。我得说我坐在这里感觉赤裸裸的。美国人什么人都打。他们比南美洲人还坏。"

罗奇说："用不了多久我们就会知道到底有多糟。"

哈里说："而我还在试图藏一把小小的左轮手枪不让约瑟夫发现。我以前就在想这种事何时会发生。美国人不允许这里的人阻止他们挖铝土矿。简，你瞧见了吧？美国人不只是看黄色书。"

他们听见直升机的声音越来越近，都等着。可是这次它往底下飞去了，好像是沿着公路往城市去了。

哈里说："我早知道这个政府不可能倒台。就像罗威膨胀螺钉还是什么来着的广告说的：'固定，然后遗忘。'"

罗奇说："我见过一次这种场面。或者说类似的场面。我见过一个小镇变得空空荡荡。那时正是中午，一辆辆汽车沿一个方向飞速离开。同一条路的另一个方向开进来一列装甲车。车子走得并不快，但它们总给人这样的错觉。后面跟着一列荷枪的骑警。骑警们不紧不慢，他们有的是时间，全世界的时间。就是一个矮子坐在上头都显得高大。他们穿着防弹衣，看上去像一群胸口瘦弱、很怕冷的老弱病残。我相信那是我见过的最恐怖的事情。杀戮前的准备。"

简说："你是说我们只能坐在这里看着事情发生？"

罗奇说："在这上面你什么都看不到。"

三人继续坐在门廊上看着，很少说话，只是没什么新的好看的了，都是他们已经看过的东西：直升机在城市上方的山上巡逻，另一批直升机把士兵和车辆运送到机场。

太阳越来越热；慢慢地，山上和平原上的灌木丛再次燃起火苗。三人离开门廊进到屋里，闷闷不乐地坐在依然凉快的客厅，透过观景窗看着外面枯黄的草坪和慢慢缩小的房子的阴影。

哈里说："我可以告诉你们现在底下在干什么。一大堆人在寻找掩护。每个人都一下子清醒过来了。什么棕榈树枝，什么和平之箭，没有人记得了。'我？我怎么会跟那码子荒唐事扯上关系？'有这种念头的人正是当初那些想把这个地方给拆了的人。现在每个人都站在了政府这一边，都爱美国人。整件事简直让人想哭。"

屋内又恢复静默，三人侧耳倾听，等着哪里传来声响打破寂静。阳光越来越强烈；炎热开始驻扎下来。他们时不时地听见直升机的嗒嗒声，顿感轻松。枯黄的草坪明亮起来；观景窗开始反射热气。他们沉默无语。空荡荡的房子令人压抑；他们不再想坐在一起，而想单独待着了。

早晨还凉快的时候，罗奇和简都很高兴见到哈里。而此时，两人以一种对待陌生人的礼节目送他走向自己的车子。白色帆布鞋让他的双脚和之前一样显得硕大无比，走起路来忙不迭的样子；古老的左轮手枪从紧身短裤的口袋里鼓了出来。他带着凄凉走了，也把凄凉留下了。

中午，他们关上后门，把门廊上强烈的太阳光和城市一起关在外面，城市里处处可见铁皮屋顶反射的太阳光，沼泽、大海和土地在热气中变得模糊不清。两人等待着声响。可是城市仍旧一片寂静。没有响声，没有枪声。一下午都非常安静。

傍晚，当他们再次把后门打开、出来坐在房影笼罩下的门廊上时，四周仍旧是一片寂静。夕阳给没有水汽的白云、灌木林火高高升起的烟和垃圾场涂上一层金色。底下不知哪里响起自行车的铃声，声音传到山上依旧十分清晰。接着是一台收音机的声音，然后山上另一个地方也响起收音机的声音，似与之遥相呼应。黄昏，城市慢慢恢复了生机，仿佛是在经历了一场久违的大雨之后恢复了生机。灯光一盏盏亮起，黑暗一点点被吞噬；没有火光。山上和山下，收音机一齐播放。

可是高地住宅区的这栋房子里依旧空空荡荡，死气沉沉。早晨，阿德拉重新出现，走路不再啪啪用力，肌肉似乎也放松了，一举一动似乎不愿引起注意。紧张情绪似乎已经离她而去。她的鼻孔不再颤抖，圆圆的眼睛里略带笑意。没有人问她昨天去哪儿了，可是她自己说："我的教母病得很厉害。"

十三

“帮帮穷人！我感激不尽。帮帮瞎子！我万分感谢。”那个没有腿的瞎乞丐回来了，仰起的面孔上空洞的红眼睛，沉稳、响亮的叫喊声，在人行道上滑着他矮矮的小推车。

星期五的下午，市中心恢复了往日的熙熙攘攘：卖糖果、香烟和赛马场彩票的小摊贩；把廉价的蛋糕和小葡萄干卷装在玻璃箱里卖的中年女人；自行车和合乘出租车，时不时有司机伸出一只胳膊比画着舞蹈演员般复杂的手势，以指明自己行车的路线；卖椰子的手推车和小货车。脏水从一千条污水管里流入露天的排水沟。不过行人当中没有穿校服的，再者，虽然马路上没有几个警察，却不见闲逛的人群。人们边走边四下张望，有的像是踩在碎玻璃上似的。人们在重新认识他们的城市：到处可见乱涂乱画的箭头，一些商店的窗户依然关着，一些用木板封了起来。有一两家店铺的门面被砸了个稀烂，大门敞开，似乎已被主人抛弃：路人纷纷避开这些店铺，仿佛这些地方的人行道被用绳子围了起来。

罗奇站在萨波利切公司的停车场外等梅雷迪思。

梅雷迪思开着他的蓝色小车准时出现。罗奇原本以为会有公务车。他拿不准该怎么跟这个当上部长的朋友打招呼。不过，当他跟梅雷迪思问了好，打开车门，坐进车里，和梅雷迪思一起看看四周的车辆，最后启动车子，一时间，感觉似乎自星期天以来什么变化都没有。可是等到车子进入车流、该交谈了，罗奇感到很不自在。他本以为可以想出点什么说的，却发现脑子里一片空白。他记起从哈里和萨波利切同事那里听说的关于梅雷迪思在这周发生的事件中所扮演的角色，所以对事件只字不提。他沉默得太久，当他想起要祝贺梅雷迪思当上部长时为时已晚。

梅雷迪思说："真高兴我们可以做点什么，彼得。很抱歉通知得这么匆忙。"

朋友，部长，电台记者。

这两人正开车驶往广播电台，为梅雷迪思的节目"邂逅"录制采访。星期天，梅雷迪思提到了这件事；罗奇也没有忘记。他百般猜测，在脑子里演练了各种形式的采访；他是有备而来的。录音的事是昨天安排的，显得有些匆忙，不过却相当正式，是梅雷迪思在部里的秘书，而不是梅雷迪思打的电话。

罗奇说："这可能是我们最后的机会。"

说这句话的时候，罗奇想起星期天简说的话。她说梅雷迪思不喜欢罗奇待在这个岛上；可是当罗奇说他准备离开时，梅雷迪思的脸拉了下来。此刻罗奇瞥了梅雷迪思一眼，梅雷迪思的表情并没有变化。

梅雷迪思说："为什么？"

“我觉得我在这里无事可做。”

“别再说了，留到节目里说吧，不然就没了。星期天在哈里家我跟你说我们可能会聊聊哲学，聊些与众不同的东西。可是现在变成主要聊时事。常常是这样。你要是太追求时事，到最后就会变得很无趣。”

墙壁上、窗户上随处可见乱涂乱画的箭头。可是城市看上去并无大碍。并没有多少栋房子被火烧得面目全非；即便是在中国粮食批发店和叙利亚布料店的街上，虽然常看到某家店靠近人行道的地方被烧得焦黑，上面几层却仍旧完好无损。

梅雷迪思说：“这个地方居然还在运转，真是神奇。”

一时间梅雷迪思又变成了朋友，像罗奇刚认识他的时候那样。可是他表现出来的警惕却是新的：弓着背开车的矮小身影，紧握方向盘的小手，孩子的手。受伤的、坚定的笑容（如今看来是藏着什么秘密）也是新的，属于一个新的人：这人迎接着街上行人投来的目光，然后回以脑袋轻轻摆动：对于希望看到他点头的人他就点点头，对于不希望看到他点头的人就什么都没有，只是下意识地动动脑袋。他的权力得到了认可；他担任部长的政府度过了危机。然而罗奇认为，梅雷迪思对此仍旧半信半疑，仍旧觉得是在做梦。

一开始罗奇觉得难为情，现在渐渐觉得恶心。

梅雷迪思说：“吉米吓了大家一跳。”

罗奇平静地想，他要找我麻烦。

梅雷迪思问：“简好吗？”

“她现在不怎么跟人讲话。”

“我猜我们在她心目中的地位更低了。”

“她要走了，你知道。”

“我想总有一天我们会被逼上绝路。这次真是死里逃生啊，彼得。”

“有必要出动直升飞机吗？”

“我不知道。士兵没有离开机场。我什么都不知道。”

电台大楼是一栋三层高的新楼，在马路的尽头。一道砖墙的两侧分别是出口和入口，都敞开着。进去后，手持来复枪的警察站立在一道木栏后面，这是罗奇今天头一次看到武装警察。进出车道粉刷过的路缘石中间有一个花园：装饰性的蓝色瓷砖的水池里空空的；灰头土脸的灌木丛和植物从落满灰尘的泥土中长出来，开出的花却十分鲜艳；一簇簇小羽叶棕榈的树干弯弯曲曲，呈锯齿状。车道表面新铺的黑色沥青在酷热中变得黏糊糊的。画了新的白线的停车场被大楼挡住了阳光。梅雷迪思避开白线，小心翼翼地停好车。

两人从车里出来，并肩朝入口走去。入口在大楼的侧面，晒着太阳。罗奇边走边问：“吉米呢？”

“他不会现身。”

“不现身？什么意思？他被捕了？”

“这样说有点过了。会有其他人跟吉米算账。他退隐了。你比我了解他。”

玻璃门内凉快多了。梅雷迪思的半信半疑不见了。在这里他是记者，是部长；他收起笑容，摆出一副公事公办的样子。前台棕皮肤大个子女人站了起来，梅雷迪思向她介绍罗奇。手持来复枪的警察身体僵直地盯着。

梅雷迪思对那个女人说：“我们要用 E 录音室。”然后微笑着对罗奇说："那里的视野好。"

两人乘电梯上了二楼，来到一条漆黑的走廊，梅雷迪思打开走廊的灯。朝走廊里走了一小段，梅雷迪思推开一扇双开门，打开另一盏昏暗的电灯。眼前的小屋子一片漆黑，左手边大一点的屋子则是亮的。

梅雷迪思说："录音室经理不在这里。不过我想我们可以进去。瞧，这儿可不比英国广播公司。"

说着，他打开一道双开门，把罗奇领进隔壁那间大一点的屋子。进屋后他又说："彼得，你不介意在这里稍等片刻吧？我去看看经理哪儿去了。"

说完，梅雷迪思走了出去，身后的双开门关了起来，录音室里一片寂静。罗奇站在密封的观景窗前，看见了前所未见的城市景色。在市中心，你只能看见四周的建筑。可是在这里，曾经的高级居民区，没有高楼遮挡视野，越过被高大的柱子和王棕墨绿色的叶子衬得如梦如幻的银色、红色屋顶，罗奇看见大海和奔向大海的起伏的山峦。山上光秃秃的，到处有火烧过的痕迹，不少地方正在冒烟。太阳正徐徐落到山的后面，大海闪闪发光。山后的海面上停泊着的无疑是美国的军舰。罗奇一面想象着太阳落山后山峦和王棕映在夜空下的景象，一面想，这里还是很漂亮的。真遗憾之前我从未见过，也从未欣赏过。过了一会儿，他又想，不过也许没有人会欣赏这里的景色。

这些想法在罗奇的脑海里慢慢形成文字，然后形成一个个完整的句子，仿佛当他在寂静的房间里等待梅雷迪思（似乎等待了很长时间），他开始自言自语。

寂静的房间，寂静的风景：观景窗是用两块厚重的玻璃做的，中间隔着一堵墙厚的距离。玻璃反射着热气。注意到这一点，罗奇很快发现房间里有一股暖暖的、发霉的、毛茸茸的味道，像是地毯上的灰尘和绒毛飘到了空气中。

双开门被推开，梅雷迪思走了进来。

梅雷迪思说："经理来了。"

"这里面真闷。"

"空调要过一会儿才起效。"

两人在一张圆桌旁坐下，桌上放着话筒、一盏绿色的灯和一个笨重的玻璃烟灰缸。

梅雷迪思说："我没有笔记。我们就像平时聊天一样。重要的是你、我此刻在说什么，而不是你下一句想说什么。重复或者回到之前的话题都没关系。讲我们过去讲过的东西也没关系。就和平时聊天一样，也不用假装我们不认识。我就叫你彼得，你就叫我梅雷迪思，如果你不知道怎么叫我的话。我的问题不好对付哦，彼得。"

罗奇说："我没什么可隐瞒的。"这是他事先准备好的俏皮话。

隔壁的小房间亮起微弱的灯光，透过玻璃窗可以看见一个穿白衬衫、打领带的高个子男人。他朝彼得和梅雷迪思笑了笑，在他的机器前坐下。

梅雷迪思说："他就是录音室经理。"

罗奇出汗了。他说："这里都是灰尘的味道。哈里要是在这里，他的哮喘马上就犯了。"

录音室经理的声音通过话筒传了过来："我们试试说话的音量，好吗？"以他的身高而言，他的声音特别轻柔，甚至有点儿女气。

梅雷迪思微微抬起头，对录音室经理和罗奇笑了笑；罗奇注意到他外翻的鼻孔和嘴巴之间的那一大块地方满是汗珠。梅雷迪思对着话筒说：“每天我在各个方面都越来越好。”

经理比了一个竖起大拇指的动作，梅雷迪思说：“彼得？”

罗奇对着话筒说：“这里需要用吸尘器吸一吸。”

桌子上的绿色灯泡亮了。

梅雷迪思说：“我们这就开始吧。”他对着话筒说：“您现在收听到的是‘邂逅’对彼得·罗奇的采访。”他停了停，然后用今天最轻柔、最放松的声音开始说：“彼得，我们开车来录音室的路上，你说你在这里无事可做了。你可以说得详细一点吗？”

“我渐渐感觉自己像个陌生人。最近发生的事情让我感觉自己像个陌生人。”

“比你刚到这里的时候——七八个月前——还陌生？”

“那时我没想这么多。那时我很高兴来到这里。”

“可是你刚来到这里，来到一个你从未来过的地方，难道没有想到自己会是个陌生人吗？”

“从这个意义上讲没错。不过当时我觉得有事情等着我做。我以为这里的某些问题已经解决了，我可以做一番事情。”

“你是指种族问题？”

“是的，种族问题以及相关的一切事情。我指的是卸下了这个包袱，不再浪费时间和生命背负这一包袱。我以为我在这里可以做一番事情。工作。”

“我看你的手在比画。我想你说的工作指的是建设性的工作。”

“这是作为人的需求。我想人总是太晚才意识到这一点。”

“创造。通过创造逃避现实。”

“如果你想这么说的话。”

“可是了解你背景的人会觉得奇怪，你说你渴望创造性的工作，那怎么会选择了这么一家公司？”

“萨波利切公司。”

“正是。”

“不是我选择了。应该说是机会自己出现的。而我喜欢他们给我的机会。我接受这份工作的时候并不了解这家公司。”

“现在你了解了。”

“但是这并不会改变我的态度。我知道这家公司在这里有些历史，这里的人对他们有成见。但是我也知道这家公司做了很多改变。我觉得他们想到雇用我就是这种改变的表现之一。”

“有些人会说这是公关。”

“是的，我向来知道这一点。可是这样还不够吗？我更关心他们给我的工作，而他们给我的工作在我看来是公平的。在这种情况下，我认为我们只能姑且相信人们自诩的意图和态度。一个人要是太刨根问底，追求绝对的纯洁，最终只能一事无成。”

“那我想，恐怕我们的一些态度会让你生气，彼得。再者，我们都于心有愧。我们对从事我们的事业的外国人有特殊看法。这样不公平，但是我们往往敬仰这些人。”

“可是我不认为我的路就得走得比别人窄。我不是来做秀的。我不知道这里的人为什么会这么想。”

罗奇的火气突然间上来了。他满身是汗；衬衫全湿了。他离开话筒，说：“这里面的空气真是难闻死了。”

“空调好像不够足。”梅雷迪思说。他也满身是汗。他敷衍地看了看四周，接着又对着话筒讲起来。

“彼得，你说你来这里是希望有机会抛开其他压力，做一番创造性的工作。而你确实做了很多事情。但是在公众眼里，他们把你与农业公社的想法联系在了一起。你知道，就是回到土地上，基于土地的革命。我想这件事不是很成功，这不是什么秘密。你有没有很失望？”

“要是成功了会很好。”

“当初你觉得会成功吗？”

“我有自己的怀疑。我觉得这是‘反历史的’。现在全世界的人都在离开土地往城市里跑。这些人知道自己想要什么。他们想要更多的刺激，更多的电灯。他们想变得更有钱，还想变得更聪明。他们不希望感觉自己被淘汰。当然，他们当中很多人正在遭到淘汰。”

“你觉得在这里历史发展的趋势不会倒过来吗？”

“我来到这里以后觉得不会。你不能只是做个回到土地上去的姿态。你不能假装。土地是一种生活方式。”

“或许也是一种工作方式。而不是一种脱离世俗的方式。不过彼得，我觉得你说到了关键词：假装。”

“只有非常富有的国家里非常富有的人才能脱离世俗。穷人不可能脱离世俗。”

“可是我们的问题就出在这里。可能你也观察到了。我们太容易受别人的想法影响。我们自己没有什么想法。不过话说回来，彼得，你说农业公社的想法是反历史的，可是你帮着做了。”

“他们说这是他们想要的。”

“你自诩的意图理论。”

“要是让我选的话，我会选择其他项目。城市里的项目。”

“可是就是这个反历史的计划，这个你觉得不会成功的计划，各种人和机构都被迫参与，却什么也没做出来。”

“我们希望人人参与。或者说越多人参与越好。”

“这点你们确实成功了。”

“从这点看这件事情似乎可以成功。我们获得了政府很多的鼓励。很多的帮助。”

“政府也相信他们自诩的意图。”

“我们都被误导了。或许我们都心怀一丝希望。”

“也有可能是我们心怀一丝希望，却误导了其他人。你觉得这个错误源于何处？”

“我想可以说源于这里，源于这里的社会。这个社会的组织结构不适合工作，不适合工作或个人的自尊。”

“这个我们不争辩。但是你难道不觉得跟领导也有关系吗？”

“你是指吉米·艾哈迈德？”

“既然你提到了这个人，就跟我们说说他吧，彼得。说来奇怪，你比这里的大部分人都更了解他。”

“我觉得作为一个领袖，他很有吸引力。他似乎能把事情做成。而且他有支持者。”

“我知道。我跟吉米一起上过学。那个时候他叫吉米·梁。这个我以前跟你说过。我一直觉得吉米是一个问题人物。他突然间摇身变成黑人领袖的时候我在伦敦。事实上，我还是最先去访问他的人之一。那时他住在温布尔登的一栋大房子里，而且我觉得他备受关照。他那时有几个很有影响力的朋友。可是，知道吗，吉米说到这个国家的时候，我无法接受。他说的一些事情我觉得十分丢脸。我跟你说过，吉米说以前他在学校里玩过香蕉皮的游戏。你把香蕉皮扔下去，掉这一边你将来会娶一个白皮肤的女人，掉另一边你会娶一个黄皮肤、长雀斑的女人。你可以想象那些女专栏作家对这件事多感兴趣。”

“我觉得你小题大做了。”

“可是有时候小事情比自诩的意图更能看出端倪。我在学校里就从没玩过这个游戏。也没听说有谁玩过。我觉得这像是一个中国人的游戏，英国人却把它当真了。”

“可能吧。不过我不了解这些事情。在英国的时候我并不认识吉米。我是在这里认识他的。来这里之前我没怎么听说过他。”

“我们是一个依赖性的民族，彼得。我们需要别人的认同。当一些在外国取得名声的人来到这里，我们往往对这些人心怀敬仰。你自己也在抱怨这点。说到这里，我有另外一个问题。你知道黑人在英国的地位。你知道他们的不易，那些仇恨之战。可是我们当中的一些人却引起了某些人的兴趣并因此成名，然后被派回来当领袖。”

“你觉得这里面有阴谋？人们对这个可不怎么感兴趣。”

“我就是这个意思：人们不感兴趣。他们无知，不在乎。但是某些人感兴趣。我的问题就是，为什么在英国这样一个地方，会有人对我们当中的一些人感兴趣？是因为内疚吗？混到了一点黑——像英国人讲的——黑人血统？还是其他原因？是另外一种关系？提供服务，相互服务。”

“我觉得你太在意那些人了。”

“你这么觉得？”

自从微笑着说了那句试音量的话，梅雷迪思一直严肃、沉着、面无表情，尽管汗水和酷热让他的眼睛放光。此刻是他今天录音过程中第一次生气。但是罗奇不相信他真的生气了。那不过是装出来的、做给自己看的、律师在法庭上惯用的生气。罗奇感到惊讶、失望，同时反倒平静了。

罗奇问：“我们录了多久了？”

梅雷迪思调整了一下表情，说：“没多久。”接着又对着话筒讲起来。

“这个问题我们暂且搁在一边吧，彼得。你刚才说你发觉吉米·艾哈迈德很有吸引力。”

“他似乎能把事情做成。”

“可是他要做的事情是反历史的。你觉得一个杂货店出身的人真的能够胜任他要做的工作？还是你觉得既然是反历史的，所以无所谓？”

“我认为他应该选择从事别的项目。对吉米这种人，你得时常把他拉回现实。务农是一件严肃的事情，需要付出巨大而枯燥的努力，不适合那些容易厌倦或者希望速成的人。”

“我觉得你太天真了，彼得。你刚到这里的时候是个陌生人，不了解这里的情况，这一点我接受。可是后来，难道你还认为一个中国杂货店出身的人能够实现黑人的抱负？”

“吉米好像有支持者。”

“是啊，支持者，所以我们的妓院才人满为患。不过这个我们也先搁在一边。刚才你说你来这里，是因为你希望做创造性的工作。这暗示你感觉自己受人需要。”

“我错了。”

“受人需要的感觉很好，当然也暗示你感觉自己会受欢迎。你是受欢迎的。你生活在一个多么美好的世界里啊，彼得。你可以有那么多犯错误的机会。不管我多么希望与白人一起工作，他们都不会欢迎我的。”

“这个世界就是这样。”

罗奇看向别处，说：“我喘不过气来了。在这间录音室里我没法清楚地思考。”他是心平气和地说这番话的。

汗水从他的前额流进他的眼睛，从脖子流进衬衫。他想起隔壁灯光昏暗的小房间里的录音室经理；刚才那番话半是对他说的。可惜玻璃后面的高个子男人没有反应，白色衬衫、条纹领带的他一副很凉爽的样子。他没有听见罗奇的诉求，依旧面无表情，不动声色。

罗奇的视线越过梅雷迪思和话筒，落在散发着热气的观景窗上。两扇玻璃后面是寂静的风景：太阳徐徐落到山的后面，天空渐渐变成浅赭石色，银色的大海，红黑色的山峦，王棕映着天空逐渐变暗。

经理注意到两人的沉默，说：“要停下来吗？”又是那特别轻柔、唱歌一般、甚至有点女气的声音。

梅雷迪思满脸是汗，湿了的衬衫粘在锁骨上，露出下面的皮肤和背心。他说：“我们再录一会儿。我也很难受，彼得。”说着，他从后口袋抽出一条稀松的白色手帕；可是他转念一想，没有用手帕，而是把它放到绿色的桌子上。

“我没有想要为难你，彼得。尤其是现在你说你要走了。你对未来有什么计划吗？你接下来想做什么？”

“我想我会回英国另找一份工作。”

“还在同样的领域？”

“不了。”

“这么说你不管我们了。我感觉我们让你失望了。感觉你跟我们在一起不开心。”

“我希望我的人生不是现在这个样子。”

“什么意思？你后悔自己做的事情了？你觉得全都是白费力气？”

“这个我们前面讲过了，梅雷迪思。我没有后悔。假设重新来过，我想我还是会这么做。我无从选择。我根本没想过是不是白费力气。我只是希望我本无需做这些事情。我希望世界是另一个样子，这样今后我就不会觉得自己被迫选哪一边。我希望自己不曾走进这个特殊的陷阱。”

“陷阱？”

“觉得自己不知怎么回事就参与了一个行动、一项事业。世界上还有很多其他事情。你明白我的意思，千万别假装你不懂我的意思。”

“就像你说的，你感觉自己在这里是一个陌生人，你感觉自己没能融入进来。我能想见我们的一些观点会让你生气。我觉得我们让你失望了。我们没有好好用你——除你之外其他很多人也是如此。因为你是一个勇敢的人，彼得。读过你的书的人都知道你是一个勇敢的人，你为自己的信仰吃了大多数人吃不了的苦头。我们可不可以聊聊你的书？你不会觉得难为情吧？”

“可以聊我的书。”

“你的书很棒，堪称经典。不过你一定不希望我把评论家们说过的话再说一遍。”

“评论家们可没有这么说过。”

“我对这本书有些疑问，其中一个是，虽然这本书政治性很强——我也知道你认为自己是政治动物，但是里面好像没有什么政治理论体系。”

“我没听懂你的意思。”

“这个我们谈过了。你好像只是在描述自己的遭遇，降临到自己头上的一些事情。”

“有人跟我说过这个，出版商说过。我想这是它作为一本书的问题所在。”

“你描写了白人对黑人最触目惊心的敌视，你和你认识的人触目惊心的遭遇，有些人还在南非。你把一件件具体的事情描写得非常清楚。可是有时候，读者不是很明白你在表达什么，或者说你想表达什么。”

“我动笔写的时候才意识到这个问题。本来，很清楚的事情写的时候变得很混乱。我突然感觉有太多人要写，有太多我觉得重要的事情要写。我觉得自己没办法把事情说清楚。可是我希望读者不会注意。”

“不过最令人惊讶的，还是你冒了那么大的风险、付出那么高的代价，却只得到那么一点点成果。现在回过头去看你书里描写的游击行动，那些小小的破坏活动——它们跟别的国家别的人搞的游击行动实在没法比。你觉得这样公平吗？”

“我们是业余的，别的国家的情况不一样。”

“也许动机也不一样。隔那么远，我无从判断。我唯有钦佩。但是我发现很难想象你们怎么会以为做那些事情能起什么作用。拆拆铁路啦，炸炸电站啦。”

“我现在也对我们以前做的那些事情表示惊讶。我想是我们生活得太安逸了。我们高估了炸弹的作用。”

“那只是一种姿态，你们只是在做一种姿态。”

“我们当时可不这么认为。”

“而你和你的战友们为这种姿态付出了巨大的代价。你遭到严刑拷打，彼得。”

罗奇盯着话筒，温热的汗水顺着头发流到前额，扎得他痒痒的。

“即便对这件事情你也只是单纯描述。”

罗奇转过头去看观景窗。火红的天空底下王棕只剩温暖的黑色剪影。

梅雷迪思说：“不怨恨。不生气。很多读者有这种感觉。不过我这儿有一个问题。在学校——很多人还记得——有时老师惩罚我们。我不知道现在是哪种方式，我们那个时候是罚抄句子。‘不守规矩的人没有好下场。’”

梅雷迪思说话的语气、加快的语速都向罗奇暗示，这席话是他事先准备好的。罗奇还在他的声音里听出了职业性的笑声。罗奇顺从地——一种对精心准备、不依不饶的人的顺从——把头转回来，再次面对梅雷迪思。他看见他在微笑，不是那种振奋的脸的微笑，是梅雷迪思的另一种微笑。

梅雷迪思说：“老师要我们抄写这句话。五十遍，一百遍，甚至两百遍。有男生还卖抄写的句子。在我看来，这就是你的书所传递出的信息。你不守规矩，受了罚，可是世界照旧。”

“如果你要这么说的话，是这样。”

“这就是你的书所传递出的信息。你忍受了非人的遭遇，你试着与之妥协。我看得出这样的态度给你带来了内心的平静。可是这是死胡同，行不通。这不能为我们其他人做任何事情，不能给我们其他人带来希望。”

“也许对我而言确实是死胡同。可是我不明白为什么你认为我应该带来希望。”

“我说过了，我们敬仰像你这样的人。我想确定你到底可以给我们什么。彼得，你不怨恨，不生气。难道你不觉得你让自己变成了社会良知？”

“我不明白人们这么说是什么意思。”

“你明白。人们希望有人在背后为他们拧扭双手，替他们挡住邪恶之眼——我们这里叫 mal-yeux[①]，你听说过这个词吗？人们十分愿意你来代表他们的良知，替他们受过，而他们可以继续他们的仇视，恶棍和精神变态们也可以继续在严刑室里折磨人。”

“那些人不是恶棍。他们是百分之百的普通人。穿西装，住带花园的漂亮房子，喜欢去高级餐厅，送长大成人的女儿去欧洲待一年。”

“正是你这种人让他们过上了舒坦的日子。你的社会需要你这种人，你属于你的那个社会。现在我明白了为什么你说跟我们在一

①法语，意为“邪恶之眼”。

起你感觉像个陌生人，有些不知所措。”

“我是来这里工作的。”

“这个我们前面说过了。我没有要为难你，彼得。不过你要明白，我们看问题的角度不同。你真的已经跟过去妥协了吗？你真的觉得所有努力已付诸东流？”

“还没有妥协。我一辈子都害怕疼痛。害怕身陷可能遭受疼痛的情形。”

梅雷迪思把桌上的白手帕揉成一团。“听你这么说好像这是必然要发生的事似的。”

“我知道。我以前也觉得疑惑，以前我为此感到害怕。”

“对疼痛有阴影。每个人多多少少都会这样。你在你的书——刚才我们提到过——描写你青年时期的那一章里谈到了集中营。”

“出版商让我写在那一章里。”

“你在那一章里谈到集中营，说那是青春期对你影响最大的经历。”

“我四十五岁了。我想我这一代人大多都受了影响。”

“你因此而同情犹太人？”

“我所感受到的和犹太人没有任何关系。”

“你是否曾想为这些受苦的人报仇？”

“我想赞美他们，在我心里。而不是诋毁他们。”

“不生气？”

“我感觉到的不是生气。”

“那你感觉到什么，彼得？”

“我感到羞愧。”罗奇用右手碰了碰自己的左手臂，感觉到上面温热的汗水。“我为这个身体感到羞愧。”他的右手仍旧放在湿漉漉的手臂上。“自己的身体遭受如此对待，我感到羞愧。”

“考验的时候来了。你摆出了你的姿态。拆掉铁路，炸毁电站。姿态很重要。你为后果做好了准备。”

“勇敢心理。非常令人谦卑。不过现在你跟世界和平共处了。不怨恨，不生气。疼痛的阴影、人类的苦难都是过去的事情了。”

“不是，现在比以前更糟。”

梅雷迪思揉着白手帕，看着录音室里的时钟，好像没听到。“我想我们谈论南非的种族问题谈得够久了。无论如何，现在，我不能说我们到家了，但是我们到了你艰难人生历程的终点。你感觉自己像个陌生人，无法融入进来。你参与了一个农业公社，你认为这样的公社是反历史的，不会成功。但是对于你这是做一番创造性事情的机会。用你的话说，是作为人的需求。对你而言有工作很重要，你不太在乎结果。彼得，我们录得差不多了，现在我要问你一个简单的问题，而且请你一定要回答，因为这个问题对于我们这些生活在这里的人来说非常重要：你有没有想过画眉山庄公社是游击队的幌子？”

“有一两次这么想过，但是我把这个想法否定了。”

“你错了。但你为什么会有这种想法，又为什么把它否定了？”

“我有这种想法，是因为我在报纸上看到有关游击队的报道。但是我觉得这难以置信。我不相信游击队的说法。”

“那你相信什么？”

“我相信帮派团伙。”

梅雷迪思仰起脸，越过话筒看着罗奇，对着他微笑了几秒钟。

然后他转向录音室经理所在的小房间，漫不经心地推开椅子，说："录完了。太棒了。我们出去呼吸新鲜空气。"

梅雷迪思站了起来，罗奇还坐着。梅雷迪思的衬衫全湿了，罗奇可以看见梅雷迪思背心底下肚脐凸出来的地方，这就像发现了一个秘密。罗奇感到头痛，太阳穴阵阵作痛，他不知道自己干吗盯着梅雷迪思的肚脐看，他心想，是的，这是我的错。我本应该先看那个地方，还有腰带。

琥珀色的夕阳照进录音室里。打开双开门，一盏昏黄的电灯使房间里更显黑暗，而且很冷。冰冷的空气刺穿罗奇湿漉漉的衬衫，几秒钟前还热得不行，现在一下子被冻得起了鸡皮疙瘩。

录音室经理穿白色衬衫，系条纹领带，看上去沉着冷静。体面的旧式白衬衫和领带，黝黑、光滑的皮肤，典型的非洲人的特征，宽厚的肩膀，填写钉在写字板上的一式两份的表格时慵懒的样子，不慌不忙、谦恭地转身看着罗奇和梅雷迪思的样子，所有这些都标志着他是个乡巴佬，说不定是家里第一个受教育的，第一个在城里得到一份体面工作的。他在椅子上坐直身子，朝罗奇和梅雷迪思笑了笑。

他用唱歌般温柔的声音对梅雷迪思说："二十二分三十五秒。"

梅雷迪思说："加上开场白就可以做成二十五分钟的节目，不用删什么东西。"

梅雷迪思在昏暗、凄冷的走廊里迈着轻快的步子。

"好极了，彼得。"

"你们会不会把中间那些停顿删掉？"

"会的，那些会删掉。你好像很担心的样子。明天我会剪辑，会录一个开场白。没什么可担心的，会比你想的好。这些事情我比你在行。”梅雷迪思的语气如他的步伐般轻快。

罗奇说：“录音室经理看上去相当冷静。”

“这些人什么都听不见。他们只听见声音和音量。他们可以边听边看书或者写信。”

当两人步入嘫嘫作响、感觉冰冷的电梯时，罗奇说：“我很抱歉提到帮派团伙。能不能把那句删掉？”

“为什么？我觉得很好。”

“当时我想到了那个男孩的母亲。”

“可是这是事实。她知道这是事实。这才是这里的人应该知道的。”

罗奇没有再说什么，两人走进大堂。手持来复枪的警察站得僵直；大块头、棕色皮肤的中年女人从椅子上半起身。

外面阳光柔和，但一跨出有空调的大楼，他们还是感到炎热，前院新铺的黑乎乎的沥青散发着热气。从这里望不到山和海，只能看见黄昏的天空映衬下的一些王棕的树梢：深灰色的枝条，深红色的没有水汽的云朵。

罗奇突然感到一股强烈的精疲力尽的忧伤：工作了一天之后的疲惫，徒劳无功的努力，大千世界无处安身的感觉。同时，他也为其他人、那些扎根在这里的人感到忧伤：为乡巴佬录音室经理，为手持来复枪的警察和女前台忧伤，这两个人对梅雷迪思都是毕恭毕敬的。也为梅雷迪思忧伤：他感到无比的恼怒，甚至是鄙视，不知道他们的世界为什么如此不堪一击。

梅雷迪思说：“我送你回萨波利切？你的车在那里吗？”

“不在。简今天用车。”

“那我送你回家。”

两人不再说话。一来到街上，看见路人在看他们，梅雷迪思先前的半信半疑就又回来了，他的兴奋消退了。罗奇的忧伤转为顾虑，他开始担心自己今天说的话。他觉得自己做得很好，就是最后没控制住说到帮派团伙。但是当车子驶过熙熙攘攘的市区的平坦地带，十字路口货摊的一两盏灯亮了起来。当车子爬上高地住宅区，空气变得清新，他想起了其他事情；他越是回想令人窒息的录音室里那合情合理的、克制的表演，越是觉得后怕。梅雷迪思做得太过了，自己怎么会让他如此得寸进尺？罗奇感觉自己一直恍恍惚惚，现在才慢慢恢复神志。等到车子到达目的地时他开始有一种大祸临头的感觉。

罗奇的车子在车库里。

天色渐暗，来到高地住宅区、远离了人群的梅雷迪思恢复了镇定。“想必简在家里，我进去跟她打声招呼。”

罗奇没有带梅雷迪思从车库的门进屋，而是带他穿过草坪，走过爬着常春藤、粉刷粗糙的水泥墙壁和观景窗来到前门，这个门极少用到；然后穿过大厅，走进几乎空空荡荡、一无是处的后屋，最终来到铺着砖地板的门廊。

简在这里，穿着裤子和衬衫。铁桌上放着晚报、一杯淡啤、香烟和她的蓝色打火机。

简的头一动不动，她漫不经心地说：“你好，梅雷迪思。”

底下的城市已经笼罩在夜色之中，但山上还有些许阳光。木槿花光彩熠熠。

梅雷迪思微微一笑，那种既自满又受伤的微笑。

简问："录得怎么样？"

梅雷迪思说："非常顺利。彼得很担心，可是他没什么可担心的。"

简说："彼得很会表达。"她的语气平静，像是在陈述一个客观事实。

梅雷迪思重重地在一把铁椅上坐下，拿起报纸。简看着底下漆黑的城市：开始有灯亮起来。

"我们谈论的内容广泛，"梅雷迪思说，"我们谈到了共同的熟人。"他把报纸折起来，丢在桌子上。"你要离开我们了，是吧，简？"

阿德拉穿过后屋来到门廊。简抬头看着她。

梅雷迪思说："但愿不是我们把你吓跑的。"

简说："阿德拉？"

阿德拉没有理会简。她站在梅雷迪思的椅子旁边，恭敬地朝他微微弯下腰，用简和罗奇都没听到过的劝诱语气说道："赫伯特先生要喝啤酒吗？"

梅雷迪思站起身，踮着脚尖，说："不了，谢谢你，阿德拉。我要走了。"

阿德拉面带赞许。他脸上的表情表明她的恭敬、她礼貌的言语得到了回报。

梅雷迪思一上一下地踮着脚尖，说："你一定要再来，简。以游客的身份，来度假。"

简用水汪汪的眼睛看着他，点了点头。她犹豫了一下，不过最后还是说："再见，梅雷迪思。"

罗奇没有动弹。

天全暗了。木槿花淹没在夜色之中，东边的天空一片墨蓝。罗奇的心情如同落日，感觉他们每个人的世界都是如此不堪一击。录音室经理，体面的衣着和电台工作带来安全感；电台大楼大堂里手持来复枪的警察；那个女前台，对梅雷迪思毕恭毕敬；梅雷迪思，简，他自己。对于他们每个人世界都是如此不堪一击。祸患悬在头顶。

梅雷迪思用皮鞋后跟笃笃地敲着水磨石地板和镶木地板，隆重退场。罗奇陪他走到前门时，他大声说："彼得，你明天一定要听，会比你估计的好。"

十四

罗奇说："糟透了。"

他和简依旧坐在门廊上。

简问："那你为什么还要录呢？你可以不录。"

"虚荣。可怕的虚荣心让人在这种时候做傻事。而且，除了我和梅雷迪思之外，还有第三个人。一个本地的高个子黑人，坐在隔壁的小房间。第三个人：这总是致命的。你开始被这第三个人牵着鼻子走。你不能辜负自己。你不知不觉失去理智，而这都是你自找的。你自以为一切都合乎逻辑，自以为表现得很理智。可是坐在隔壁小房间的那个人根本连听都没听。梅雷迪思说那人是录音室经理，说那些人只听见声音和音量。我想他什么都没注意到。"

"你觉得他们是一伙的吗？"

"我不知道。一开始我觉得梅雷迪思故意把空调关掉了。后来我觉得我想错了。再后来我又觉得他是故意的。再然后，你瞧，我其实并不感到意外。我隐约预料到会有这种事。"

“你没有叫他们检查看看空调是不是正常？”

“没有。我不想那么做。我不想提。”

“你也没有说‘屋里真热’之类的？”

“我说了，我说这个房间需要用吸尘器吸一吸。但我不想提空调。不知怎的，这个念头就是挥之不去。虚荣。懊恼。愤怒。鄙视。我隐约预料到会有这种事，我猜他们要找我麻烦，可是我没想到梅雷迪思竟然那样激我。而且你不知道，这种时候你很快就感觉自己无力抵抗。”

简断然说：“他是故意的。你太容易让他摆布了，而且录完以后他居然还想上家里来？”

“他们就喜欢这样。他的目的我看得一清二楚。这样更糟。这个紧张兮兮的小矮子。反帝国主义，反白人。骚乱之后的肃清。这个政府官员想拉拢他的黑人民众来打倒所有的敌人。但是他紧张兮兮的，我看他对自己做的事、说的话都半信半疑，就跟律师一样。真是傻透了，我跟你说。我很恼火。因为你知道哈里说得对，那些人只是把梅雷迪思养肥了，等着将来有一天把他扔给群众。”

门廊上已经很凉了。厨房的荧光灯照射到了后花园里。

简说：“水来了。去好好冲个澡，就会感觉好很多。”

简说得干净利落。说完，她拿起她的打火机和香烟站起身。可她那命令的语气中却带有一丝出人意料的温柔，罗奇倍感安慰。他起身照她说的去做。

简有时会听从内心突然产生的本能，变得随和自然，像换了一个人似的，吓罗奇一跳。只是这种时候很少，很突然，与他们其余的共同生活不相干；而罗奇记得这些时刻。来这里大约一个月，一天晚上，简突然对他说："你的头发太脏了，我来帮你洗一洗。"在浴室里，简脱得只剩内裤和胸罩；他则脱掉衬衫坐在洗脸盆前的一个凳子上。简靠在他的肩膀上，认真地帮他洗头，只是说他的头发太脏了。他能感觉到她的头发和皮肉下面的骨头，但是没有露骨的挑逗，之后也没有做爱；他们就像两个小孩子在玩过家家。

*

简和罗奇坐在厨房的白色餐桌旁吃晚饭。阿德拉在她自己的房间里。

罗奇说："我没说谁的坏话，没说假话，没说不是自己的感受的话。其实我今天说的那些话要是搁在上周，大家表面上都支持吉米的时候，没有丝毫不妥。这个节目会是一次很好的宣传。吉米会觉得是一次很好的宣传：备受争议的人物什么的。可是今天跟梅雷迪思在一起，我应该想到吉米已经垮台了。风向变了。可是我没有这么想。问题就来了。梅雷迪思到萨波利切公司来接我的时候，我一心想着不要提到星期天以后发生的任何事情，我都没有跟他说起他当上部长的事。结果在录音室里，我还在假装吉米并没有倒台。不知怎的，这种时候你脑海里就是有这些想法，而且还不肯放它们走。"

简说："说不定吉米不会听广播。"

"梅雷迪思会让他听到的。不过我没说谁的坏话。我说吉米容易厌倦，说你得时常把他拉回现实。这些话我常跟他说。我说我觉得公社并非一个好想法。我想我不应该这么说。梅雷迪思当然还会添油加醋，把我们说得跟骗子似的。"

"他自己才是骗子。他有没有提到温布尔登的那个女人？"

“提到了。”

“欲加之罪，何患无辞？知道我觉得你干了什么吗，你把吉米留给梅雷迪思和其他人宰割。”

“是啊，事情会变成那样。我想那些人还不知道他们就快走到那一步了。当你感觉脚底下的沙子在移动，却没有东西可以抓，那种感觉太可怕了。没有法律。”

“不过你要走了。那个人却要待在那栋房子里，等着他们为所欲为。”

“是啊，总有一天会出事的。我希望事情不会变成那样。太奇怪了。当你出去看这个国家，看那些老庄园，当你看到这个国家的人们步行去教堂，躺在吊床上摇晃，或者在他们的小酒馆里喝酒，你不会想到这是那样一种国家。可是每个国家都是那样一种国家。很容易就会变成那样，快得惊人。梅雷迪思问我受到严刑拷打的事，我应该跟他说。万事开头难。朝下体踢出第一下很重要，需要很多勇气。可是那之后你就无所不能了。你可以踢一个人的下体直到他流血为止。然后不知不觉，你停手了，因为你已经毁了一个人，他再也翻不了身了，你只有将这具流血的肉体扔出窗外。到了那个地步事情就很容易了。”

简说：“可是你要走了。”

罗奇讪讽地说：“是啊。我想我会回伦敦去，把这里的事情都忘掉。”

此刻，他离开门廊时的好心情，他在餐桌旁坐下时的好心情已经消失殆尽。一时间两人都不说话。

过了一会儿，罗奇再次开口。这时他的脸色苍白、疲惫。他说："以前我有时候会去里斯本，那是个好地方，充满危险、特务和南非人。可是那里不是非洲。我喜欢去看斗牛。他们对我说葡萄牙的斗牛不会把牛杀了。我相信了，经常去看。可是后来我听说斗牛结束后牛就被拉去宰了。那些牛没其他用处了。不知为什么，我一直以为矛或倒钩会被拔出来，伤口会痊愈。我的天啊，我们当中的任何人怎么可以活着？真是奇迹，纯粹是人类对人类自己的慈悲为怀。"

他的话吓着了简，他却浑然不觉。

"当我享受美食的时候，我会想我何以有如此口福。当我夜晚舒舒服服地躺在床上的时候，我会想我何以有如此待遇。这一切轻而易举就会被剥夺，每天晚上我都在想这个。要折磨我简直太容易了。一旦把一个人的双手绑住，他就任由人摆布了。"

简说："太可怕了，我不想听了。在这里没有人会伤害你，你知道。"

这不是罗奇所期待的反应。他隐约希冀得到安慰，重温之前那种温暖的感觉，简昙花一现的另一面。

简离开餐桌，罗奇留在厨房里；他听见阿德拉打开收音机，调小音量。然后，他来到门廊上，外面很冷，但他在一把铁椅上坐了下来，听着山下的城市传来雷盖音乐的隆隆声。

后来，罗奇把后门关上，进屋刷牙，换上睡衣，然后来到简的房间。夜里，简都会关上红色百叶窗，而把房门半开着透气。罗奇没有敲门直接走了进去。

简坐在床上看一本平装版的哈代的《丛林人》，没有盖被子，穿着素白棉布睡裙的她显得很高大。她的手臂露在外面，罗奇可以看见她的胸部。他在床尾坐下。定做的衣橱的一扇门开着：看得出她已经开始打包了。她没有带多少衣服来。他看着衣橱里的杂物，而她继续看她的书。这就是为什么虽然貌合神离，两人偶尔还是会在一起：将性爱当成一种身体慰藉和相互服务，不会引起任何变化。

罗奇有意识地让自己的语气保持平静，像是在说给自己听："知道吗，今天的事让我想起之前在伦敦发生的一件事情。你可能已经忘记了，或者压根儿就没放在心上。你是最不热心的公关经理。"

简抬起头看着他。

罗奇微笑着说："你让一个人来找我。你给了他我的住址，他来找了我。哦，你打电话告诉我的。你说他想采访我还是写篇报道什么的。"

"这种人多了去了。"

"不是为了我的书。就这样，他来了。我很高兴接受采访。你知道，这样才感觉像个作家。哦，他来了。一个非常高大的男人，穿着一件黑色皮夹克，戴着无框眼镜。真的非常高大。穿着一双高筒靴，很时髦。你告诉我他叫吉尔，记得吗？我记得那双靴子——像牛仔，像纳粹。他彬彬有礼，知识渊博，见多识广。接着奇怪的事情发生了，而且很快就发生了。太快了，我根本反应不过来到底是怎么发生的。他从一个询问我观点的人突然变成一个给我观点的人。那双靴子的感觉也变了，什么时髦，什么像纳粹——是真的纳粹。他的腔调变了。就连我房间的感觉也变了。我期待一个记者——我觉得我的房间应该会让他感兴趣。可是它突然就变成了另外一种房间。这个男人向我传递了一条信息。他要我闭嘴，或者最好是离开英国，否则就要把我杀了。他说了这个字。他很喜欢用这个字。”

“可是你在伦敦，你可以把这件事告诉出版商。你可以采取各种各样的行动。”

“你的伦敦跟我的伦敦可不一样。我一再强调这个男人非常高大。不只是因为我矮小。你知道我不怕人，我很清楚什么情况下可能发生什么事，我可以提高警惕。但我并不害怕，我就是这样的人。这很可能跟我上的学校有关系。我想一个人要是认可权威，相信规则，就不会害怕任何个人。可是我怕这个男人。我看得出他喜欢自己的工作，表现得夸张了一点。人在这种时候总是喜欢装得很有范儿。这可能只是一个恶作剧，可我当时并不这么想。我觉得他是认真的。我相信他说的话。”

“所以你上这儿来了？”

罗奇微微一笑。“这是主因。”

“你并不是为了你说你想做的工作到这里来的？我以为你是为了这个才匆匆忙忙地离开的。”

“哦对，工作。对于我来这里做什么工作你有自己的一套想法。梅雷迪思也想知道我的工作。”

“他想知道无可厚非。你说人应当随遇而安。所以这儿的人议论你的话是有道理的。你是个难民。”

“这个工作机会是自己出现的，而且看似是我可以做的工作。”

“如今你把吉米留给那些人宰割。谁会给他工作？吉米说得对。你们全都把他变成了‘玩童’。玩物。现在你要把他扔给梅雷迪思。”

“是他把自己变成玩物的。”

“这样啊，那我有事要告诉你，我有事要告诉你们两个：他是我的情人。”

那本书一直放在她的胸口上，此时她又把它拿了起来。她的脸跟她的手臂一样红。

罗奇转过脸看着她，说：“我相信你没有说谎。”

“我为什么要对你说谎？”

罗奇站起来，说：“我想这对梅雷迪思而言可能不是什么新闻。”

说完，他走出房间，把门关上，这才想起来简开着房门透气。

过了一会儿，他过来把门打开。简仍旧在看书。罗奇站在门口。她抬起头，看见他那张萨蒂尔似的脸。

罗奇说：“他有没有拍张你的裸照？你没为他摆个双腿叉开的姿势？”

简的神情似笑非笑，又迷惑又紧张。

罗奇又说：“他们对自己玩弄过的女人不都是这样吗？把照片放在钱包里拿给别人看。还是他有其他把戏？其他蔑视的把戏。”

简没有作声。罗奇让门半开着，回自己的房间去了。

十五

你好玛乔里，我打赌你收到这封信一定感到惊讶，我能想见你用修剪漂亮的纤纤手指拿着它的样子，你不会相信你在用手纸做着其他事情（开个玩笑），哼哼鼻子，是吉米吗，这次他又想要什么，他已经从我这里得到了所有他想要的东西。这就是我所知的如今的玛吉，和以前不一样了，按你的话说，更老更有智慧了，这些我都理解亲爱的，我不愿我们之间谁又生谁的气。

亲爱的我坐在这个寂静而安详的热带的夜晚给你写下这些话，因为我想清理一下自己的心，你是我唯一可以写信的人，而且我想让你知道你说得对，你的预言要通通变成现实了，我将会孤独、没有人爱地死去，我将愤愤而终，已无其他可能了。这样死去是悲惨的，而且玛乔里我感觉今晚死神临近，在时而被猫头鹰的叫声打破的热带的寂静中我可以听见它的脚步声，老实说亲爱的我感到释然，我觉得我现在该走了。小时候夜里听到猫头鹰的叫声我们就在油灯的灯芯上插上大头针把死神赶出屋子，但是我不相信这样做能阻止棺木逼近。

你会不会收到这封信，抑或他们会把它连同我的其他财产一起扔掉，说这又是一件垃圾，他留下的东西全是垃圾。不玛吉不要哼鼻子，我不是在恳求你的怜悯或是在喊“狼来了”或许你会这么想。如今你已经帮不了我了，起码我知道这点，起码相信我这点，没有人帮得了我，而且你可能永远也收不到这封信。

我跟你说玛乔里，小时候我以为童年是一个伪装时期，以为这是我显出本色之前的必经阶段，等我长大成人一切就都好了，多可笑啊玛乔里多可笑。

外面很黑，在伦敦你无法想象这里的黑夜会有多黑，我在伦敦的时候忘乎所以，如今当我回想起伦敦回想起那些地方我不明白自己是怎么来到这个这么偏僻荒凉的地方的，不明白自己为何会像鬼魂一样在这里终了，这里才是我的世界，我生在这里，这里不是伦敦，像一场噩梦，可是我知道我还没有醒过来。

今晚，坐在这里，坐在我的书本、信件和其他死气沉沉的东西中间，我感觉自己像地球上的最后一个人。我希望我就是那最后一个人，然而漆黑的屋外有一个我爱的人，一个叫布莱恩特的小伙子，他可能会吓着你，我给了他那么多爱，如今他伤心得发了疯，想想看一个小伙子发了疯，想想看他的头脑和心里在发生些什么，我能感觉到，而他想拿我出气。他把所有的事情都怪在我头上，可是我知道他只是讨厌自己，讨厌自己的人生，虽然我们相去甚远但是我理解他，而他等着杀我。我可以随时出去拧断他的脖子，太容易了，一个贫民窟的小子的脖子。我可以出去向他挑战，把他吓得屁滚尿流，可是我转念就想到这里只剩下我们两个人，若有人看见我们，两只一无所有的公山羊在打架，不过是在娱乐大众，他们会怎么笑话，他们会喜欢这样，笑到最后的是他们。可是我不会让他们如愿以偿，我在想我要走出去在黑夜里等他，然后转过身让他做他想做的事。这是最好的解脱方式，我累了。

我知道人一生中总是要在数到九的时候才重新站起来。检验男子汉就要这样，不是在他站着的时候，而是在他倒下的时候，可是我已经太多次站起来又倒下。如今时间的走廊变成一间挂满镜子的屋子，映照着一次次地站起来的我，而这次我希望他们数到十。

他在外面等了三天了。画眉山庄已经没有人了，他去那里又回来，去了又回来，一次又一次，穿过灌木丛，但是我知道山庄里没有在做饭，他们从来就没怎么做过饭，他们太娇生惯养了，我让他们过得太舒服了，他和其他小子们一样懒惰、没出息，贫民窟的小孩儿，饥肠辘辘，可是他们不在乎，他们只知道甘薯、面包果和咸鱼。我在门口给他放了些吃的，你是不是觉得他像只狗，他像只狗一样爬过来，吃我给他放的东西。世界上充斥着太多这种事情，让你害怕，让你羞愧，人们总是要让你恨他们，因为我待他像只狗，他在夜里像只狗一样爬过来吃东西，我听见他在吃之前要在水泥台阶上磨他的短剑，像童话故事里的巨人那样磨利他的刀子，就为了让我知道他有一把短剑，早晨台阶上的白盘子就空了。

玛乔里你看看痛苦是怎么来的，看看男了汉的光荣是怎么消失的。我把他从臭水沟里捡了来，你不会相信那景象，一个有毒的黑色稻草人，头上绑着蟒蛇一般的猪尾辫。他视自己为粪土、垃圾，是我让他发现自己的美，可是他已经忘了，他的男子汉气概让他疯狂。玛乔里你明了男子汉的光荣与痛苦，你会理解我承受不了这么多，每次看着自己赤裸的身体我就感到痛苦就想到你，你让我发现了自己的男子汉气概，你第一个把我变成一个男人，别去管别人怎么说，直到今日每当低头看自己我就想到你，在你面前我无需隐藏任何东西，也无需假装成任何人，你不知道这其中的快乐。可是变成男人的我比以前更痛苦。孩子时候我就是一个孩子，可是自从你把我变成男人我再也无法忍受做杂货店后屋里的那个孩子。女人做的和能够做的事情，她们不会感到羞愧，不会为这些随之而来、不得不承担一切后果的孩子们着想，女人不知道男人会因为她们所做的事而恨她们，千万别让你的孩子们发现关于你的真相。

玛吉在这个安静的夜晚我想清理一下自己的心，抹掉过往。你把我变成一个男人的时候已经太迟了，我不得不表现得像个男子汉。其他人都在笑话我，你以为我不知道，不，我知道他们在笑话我的男子汉气概和我的痛苦，可是我也在笑话他们，他们不知道，等他们发现的时候他们不高兴了，就把我送回这里，让我再次变得一文不值，我知道他们的目的，不要以为我不知道，我是假装顺从。你不应该让我失望玛乔里，你不应该和那些人站在一边，我不想像恨那些人一样恨你，你是我的造物主，你伤了我的心，你造就了我然后又让我觉得自己像垃圾，只配做垃圾。不过真是可笑，人们总是想方设法让我犯错然后又让我失望，所以我将如你所料愤愤而终玛吉，这样死去不悲惨吗。

你们把我送回这里，让我变得一文不值，可是我又站起来了。想必你在报纸上看到过关于我的消息，想必我让你吃惊了，这里的人知道我是什么人，知道我做过什么事，知道我能够给予他们什么，男子汉的光荣与痛苦，更不用说我会给他们带来革命，他们知道，所以上周我本来可以把这个地方烧成平地，可是那个死掉的小子的母亲不让我待在她家里，然后那些疯狂的黑人开始大喊什么以色列和非洲，而我是一个失败的人，我一直是失败的，我从小就知道这点，我知道我在骗自己。可是现在我是一个男人玛乔里，是你把我变成男人，这是你带给我的痛苦，而你看看这一切如何结束。亲爱的，亲爱的就在写下这些话的时候，我愈发感觉浑身赤裸，而想到它的无用让我感到伤心，只有别人需要它的时候这些事情才有意义，它们从中汲取生命，你知道人们说，临死之人会有一次高潮。

打开的便笺本就摆在他面前，书桌上还有几张废纸。但是他的目光已经从他写的东西上移开。看样子他早就停笔。他已经恢复镇定。

屋子里布满了阴影，只有书桌上的台灯亮着。房子里充斥着各种声响：瓦楞铁皮屋顶偶尔发出刺耳的啪嗒声，房梁发出的嘎吱声。最后，他终于在这些声响之外听见了他苦苦等待的声音：屋外传来一阵窸窸窣窣的声响，不甚分明，更像是搅动空气的声音。

他喊道："布莱恩特？"这时打开的带栅栏的窗户外传来清晰的脚步声，软软的橡胶鞋底在屋子侧面飞快移动。他站起来大喊："布莱恩特！"厨房外面的水泥台阶上打磨短剑剑刃的声音，让他打起了冷战。他赶忙四下走动，打开屋里所有的灯。他说："布莱恩特，今天晚上不要冲动。听见了吗？别动手，小子。"

他来到厨房，靠门站着。他抬头看着天花板，说："你累了。你不舒服。你为什么不吃点东西然后回去休息呢？回去休息吧，布莱恩特。我们明天再谈。我会去山庄看你。我们会谈一谈。还不到世界末日。我们将离开这个地方到别处去。没有什么好害怕的。你会好起来的。不过现在你得回去休息。"

十六

前面的旧卡车载着一车河沙，卡车的双轮胎碾在柔软的沥青上嗞嗞作响。沙子是湿的，在往下渗水，但是卡车并没有在路面上留下水痕。因为断断续续的褐色小水流跟着卡车一起飞驰，在炎热的午后迅速蒸发，一碰到柏油路面就消失了。

简坐在一辆出租车里。这是一辆风光不再的美国大车，车的零部件已经不再严丝合缝。车子虽大，却无法阻挡强烈的阳光和热气。热风和废气飘进车窗，阳光从司机一侧直射进来，把塑料椅套晒得滚烫。

卡车从通往甘蔗林和机场的路口驶过。出租车继续跟在卡车后面：机场并非简的目的地。不一会儿，在一只脏兮兮的黑色赤膊的示意下，卡车拐进了一个工厂的院子。数英里后，路上车辆逐渐减少，工厂区被抛在身后，出租车驶离大路。简看到她以为自己再也不会看到的景色：崎岖不平的窄路，到处坑坑洼洼，路缘长满杂草，一片片被烧为平地的地方，一排排的砖头柱子，看上去还很新，但是上部的木头已经脱落，悬挂着枯萎的藤蔓，远处的树墙。

出租车在房子前面停下来。叶子花和木槿花在烧焦的花园里显得格外灿烂。

简对司机说："你能不能等一等？我一会儿就出来。"

"多久？"

"十五分钟，半个小时。"

"等你好了再打电话给公司吧。"

简付了钱，走进敞开的大门。车子在车道上转了弯，庞大的车身把几颗零落的碎石弹开，车轮把风吹到这里来的小土疙瘩碾成赭石色的粉末；然后车子沿原路返回。

没有人听到车的声音从屋里出来。车棚里没有车，水泥地上的油渍早已干掉，蒙上了灰尘。前门关着，简记得以前是开着的。阳光已经斜斜地照着浅浅的水磨石台阶和门廊，上面落满沙土，无人清扫。

不等简敲门，吉米就把门打开了。他的手搭在门上，有一会儿眼睛好像没有看着简，而是看着她的身后。他还是她第一次在画眉山庄见到他时的样子，他光着膀子从两排铁床中间的过道走过来，然后穿上那件暗色的毛式衬衣。此刻他就穿着那件外衣；胖嘟嘟的脸颊和那时一样刮得干干净净、粗糙不平，胡须底下饱满的双唇一样紧闭着，眼睛一样木然地打量着。

短暂的沉默后，吉米说道："简，你来了？"

"为什么你听起来好像很惊讶的样子？"

"我没有惊讶。"

简从他身边走进屋去，他关上门跟在后面。虽然装栅栏的窗户开着，屋里还是感觉很闷，而且乱七八糟的：她看到他并没有为她的到来收拾房间。凌乱使家具显得更为廉价，更像是临时存在的：不再能给人带来愉悦。有垫子的毛绒沙发上放着几张报纸，餐桌上杯盘狼藉，上面还有黏糊糊的印子。钢青色的地毯松松垮垮地铺在水磨石地板上，边缘打着卷：很容易想象地板上没铺地毯时的样子。玻璃罩着的桌子上落满灰尘，书桌上散放着一堆纸张、便笺本和蓝色的航空信。

简在玻璃罩着的桌子旁的一张有垫子的沙发上坐下。人造皮毛感觉热乎乎的。简下意识地摸了摸扶手上的毛，跟上次一样痒痒的、滑滑的。

吉米说："随意些。你要喝点什么？没有朗姆宾治了。你喜欢喝那个，对不对？"

"现在喝那个太热了。我喝白开水就行。"

吉米走到厨房，上次简看过那间房子一眼，他在里面说道："现在水量很小，简。"

窗外吹进热风。天空是淡蓝色的。

吉米从厨房里出来，递给简一杯水，没有加冰块。杯壁是湿的，他的手也是湿的。他在书桌旁坐下。

"那么，简，我有什么可以效劳的？"

简正要把湿漉漉的杯子往嘴边送，突然看见杯子是脏的，水里有些深褐色的细流。她把杯子举在嘴边，说："我要走了。"

"你在电话里说了。你要回伦敦去了。主人呢？"

"我想彼得也要走了，"她把杯子放回玻璃罩着的桌子上，"不过我不知道他的事。"

“这么说过几天你就回去了。过几天你就可以看电视了。英国广播公司和英国独立电视台，早上可以收听‘今日’广播。”

“别说了，我把一切都看得一清二楚。想到这些我就心情沉重。”

“是吗？”

“我可以为你做些什么吗？有没有什么我可以帮你的？我可以见见什么人？”

“你要跟他们说什么？”

“我跟他们说我见过你。”

“就这些？”

简躲开吉米的视线。过了一会儿，她说：“你留在这里吗？”

“简，你知道你为什么来吗？”

简没有回答。

“你来是因为你要离开了，所以你才到这里来。你要是不走根本不会来这里。你带给我这么多痛苦，简。”

“我不明白我怎么给你痛苦了。”

“我不是在请求你的怜悯，简。千万别误会。这有什么意义呢？你和大家一样都知道事情的真相。”

简揪住刚才的问题不放：“我怎么给你痛苦了？”

吉米换了一种语气，说：“你戴的是那条摩洛哥项链。”

简伸手去摸项链，然后又放开，项链落回衬衫领口处因为曝晒而变得粗糙的皮肤上。

吉米说：“情人送你的项链。”

简为自己当时的夸张、调皮和不实微微一笑。

“他不希望你们俩之间有钱的事情。”

“吉米，你确定没有什么我可以为你做的吗？没有什么东西我可以帮你带给你的孩子们？”

“你在那里不会受欢迎，你已经带给我很多痛苦，简。不要再火上浇油了。”

吉米突然停住话头，一面张开手示意简，一面抬起头侧耳倾听。一阵热风吹动窗帘，扬起屋里的灰尘。简也跟着他一起听，远处灌木丛中传来窸窸窣窣的声音，那声音平稳得就像寂静的一部分。

吉米一面听着一面说：“现在你要走了。”突然间他又放松下来，看着她，说：“我喜欢你的项链。”

简用拇指和食指将项链上的三个坠子捏在一起，轻轻地上下晃动。

吉米说：“我记得这些坠子。”

简让坠子落回那块因为曝晒而变老的皮肤上，说：“这东西一文不值。”

“你上次也是这么说的。可是我喜欢它们，我想大概是因为戴在你身上的缘故。你今天为什么戴着它们？”

“我没有想过。”

“你没有想过，简？可是你要来见我呀。这条项链我记得清清楚楚。你的一切我都记得清清楚楚。现在你要走了。主人知道你在这里吗？”

“我跟彼得说我要来找你。”

“他叫你带话了吗？”

“他要带什么话？”

“他很担心你，简。他一会儿会到这里来，你知道吗？他说有事找我。这么热的天来这里真是好笑。主人不会让你走的，简。没有你会要了他的命的，你知道吗？”

“彼得？你是说彼得在乎我？彼得谁都不在乎。”

“你是他最后的机会。”

“我不相信谁是谁最后的机会。”简一面说一面打开挎包，拿出香烟和打火机。

“我记得这个。”

“你记得什么？”

“我记得你此刻的样子，你的眼睛，你的嘴巴。”

简点燃香烟，把打火机拿在手上。吉米走到那个架子旁，拿来一个笨重的圆形烟灰缸，蓝色的玻璃里有气泡，烟灰缸放在玻璃罩着的桌子上。他站在简的身边，简透过宽松的毛式衬衣的短袖可以看见他的腋窝。简的眼睛湿润了。吉米在她坐的毛绒沙发的扶手上坐下；简抽烟的动作幅度变小了。

吉米说：“我害怕自己看见的东西。”

“为什么？”简把还没有烟灰的烟头在烟灰缸的厚沿上掸了掸。

“事情总是这样。我料到我会跟你有染，我料到你会再来。”吉米轻声说，“你跟主人说了？”

简看着他，湿润的眼睛里充满愤怒和惊慌。

吉米看着她拿烟的那只手里的打火机，说：“我记得这个打火机，撒哈拉的。”

简把烟放在烟灰缸上，准备咽一咽唾沫。这时，吉米一把将她的手紧紧地按在烟灰缸上；简把自己的脸凑近吉米的脸，张开嘴巴，香烟从她的手指间滑落，打火机刺痛了她的掌心。简张大嘴巴，往吉米的嘴上一贴，双唇和舌头开始狂动起来。

吉米把自己的嘴巴移开，说："冷静。你太贪心了。你这样接吻只会暴露你自己。一个女人的一生都在她的吻里。"

吉米松开简的手；打火机掉在玻璃罩着的桌子上。简的头仍然向后仰着；吉米再次朝她的嘴靠过去，这次她的双唇几乎没有分开，舌头也没有伸出来。吉米说："这样好多了。"他先用舌尖轻轻地舔她双唇之间，然后舔她下嘴唇的里边。接着还是轻轻地，他吮吸她的下嘴唇。随后他把嘴移开，看着她。她还是闭着眼睛，说："太美妙了。"他用双手捧起她的脸，手掌底端夹住她的嘴角，遮住了差不多已经消失了的经期红斑点，把她的双唇挤了起来。他把自己的嘴整个儿贴在她的嘴上。她张开双唇，发出一声短叫；接着，他往她的嘴里吐了一口唾沫。她咽了下去，他放开了她的脸。她睁开眼睛，说："太美妙了。"他把手放到她湿漉漉的腋窝下，想把她抱起来。可是她自己站了起来。

她说："你的眼睛在闪光。"

"你的眼睛依然在尖叫。"

吉米用指尖碰了碰简的后腰，两人像老情人一般漫不经心地走进卧室。

简看到光秃秃的赭石色墙壁，看到亮晶晶的褐色定做衣橱，看到高高的大窗户外的灰色天空。浴室的门半掩着：简看到淋浴区低矮的砖墙，看到干干的水泥地板。两人分开站着，各自开始不慌不忙地脱衣服。床没有整理，床垫上端露在外面，皱巴巴的被单的中间部分因为用久了而磨平、发黄，还有几点干掉的污渍。黄色的烛芯纱床单一半悬在床脚，一半掉在栗色地毯上。

简一面解开衬衫的扣子一面微笑着说："你的烛芯纱床单。"

"你还记得啊，上一次你好像根本不在意它。"

简缓缓地点了一下头，调皮地笑了笑。她脱掉衬衫，扔在棕色的五斗橱上。在身体其余部分的比衬下，她脖子底下那块老化的红色皮肤看上去像一块皮疹；她那刮干净的腋窝处的肉褶子湿了。她摘下那条摩洛哥项链，任由它落到五斗橱上，发出轻轻的哐当声。她没有脱胸罩：她的胸不大。吉米注意到她的难为情。她脱掉鞋，人一下子矮了。然后她如运动员般先抬起一只脚，再抬起另一只脚，拽掉了裤子，发出一声男人般的闷响。接着，突然，她的内裤就卷成一小团掉到地毯上，人则坐到乱糟糟的床上，头靠在油糊糊的枕头上，对着吉米挤眉弄眼；她看上去又显得高大了。她张开双腿，将一只手放在那儿，手指向上滑过湿湿的皮肤和毛发。荡妇的动作，吉米想到，似乎还"哼"了一声。

简说："我讨厌这件衬衫。"

"我把它脱掉。"吉米轻声说。

那儿看上去很大的吉米靠近简。简闭上眼睛，说："吻我，吉米。"然后张开双唇，缩回舌头等着。吉米俯向她，手掌夹住她的嘴角。她发出一声短叫，他把自己的嘴贴到她的嘴上。他让她咽了一口唾沫，她把双手放在他的背上，说："爱，爱。"

简感到吉米的双手压在她的肩膀上，突然，她整个人被翻了过去，趴到了床上，吉米蹲坐在她身上，她的臀部和双腿被夹在他的膝盖、大腿和双脚之间。吉米说："今天会不一样，简。我们换种方式做。"简要起身，但是吉米用左手按在她的两个肩胛骨中间，又用右手打开她的下体。简双手拍打着床铺。当吉米顺着她脊柱的底部，刚一碰到她变小的那儿，简就大喊：“不！”当他蹲坐在她身上，脚踝抵住她的臀部，开始上她，简发出干巴巴、刺耳、做作的哀号。吉米像在跟小孩子讲话似的说道：“可你是个处女，简。你今天来找我真是件好事，不是吗？”这次简真的痛苦地叫道：“拿出去，拿出去。”说完再次哀号起来。吉米说：“像你这么个大姑娘，而且是个处女，简？很痛苦。我知道很痛苦。可是瞧瞧，你没有带凡士林。像你这么个大姑娘每次出门访友时都应该带上凡士林的。”简说：“哦我的天啊，哦我的天啊。”吉米说：“这样比较好，简。你不知道吗？难道没有人告诉你把双腿合上会更好？你是不是很高兴今天来了这里？无论哪种做法，把双腿合上总会更好。”吉米插得越来越深，直到整个人几乎直直地坐在她身上。他说：“今天我们破了你的处女身，简。”他开始缩回，他脸上和胸口的汗水滴在了简的背上；简呻吟着；可是不一会儿他又用力地上了，简尖叫起来。她拍打床铺的手停了下来，涨红的脸侧压在枕头上。她停止哀号；她把右手放进嘴里，开始咬大拇指；真实的眼泪流了下来。简一面啜泣一面咬着手指，开始哀求，一会儿是一声压抑的尖叫，一会儿是喃喃低语：“拿出去，拿出去。”她的身体渐渐软下来，浑身是汗。吉米抽出来了，说：“好了，好了。”简问：“你拿出去了吗？”吉米说：“拿出来了，简。你已经失去了你的贞洁。”

简保持着吉米离开她时的姿势，脸侧压在枕头上，眼泪流下了她的鼻梁；她那没有晒黑的臀部合在了一起，微微舒展，吉米刚才坐的地方全是汗，那里的细毛在汗水中平铺着，愈发明显。她一声一声地啜泣，抽鼻子。

当吉米从她身上下来，站在一旁，不去碰她的时候，简像个孩子般说道："你把我弄哭了！你把我弄哭了！"她的脸红通通的，满是泪水，人却异常地平静。

吉米说："那天我一看到你就知道你是这样的。一看到你的眼睛和你嘴巴的形状。"

"我的'媚眼'。"

"你是块腐肉。"

简吓了一跳，不是因为吉米说的话，而是他的语气。简转过身，看见他的眼睛亮闪闪的，好像什么也看不见，瞳孔是两个发光的小点。他的那个地方依然勃起，看上去很大。

吉米把一只手轻轻地搭在简的肩膀上，说："你好像很害怕的样子，简。"

"我在想我该走了。"

说着，简把双腿摆到床边，吉米的手从她的肩膀上滑落，她站了起来。

"可是我还没有到高潮呢，简。"

吉米看着简。简弯下腰拾起内裤，顾不上去遮掩那块多毛的、敞开的肉，又一次暴露着她的秘密。她一弯腰、一起身就把内裤穿上了，一气呵成，遮住了那块没有晒黑的、赤条条的部位。

吉米说："还有你的嘴巴，简。你有一张甜蜜的嘴巴。我一看到你就知道你有一张甜蜜的嘴巴。我们应该给它取个名字。"

吉米还是看着简。她拉起裤子，穿上鞋，扣上衬衫，戴上那条摩洛哥项链，理了理头发。

她说："我想我该走了。"

吉米坐在床边，勃起的地方渐渐耷拉下来。他说："你该走了。

不过现在你知道自己是什么东西了。你会再来要的。”

“我要打电话叫出租车。”

“你要是能叫来一辆算你运气好。不过你别担心，主人会来接你的。主人不会让你走的。”吉米站起来，他已经蔫了。“我们走到山庄去等主人。”

电话在五斗橱上，但是简没有拿起它，也没有离开房间。她就站在原地，站在五斗橱和房门之间，等吉米穿好衣服。枕头还是她刚刚起来时的样子，又扁又湿；肮脏的被单上又添了几块水渍。吉米慢悠悠地穿着衣服。当他抬起下巴、扣上那件毛式衬衣最上面的纽扣时，他说：“你讨厌的衬衫。”简没有理他。

两人走出来到了客厅，蓝色烟灰缸里的香烟已经差不多燃尽了，只剩下一根粉末状的烟灰条。玻璃罩着的桌子上的玻璃杯在她刚才放下它的地方。她捡起打火机和挎包，跟着吉米来到门廊。阳光照在水磨石地板上十分耀眼。吉米没有关前门。

两人走到炎热的户外。吉米的房子和灌木丛墙之间没有树木。这条路上有些乱石：散落的鹅卵石、沥青碎石子、土块。路突然戛然而止，破裂的沥青马路变成一条土路，穿过干枯的田地（地里原本杂草丛生，后来因干旱变成了平地），通往灌木丛墙。

吉米说：“主人一定在等你。这是条捷径，只要十分钟。”

简没有说话。

吉米又说：“我们还会见到布莱恩特。你记得布莱恩特吗？”

“我不想见到布莱恩特。”

“可是他有东西要给你，他有东西要给你。”

远远望去，针叶树瘦小的白色树干和白色树枝编织成的绿色树墙似乎密不透风，走近以后才发现原来比想象中稀疏。

吉米说："布莱恩特和我现在不是朋友了，简。你要帮我们和好。"

灌木丛里比外面凉快。地面干干的，洒落着一层落叶和大块大块的光斑。一开始似乎没有路，只有断断续续几处落叶有被踩过的痕迹；从跟着吉米走出卧室到现在，简第一次感到迟疑。他把手伸向她的肩头，指尖下移到她棉衬衫的短袖上。然后轻轻地，他捉住她的胳膊，拉着她往前走。针叶树白色树干上那些干泥巴的蚁穴好似一条条黑色的静脉。野生的香蕉树上开着花，一个个橙色和黄色的永远不会结果的矛头，因为树心分泌出来的淡紫色树胶而黏糊糊的。

吉米说："据说那棵树底下总是有一条蛇，所以要当心，只能看但永远不要去碰。这是灌木丛的重要原则。"

两人来到了树丛中央，身后没有光、没有空隙，前头除了树还是树。

"这么说你要走了，简。你到这里来是因为你要离开了。你在伦敦有一栋漂亮的房子吗？"

"住习惯了。"

"我打赌里面肯定收拾得井井有条的。在温布尔登附近吗？"

"不。不在温布尔登附近。"

"假设你不在的时候房子烧掉了？"

"房子投保了。"

"你会索性再建一栋？"

"我想是的。"

吉米突然紧握简的胳膊，说：“闻一闻，简！”

简停住脚步，环顾四周。

吉米问：“你闻到了吗？”

“什么？”

“蛇。”

“我什么也没闻到。”

“性的味道，简。变质、腐坏的性。肮脏的阴部的味道。”

吉米松开简的手臂。灌木丛里渐渐亮起来；他们快要走出去了。不一会儿，透过树木可以看见山庄所在的空地了：白晃晃的阳光下的一片褐色。一股厕所的味道传来，越来越刺鼻。厕所就在灌木丛外太阳直射下的一个高低不平的水泥台基上，瓦楞铁皮的墙壁、屋顶和门，下垂的门开着。耀眼的绿色苍蝇在厕所周围和里面嗡嗡直叫，撞击着瓦楞铁皮。

两人走出灌木丛，来到山庄的后院：没有树荫，灌木丛被夷为平地，地上寸草不生。主建筑挡住了马路和马路另一边的田地。瓦楞铁皮屋顶在阳光下闪闪发光；混凝土墙壁处在阴影中。一圈旧铁线，一堆旧木料，一个废弃的铁冰柜，白色的搪瓷洗脸盆：这些只是后院的一部分垃圾。后墙上连着一间矮披屋，茅草屋顶一直斜到接近地面；屋顶下有黑色的阴影。地上散落着各种后院项目的残骸：铁丝网拉成的破破烂烂的牲口圈；铁丝网和旧木板拼凑而成的鸡舍；一个干掉的坑，挖出来的泥土就堆在一个混凝土块堆的旁边。

披屋的阴影里有个男孩坐在地上。他坐在茅草屋顶和地面的夹角之间，膝盖蜷起，脑袋和胳膊都搁在膝盖上，好像睡着了。他的白色帆布鞋被尘土弄黄了，褪色的牛仔裤上沾满灰尘，胳膊肘划破了，黑色的胳膊上沾有尘土。

“你记得布莱恩特吧？”

简说：“我不记得他。”

“他记得你。”

坐在地上的男孩抬起头来：扭曲的脸，充满敌意的猪尾辫，视线模糊的红眼睛，一只眼皮耷拉着。他站起来，跑进披屋，出来时，手里拿着一把短剑，泪眼汪汪。

他喊道：“吉米，吉米。”

吉米用右手一把锁住简的喉咙，几乎把她举到了自己面前。由于用力，他的嘴角后拉，刮得干干净净的脸颊微微鼓起，仿佛是在微笑。

他说：“布莱恩特，老鼠！杀了这只老鼠！”

布莱恩特踉踉跄跄地冲过来。

“你的老鼠，布莱恩特！你的老鼠！”

简的右手搁在锁着她脖子的手臂上面，布莱恩特朝她的右手臂砍去第一刀。

砍了第一下便会砍第二下、第三下……

锋利的剑刃碰到肉。皮肤被割开，露出底下的肉，有一瞬是斑驳的白肉，不一会儿炫目、恶心的鲜血喷涌而出，而布莱恩特只会不断地朝已经砍过的地方砍。

他痛苦、绝望、泪眼汪汪地说道：“帮帮我，吉米！”

于是吉米把那脖子勒得更紧了。他几乎感觉不到简的脖子；他只感觉到自己的力气、自己光滑的皮肤和自己紧张的肌肉。他一心想着光滑的皮肤和紧张的肌肉，直到简开始往下掉。她的身体越来越沉；他的力气渐渐没用了；当他感觉到她的下沉，一股凄凉之感在他的内心慢慢升起。然后，他什么也感觉不到了，唯有凄凉。

吉米蹲在地上，在化粪池的干坑和挖出来的土堆旁边，看着地面而非那张脸，看见的却不是地面。他看见一片阳光明媚的沙滩，椰子林后面的大海和天空明亮耀眼，女孩流着血倒在汽车的前挡泥板上，喝着他合拢的双手里的水，畏惧的眼睛里渐渐充满爱意。然而他身下的这双眼睛闭上了，什么都不知道了，什么都感觉不到了，也把一切都带走了。他进入一片虚无；他消失在这片虚无里。

接着，吉米迷失了，迷失于时间的开始。可是时间没有开始。他的魂魄飞出了身体。他整个人完全被这种迷失感吞没，而随着他意识到这点，这种感觉愈发强烈。他想用尖叫来解脱。慢慢地，世界清晰起来，时间明确了界限。吉米独自一人在一个插满焚香的石屋里，四周的石板上搁着一具具石棺，石棺里没有死的死女人躺在白色的百合花中间。一个女人从石棺里坐了起来，百合花从她身上滚落。她是苏丹人，就像他在伦敦看见过的那些苏丹人：吉米可以从那漂亮的白色棉裙、苍白的棕色皮肤和脸颊上愈合的伤痕判断出来。她挤眉弄眼，神情淫荡，长着一张下贱的大嘴巴，就像他上学时在一张黄色照片上看到的法国妓女，她穿衣而坐，裙子却撩了上去，两腿叉开，那毛茸茸的一大团暴露无遗。她从那凿得十分粗糙的石棺里坐起来，百合花从她身上散落下来，她挤眉弄眼，伸出一只手说："黑鬼，给我一块钱。"

即便在这里，尽管他迷失于时间的开始，尽管他迷失在时间本身里，不知道自己是谁或自己是什么，他还是被出卖了，他内心的秘密暴露了。

这个秘密让吉米惊醒过来，他的凄凉感结束了。他蹲在这个女子身旁，边上就是那个干坑，碎裂的内壁上还留有叉子印。布莱恩特在哭，手里拿着短剑，好像随时要尖叫出来的样子。

“吉米，吉米。”

吉米站起来，抓住布莱恩特的胳膊，说：“布莱恩特！”

“吉米，吉米。”

“埋在这里，布莱恩特。”

“埋在厕所里，吉米。”

“不行，乌鸦会来。”

布莱恩特和吉米一道抬头看了看苍白的天空。

两人合力把简连同她的头发（没染到血污的地方仍然松散着）、项链、打开的书包一起放进坑里。坑是几个星期前挖的，旁边的土堆看上去已经硬掉了；但其实只要一碰土堆就会碎裂，浅黄色、风化了的外壳底下是红棕色的土。两人先是用手和脚，然后用水泥块，再然后用铲子，一点点把土堆刨开，填进坑里，直到什么都看不见，只剩下灰尘、疲惫、灼痛的脸和胳膊，汗水以及热辣辣的太阳。

远远地，从马路那边，传来隐隐约约的口哨声。没有调子，而且几乎在他们听到的那一刻就戛然而止。

两人一起抬头看天上：什么都没有。

这时口哨声又响起，而且越来越近。布莱恩特看着吉米。吉米说道：“布莱恩特。”布莱恩特朝他的短剑跑去。吉米又喊道：“布莱恩特！”这次布莱恩特服从了，学着吉米的样子做了起来：擦掉裤子和衬衫上的红棕色泥巴。吉米解开毛式衬衫的扣子，布莱恩特拿着他的短剑，两人一起朝房子的后门走去，突然进到阴影里。

一个年轻人从马路那边朝这里走过来。此人身材矮小，上身穿鼓起的、松松垮垮的蓝色衬衫，下身穿棕色条纹紧身裤，戴着一副白框墨镜，挤脚的鞋子让他走起路来一瘸一拐，肩上挂着一个白色航空包。

布莱恩特说：“曼尼。”

吉米说：“没地方去，跑回来了。一个个都是，可是太迟了。”

“吉米，吉米。”

“太迟了。”

“让我去把他干掉，吉米。让我去把他干掉！”

吉米没有回答。他走进屋里，在两排空床之间站住。布莱恩特独自留在后门口。

曼尼从太阳底下走进来。他摘下白框墨镜，满头是汗，鼻子闪闪发光。他看着吉米，怯生生地叫了声“艾哈迈德先生”，然后低下头。他那偏小的黑色鞋子出奇的尖，尖头已经翘起，脚后跟也磨穿了。他走到自己原来的床铺跟前，背对着吉米和布莱恩特，在空荡荡的床垫边坐下。他打开航空包，从里面拿出一些小小的绿色番茄，放在水泥地板上。

布莱恩特站在后门说：“让我去把他干掉，吉米。”

曼尼没有动。

吉米在其中一张空床上坐下，说：“曼尼。”

曼尼转身说：“是，艾哈迈德先生。”

“你回来了？”

“我从公路那里走过来的，艾哈迈德先生。”

“这么热的天走这段路够长的。我们在干活。”

“艾哈迈德先生。”

“现在你回来了。来收我的番茄。”

曼尼的脸突然僵住，没有了表情。闪闪发光的鼻子上开始渗出一颗颗小汗珠。

吉米站起来，一只手重重地拍了拍裤子右边的口袋，说：“曼尼！”

曼尼也站起来，眼角红红的。

“我的钢笔不见了，曼尼。”

“艾哈迈德先生。”

“我的红色伯罗牌钢笔。黄色的笔杆，红色的笔帽。可能掉在外面哪里了。我不想丢了它。去帮我找。”

曼尼走到过道上，停住，看着白晃晃的前门，然后慢慢地朝吉米、布莱恩特和后门走去。

吉米说：“去化粪池那边找找看。”

曼尼穿着挤脚的鞋子一瘸一拐地走出去，裹着紧身裤的屁股显得又翘又结实，一条皱巴巴的手帕塞在屁股上的口袋里，鼓鼓的，露出一个角。

吉米说：“我不想丢了那只笔，曼尼。”

吉米在另一张床上坐下，布莱恩特依旧站在后门口。

过了一会儿，两人听见轻轻的脚步声，接着看见了曼尼。他一看见他们就在距离后门五六英尺处停下了脚步。他的头发沾上了灰尘；蓝色衬衫的领口和胳膊底下被汗水浸湿；膝盖以下的裤子也满是尘土。

吉米说：“曼尼。”

“对不起，艾哈迈德先生。”

“你什么都没看见？”

“没有，艾哈迈德先生。”

吉米说：“躺下吧，布莱恩特，休息一下。进来吧，曼尼。”

曼尼走进屋里，汗淋淋的脸绷得紧紧的，目光灼热，走路还是一瘸一拐的。

吉米说：“瞧瞧你把一身好衣服给毁了，曼尼。”

曼尼好像没有听见。他径直走向自己的床铺，都没去拍拍头发、裤子、手上的灰尘，就坐在了床垫上。他低头看着水泥地板，泪水涌上了他的眼睛。

吉米说：“我们都累了。我们都得休息休息。不过你怎么办呢，曼尼？你要去哪儿呢？这里没有食物了，山庄关闭了。”

曼尼一动不动，眼睛依旧泪汪汪的。

布莱恩特从最靠近后门的床铺上起来，说：“有人来了。”

吉米走到墙边，踮起脚尖透过百叶窗往外看，见远处的马路上，从最远的那片空地开来一辆车。引擎盖十分炫目，可是挡风玻璃处在阴影里，看不见开车的人是谁。

吉米说：“躺下，布莱恩特，省省力气。曼尼，我去洗一洗。”

说完，他从后门走了出去。布莱恩特把短剑放在墙壁和他的床之间的水泥地板上，然后平躺在空荡荡的床垫上。床垫填充的椰子纤维刺出了垫套。布莱恩特看着瓦楞铁皮屋顶，屋顶看上去还是那么新，上面印着蓝色的小公鸡标志和生产商名，一个远在加拿大的工厂。

车子越来越近，最终停了下来，车门砰地关上。随着一阵踩在泥土块和鹅卵石上的脚步声，罗奇出现了，穿着白色短袖衬衫，浅色的卡其裤勒在扁平的腰间，戴着墨镜。他走进屋里，摘下墨镜，把一只眼镜腿放进嘴里。他脸色苍白，一副不耐烦的样子。他看见了曼尼眼睛里的泪水。

罗奇说："曼尼。"

曼尼没有抬头，只是回答道："艾哈迈德先生去洗脸了。"

"你们在干活？"

曼尼没有回答。罗奇一面等待一面打量着屋子：桌子上的那堆破烂办公设备，落满灰尘的废弃打字机，生锈的复印机；墙壁上的作息时间表，床铺上方的剪报；吉米·艾哈迈德突出了头发和胡须的简笔画像："我不是任何人的奴隶和种马，我是勇士和火炬传递者。"水泥地板上落满灰尘；铁床上空空荡荡；光秃秃的床垫散发出椰子纤维的味道。罗奇看见屋里远端那张床上有人。

罗奇说："布莱恩特。"

布莱恩特也没有吭声。

这时，吉米出现在门口。他光着膀子，面无表情，胡须遮住了嘴巴，他双眼打量着罗奇。

吉米说："主人。我们还以为你抛弃我们了。来巡查吗？您还在检查吗？"

罗奇说："你们好像都很紧张。"

"我们刚刚在干活，生活还得继续。布莱恩特可以带你出去看看，曼尼也行。"

布莱恩特从床上起来，坐在床边，面对着墙壁。

吉米沿两排床铺中间的过道走过来，在离罗奇几英尺处站住。

吉米说："曼尼回来了，主人。"

曼尼在床垫上侧了下身，掏出后口袋里的手帕。

罗奇问："唐纳森来过吗？"

"我们与唐纳森没有瓜葛，一切都随风而去了。"

吉米的胸部比他的脸和前臂要白，流着汗。两个紫褐色的、跟女人那般大的乳头中间长着几缕硬硬的短毛，出奇的黑。

罗奇咬着眼镜腿，问："他没来看拖拉机吗？"

"你是说要回去？"

"这个我不知道。他没来？"

"他来了我们也没看见，我们一下午都在忙。布莱恩特带你去看看。"

"没有人来过？"

"我们没看见任何人。"

罗奇看了看曼尼。他的眼睛还是湿的，还在看着地板。皱巴巴的手帕停留在右手里，没有用，同一只手里还拿着一个蓝色圆筒打火机。他心不在焉地用大拇指擦拭着顶端的铜色金属。罗奇迟疑了一下，心想：撒哈拉的天然气。就在他迟疑的时候，他的目光碰上了吉米的目光——吉米的眼睛里充满惊讶，甚至有一丝恳求一闪而过。几乎与此同时，罗奇看到布莱恩特站在房间的另一头，看着他。

罗奇把眼镜腿从嘴里拿出来，在拇指和食指之间甩了起来，朝曼尼的床走了半步。然后停下，转身，看着铁床、床垫和墙上的海报，慢慢地朝明亮的门口走去。当他来到太阳底下，他说："办公室里的人都知道我上这儿来了。他们肯定告诉了唐纳森。白跑一趟。"罗奇戴上墨镜，又说："不过没关系。"说完一脚从水泥地板跨到了干燥的红土地上。

罗奇一直往前走去——土地渐渐变成黏土，被太阳烤得硬邦邦的，表层落满灰尘——突然，隐隐约约听见吉米喊“主人”。

他没有停步。

他心想，这个地方已经变成了一个屠宰场。这句话似乎是自个儿跑到他的脑子里来的，他又想，我刚刚做了一生中最勇敢的事情。他把心思集中到吉米身上，在心里对他说：你不会对我怎么样的，你不敢。

罗奇走过干涸的水渠，走过树干和压实的泥土构成的小桥。他坐进车里，没有再看他刚刚走过的土地或是他刚刚离开的那栋房子。他心想，要是你现在敢对我怎么样，我就杀了你。

车子前驶，后退，再前驶就开上了马路，还是没有人喊他，然后他朝着太阳驶去，经过田地，坏掉的拖拉机仍旧矗立在树墙边；经过又干又平的垄和沟，上面长满亮晶晶的绿色杂草；经过灌木丛，带刺的野生棕榈树，指向天空的红黑色条纹挡杆，萨波利切公司立的写着“画眉山庄”、看上去还很新的牌子；经过废弃工业区的废墟，杂草丛生的柱子依旧整齐地排列着，铺砌过的平坦地带长出野草和野生小树苗，破碎的水泥里随处可见生锈的加固钢筋。

不久，车子驶上公路，融入下午的车流之中，熟悉的景物一幕幕从罗奇身边掠过。烧焦的山峦在冒烟，已经发黄的太阳清晰地照出山上的每一处褶皱和凹陷。远处，褐色的田野里有人在割草。路旁废弃的汽车；乡下居住区；燃烧的垃圾场，穿梭在浓烟和五彩纸屑般的垃圾堆中的卡车和路人，大胸脯的黑乌鸦有的蹲在篱笆桩子上，有的在地上跳来跳去；贫民窟似的新住宅区，一排排一模一样的锡铁和水泥盖的小屋里住满了人，小屋在红色长街上背对背、面对面一字排开，在他经过时似乎有规律地开、关着；铝土矿的粉尘；炎热、嘈杂的下午的市区，正在融化的柏油，喇叭轰鸣的公共汽车和出租车，气恼的、汗淋淋的骑车人。

当车子爬上空气较清新、花园较大、路缘较宽的高地住宅区时，罗奇心想，我待在家里不安全。他们会来找我的。我不能一整夜保持警惕。我得去艾伯特王子酒店过夜。

下午的高地住宅区阳光柔和。高高的天空中薄薄的、没有水汽的纯白色云朵逐渐增多，迎接日落。罗奇在车库停好车，没有从后门走进厨房，而是返回前草坪，穿过被太阳晒得褪了色的斑驳的前门，走进门厅，走过镶木地板的走廊，来到简的房间。平镶胶合板的门半开着。

罗奇喊着“简”，轻轻地推开了门。

百叶窗开着，房间里明亮而温暖。床是铺好的，但没有床罩；可以看见白色的棉睡裙压在枕头底下。床头桌上放着平装本的《丛林人》，封皮和前面几页因为高温而翘了起来，打了卷。定做的衣橱的底板上，手提箱已经装了一半。只有那条北非条纹麻布裙还挂在衣架上。所有的架子都清空了，只剩下一个架子上放着一只小首饰盒、一些瓶瓶罐罐、一条檀香珠子项链，以及简的护照和装机票的纸夹。护照里还有简数月前填写但没有提交的入境申请卡。

罗奇把机票从夹子里拿出来，撕碎，放进自己的口袋，然后把入境卡也撕碎。可是护照就没这么容易销毁了。他的脑子飞速旋转，排除了种种可能性。护照既不能撕碎扔到厕所里冲掉，也没办法烧毁。屋里没有明火；只有门廊边上有一个烤肉用的铁玩意儿。

罗奇拿着护照走进客厅。客厅里因为太阳照射、因为枯萎的草坪散发出来的热气、因为固定的观景窗而非常暖和。

罗奇拨通哈里·德通哈家的电话。约瑟夫接的。

等哈里来听电话的工夫，罗奇打开护照，打量起简的照片：照片已经褪色，简的脸太大了，头发稀疏，学生气。

“哈里。我是彼得。”

“啊，啊，伙计。”

“哈里，简离开我了。她没有带走衣服，但把机票和护照拿走了。”

罗奇看着简在护照上填写的资料。“职业：出版商。出生日期和出生地点：1943 年 7 月 17 日，渥太华。”

哈里说：“真是个不幸的消息，彼得伙计。”不过他的语气里并没有流露出惊讶。“你确定吗，孩子？”

居住国：英国。身高：五英尺六英寸。

罗奇说：“我不知道还能怎么想。”

“你比其他人都清楚。不过你知道，彼得，我觉得这是玛丽－特雷瑟引发的连锁反应。”

“简留下来的衣服不是很值钱。她压根儿没带多少衣服来。”

罗奇翻了一页，读到：“此护照对所有英联邦成员国和所有海外国家均有效。”背书：“持有者有权在英国居住。”

哈里说：“说不定她坐了英国海外航空公司的那班飞机。明天早上你可以打电话问问。不过，这样吧，我给机场的麦肯齐打个电话。现在有巴西航空的航班，入境安检处的人应该在那里。我一会儿给你回电话。”

“谢谢你，哈里。”

护照上没有离开或者到达的印章，就像一本从没用过的护照。

等放下电话，他被自己所做的事情吓着了。

他来到门廊上坐下，看着山下的市区。

他听见阿德拉喊：“水来了！你们俩，水来了！”

云朵变成了粉红色。天空中出现一道道灰色。电话铃响了，罗奇走进客厅，发现自己把护照落在了电话旁边。

“彼得。我是哈里。简回来了吗？”

“没有回来。”

“入境安检处的人没有她任何离开的记录。不过他们也没有她的入境记录。按照官方的说法，简从来没有到过这里。你、我和其他一些人知道她来过这里。可是官方没有她来过的记录。你最好明天早上打电话到英国海外航空公司去问问。”

“只能这样了。”

“你接下来打算怎么办呢？也要走吗？”

“我想我也只好走了。”

“我想只能这样了。”

“谢谢你，哈里。”

罗奇走进简的房间。房间还是他刚才离开时那样。衣橱的门开着；《丛林人》放在床头桌上。百叶窗开着，琥珀色的阳光洒满房间。罗奇把护照扔进衣橱底板上装了一半的手提箱里，然后走出来，坐在门廊上。

太阳落山了。市区的灯一盏盏亮起来。阿德拉在厨房里；荧光灯透过厨房的窗户照射出来。

当电话铃响的时候，罗奇并不感到意外。他走进客厅。客厅里一片漆黑；他没有开灯。

吉米说："我想见你。"

"我不想见你。"

"我不是在请求你。我是在告诉你：我要你马上开车到这里来。"

"你以为你在跟谁说话？"

"你一定要来，主人。我没有其他人可以叫了，他们都离开我了，主人。"

"你只能待在原地，吉米。我也不会去见你。"

"布莱恩特不对劲。你们把他逼疯了。你一定要过来帮我对付他，主人。"

"你也别想到这里来。这几天你出来不安全，吉米，你知道的。到处都有警察设置的路障。高地住宅区的入口就有一个。我想你会发现他们对你特别感兴趣，你明白吗？我也要离开你了，事情就是这样。我们都要离开你。我要走了，离开这里。简和我明天就走。她正在房间里收拾东西。你一个人留在这里吧。你听见了吗？吉米？"

"主人。"

一九七三年九月至一九七四年十一月